LANCASTER

MICHEL MOATTI

LANCASTER

HC
ÉDITIONS
HERVÉ
CHOPIN

Du même auteur

ROMANS
Retour à Whitechapel, Éditions Hervé Chopin, 2013
Blackout Baby, Éditions Hervé Chopin, 2014
Alice change d'adresse, Éditions Hervé Chopin, 2016
Tu n'auras pas peur, Éditions Hervé Chopin, 2017, prix Polar de Cognac 2017
Les Retournants, Éditions Hervé Chopin, 2018
Et tout sera silence, Éditions Hervé Chopin, 2019
Les Jardins d'hiver, Éditions Hervé Chopin, 2020
Dog Island, Éditions Hervé Chopin, 2021
Rapport sur Nordahl L., Éditions Hervé Chopin, 2022

ESSAIS
La Vie cachée d'Internet, Imago, 2002
L'Effet-médias, L'Harmattan/DesHauts&Débats, 2010

ISBN 9782357207363

« Nous sommes faits de l'étoffe dont sont tissés les rêves,
et notre vie minuscule est cernée de brouillard. »

William SHAKESPEARE

« Quand vous enquêtez sur des affaires criminelles
qui sont arrivées à des inconnus,
ces affaires deviennent les vôtres.
Et même si vous n'avez connu de leur vivant
aucune des victimes,
elles font désormais partie de vos proches… »

Détective Roger LIPKA, police de Pennsylvanie

Women death row – Prison sécurisée de Muncy, comté de Lycoming

Aujourd'hui, dimanche 7 mai 2023

J'aimerais tellement vous dire le fond des choses. Sans rien retenir, sans mentir. Dire comment tout s'est passé il y a onze ans. C'est simple, mais à la fois si compliqué. J'ai cet air de musique dans la tête et il me rend triste. Il me file le bourdon, plutôt. La déprime n'a jamais été trop mon truc, mais là, quand j'entends cette chanteuse… Est-ce que c'est Cat Power ? Possible aussi que ce soit cette fille bizarre de New York avec les cheveux emmêlés qu'on voit parfois sur YouTube. Il paraît qu'elle est devenue une vieille hippie avec des mèches longues et grises et qu'elle porte des vestes d'homme.

Nous dansons sous le ciel immobile
Nous nous sommes jurés de si belles choses
Oh jusqu'à ce que la mort nous sépare.

Ces paroles-là me fichent un de ces cafards. Un cafard du tonnerre de Dieu. Elles me projettent comme une poussière dans le passé. J'ai l'impression de suivre une spirale de vent tiède qui va me déposer dans un coin miteux où je ne serai plus jamais en sécurité. Onze années d'incarcération. Les questions. Les psys, les flics et les journalistes. Les juges et leurs sous-entendus. Mais surtout, les souvenirs. Les flics et les juges finissent tôt ou tard par rentrer chez eux et m'oublier. Mais les souvenirs ne m'oublient pas.

Pourtant, tout semblait aller si bien. O.K., il y avait le Job Corps, et cette fichue migraine et ces cauchemars et toutes ces connes autour de moi. Ginger McIntyre, si vous voyez ce que je veux dire, et les autres. Bêtes comme leurs pieds. Comme si j'étais la seule fille à peu près sensée de tout le bahut. Mais il y avait Tarabont. Il est apparu dans ma vie presque en même temps que le Job Corps. Et la grange des Cornett. Et nos nuits au bout de Horseshoe Road. Les lumières des restaurants qui restaient ouverts tard le soir, avec leurs néons pour appeler les automobilistes tout au bout de la ligne droite. Voilà : je déballe tout en vrac parce que c'est comme ça que ça marche. Ma vie a déboulé en vrac et je me suis retrouvée un beau jour tout au bout de Horseshoe Road, sous un ciel d'automne, à marcher dans la nuit pour rentrer au Job Corps et quelques jours, pas longtemps, mais ces jours auront été les plus beaux de ma vie, j'ai cru que Tarabont et moi, on pourrait rester serrés sous ce ciel-là jusqu'à toujours. Connie, et Tarabont, jusqu'au bout des choses. Serrés à jamais. Oui. Serrés sous ce ciel-là.

Un ciel jamais noir à cause de tous ces éclairages. Le ciel de ces nuits-là était bleu foncé, ce bleu de jean tout neuf, parfaitement uni, sans la moindre étoile. Oui, nous dansions sous ce ciel immobile, et nous nous sommes jurés de si jolies promesses, Tarabont et moi. J'aimerais vous expliquer ça avec les bons mots. Mais il y a tellement de choses maintenant qu'ils savent sur nous… Il y a tellement de choses qui ont été dites que rien ne pourra changer ce qu'ils racontent sur nous. J'ai juste envie qu'ils me préparent le lit à sangles et qu'ils approchent cette saloperie d'aiguille. Je crois que jamais la spirale de vent tiède ne sera meilleure, ces quelques secondes qui suivront l'aiguille. Et le ciel jamais plus bleu ni plus régulier.

2012 – Juste avant l'ombre

Mon Dieu, Connie Stotter… Comme l'expliquera bien plus tard devant le jury sa camarade de dortoir Ginger McIntyre, elle avait annoncé la couleur. Elle avait dit les choses avec les mots qu'il fallait. Elle l'avait plaquée au mur, au tout début de la pause déjeuner, dans le couloir qui mène au réfectoire du Job Corps, et lui avait lancé :

— Je vais faire exploser ta tête ! Je veux voir ta cervelle couler par tous tes trous, ma vieille…

Et elle a tenu parole.

Oui, elle a tenu parole. Le soir même. Au-dessus de la rivière Conestoga. Dans les bois de Presley Park, devant la centrale thermique désaffectée, au bout de Cliffside Drive, Lancaster, Pennsylvanie.

Ils s'étaient enfoncés dans l'ombre des bois périurbains. La lumière des avenues se faufilait encore un peu à travers les feuillages, les teignant de cet orangé malade qu'exhalent les lampadaires au sodium.

Ils marchaient à trois de front, un garçon et deux filles. Ces deux dernières légèrement décalées, comme si elles échangeaient des confidences que le garçon n'avait pas à entendre. Connie Stotter s'est plusieurs fois mise à rire. Parfois, Carol Corman riait aussi, du bout des lèvres au début de leur marche vers l'intérieur des fourrés, puis plus franchement, à mesure qu'ils plongeaient en avant dans les ténèbres. Carol se détendait. Elle avait anticipé sur la partie de fumette proposée par Connie un peu plus tôt dans l'après-midi. Elle avait avalé deux tablettes de Xanax 1.0 juste à la tombée de la nuit, et mon Dieu oui : la nuit s'était affalée sur elle, comme un voile tiède, à la fois lourd et doux, qui engourdissait ses mouvements.

Connie la regardait de biais. À chaque nouvelle foulée, elle la détestait un peu plus. *Cette pute*. Cette sale pute de rien du tout. Connie imagina qu'elle tenait la tête de Carol entre ses deux mains, resserrées sur ses joues à la manière d'un étau. La peau devenait blanche à cause de la compression qu'elle lui imposait. Elle la regarderait, bien en face, les yeux dans les yeux, *ma vieille*... Et elle lui dirait à quel point elle était une pute. Une salope intégrale dont personne ne garderait le souvenir. Et elle secouerait un peu cette tête capturée entre ses mains. Tu vas mourir, Carol. Tu vas mourir ici, dans ce bout minable de Cliffside Drive. Mais elle ne lui a pas dit tout de suite. Encore quelques pas. Quelques dizaines de mètres. Elle laissa échapper un rire, encore une fois, et Carol, en écho, lui répondit.

— J'imaginais, je sais pas… fit Carol, entre deux gloussements. Que tu pouvais pas me saquer. Genre tu fais comme si on est super-copines et puis tu me casses par-derrière, le genre…

Carol Corman fit le geste d'un ciseau qui se referme, rapprochant d'un mouvement rapide ses deux mains à plat.

— Ouais, ça nous prend la tête, le Job Corps, crois-moi, répliqua Connie Stotter. On sait plus trop où on en est.

— Exact. Genre la fumette, y'a que ça qui peut nous remettre les yeux en face des trous, pas vrai ?

— Ouais. Mais fais gaffe quand même où tu poses les pieds, ma vieille. C'est plein de racines et de morceaux de verre, par ici.

Elles avançaient. Toujours plus avant dans la nuit de Lancaster. Presley Park retenait son souffle. Connie pensa à un gros animal inquiet, prêt à se défendre si on approchait trop. Les taillis se refermaient derrière elles, tel un rideau. Tarabont Kheler suivait, à quelques mètres. Il avait laissé filer les filles. Comme si ce prélude leur appartenait. Et puis aussi parce qu'il sentait que Connie avait déjà basculé. Dans l'au-delà. Et qu'il n'était plus si sûr que ça de vouloir l'accompagner aussi loin.

Elle l'avait vu hésiter, à l'angle du quai de la Conestoga River.

— Il vaut mieux que tu rentres chez toi, maintenant, avait-elle glissé, d'une voix neutre.

Il n'y avait ni panique, ni rien d'autre dans sa voix. C'était juste un défilé de mots. Comme plus tôt à la pause déjeuner. Des mots destinés à provoquer des actes, simples et sans équivoques. Pas à entraîner des émotions.

— Rentre, Tarabont.

Et Connie s'était éloignée seule, vers les berges. Elle avait traversé les bois et coupé par Holly Lane, avant de replonger vers Horseshoe Road. Des remords ? Elle n'en avait aucun. L'adrénaline s'évacuait doucement et son excitation retombait. Elle pensa au corps, allongé dans la pente, là où ils l'avaient abandonné. Une biche ensanglantée et recroquevillée sur elle-même, les pattes disloquées par la chute. Voilà à quoi elle ressemblait. Non, elle ne pensait pas aux remords. Elle ne se laissait pas gagner par la culpabilité. Elle pensait à la cervelle, comme elle lui avait promis. Est-ce que ça coulait encore, de ce trou béant qu'elle lui avait fait sur le côté de la tête ?

Connie Stotter a été interrogée des dizaines de fois sur les raisons de son acte. Les raisons profondes. Il apparaissait de manière formelle aux enquêteurs et à tous les acteurs de la justice qu'il ne pouvait y avoir qu'une *raison profonde* à un crime aussi terrible. « Terrible », « spectaculaire » et « horrible » avaient été les trois adjectifs les plus utilisés par les journaux.

Il semblait nécessaire à tous, détectives de la police de Pennsylvanie, procureur, journalistes, de comprendre tout d'abord les éléments qui avaient constitué l'enchaînement qui débouchait sur ça. Qu'est-ce qui avait transformé en « biche ensanglantée » une adolescente qui était, la veille encore, si semblable aux autres ? Ce ne pouvait pas être simplement le fruit du hasard.

Des éléments, il y en avait. Ils donnent un aperçu de l'avant, du pendant et de l'après des faits. Mais beaucoup, parmi les policiers, les magistrats et les journalistes commençaient à sentir que « l'après » allait être aussi incertain que « l'avant », et que « le pendant » serait noyé dans le flou des déclarations des uns et des autres.

L'après avait commencé au moment où Tarabont Kheler s'était retourné. Il avait regardé Connie s'éloigner dans Holly Lane et filer vers le nord, en direction du Job Corps. Les images revenaient. Le corps de Carol. Le bloc. Le sang. Trop de sang. Cette fille était remplie de sang.

L'après commence au moment où l'on souhaite retourner en arrière et avoir encore une occasion de changer les choses. Il commence quand on sait qu'il est déjà trop tard et que les aiguilles ne remontent jamais sur le cadran de la montre.

L'après commence aussi, pour tous les autres dont il vient d'être question – détectives, procureur, adjoints, envoyés des journaux et des télévisions –, à l'instant où il faut exprimer ce qu'il s'est passé, en expliquer le comment, et surtout, en dénouer le pourquoi. Les juges, les policiers et les journalistes appellent cela les raisons.

Des raisons, il y en avait aussi. Beaucoup. Quelques-unes sont à trouver dans l'histoire qui commence ici.

Le Job Corps

Le Job Corps n'a pas l'allure habituelle des lycées de la région des Appalaches. Ils se ressemblent tous : deux étages, beaucoup de vitres et un fronton à colonnes. Ce n'est pas le genre du Job Corps. Son style, c'est plutôt les briques rouges industrielles montées sur quatre étages, des fenêtres étroites de centre de détention et une rotonde sur le toit du bâtiment central, qui faisait songer à une tourelle de char d'assaut. Pour Connie, qui avait été expédiée là-dedans par sa mère, elle-même encouragée par Dick, son supposé « beau-père », le Job Corps représentait plusieurs choses : d'abord la sanction de ses études de collège. Minables. Ponctuées d'avertissements et de renvois. Elle avait démoli à coups de pied deux de ses anciennes camarades et avait même giflé un professeur. Devant sa classe tout entière, et cette gifle avait plutôt eu les allures d'un coup de poing en plein visage.

Sanction, donc. Mais le Job Corps, c'était aussi un bannissement. De sa propre famille. Sa mère et Dick Brown, le type avec lequel elle s'était collée depuis dix-huit mois, avaient parfaitement goupillé leur affaire. Le Job Corps n'avait pas que des allures de prison : c'était une prison. Sortie un week-end sur deux, couvre-feu à 21 heures. Dortoir de quatre personnes, repeint en bleu ciel, parce qu'ils pensaient sans doute que cette couleur arrondissait les angles et calmait les esprits des filles rebelles. Quatre lits bleu ciel, avec chacun son tiroir encastré et sa veilleuse fluocompacte qui rendait tout livide. Et quatre placards, dont le sien, dans lequel elle n'avait rien à ranger sinon son vêtement de pluie, son jean de rechange, son sac de voyage à la bretelle déchirée et ses bottes en caoutchouc trop petites d'une pointure.

Il y avait le couvre-feu. On l'a dit : 21 heures. Extinction générale des feux. Mais passé 20 heures, plus question pour les étudiantes de quitter l'enceinte. Connie Stotter s'en fichait. Elle connaissait un itinéraire pour filer par le terrain de sport et se retrouver direct sur Horseshoe Road. Là, il n'y avait pas grand-chose à faire et il fallait marcher près d'une demi-heure pour trouver quoi que ce soit d'ouvert après 21 heures. La seule chose qu'on était sûr de croiser en remontant vers l'aérodrome, c'étaient des camionnettes de péquenots tirant des citernes ou des fourgons à bestiaux. Mais elle était dehors. Deux ou trois fois, elle avait marché jusqu'au bout de Horseshoe Road. Elle avait passé la bretelle de l'US 30 et poussé jusqu'aux lumières. Alors elle rentrait au Taco Bell, demandait un Coca et une petite frite. Un soir, un type lui a proposé de partager une box Party Pack. Elle a mangé avec le type, sans dire un seul mot. Le type lui avait ensuite proposé vingt dollars si elle acceptait d'aller faire un tour avec lui dans sa voiture. Elle avait refusé et avait quitté le Taco Bell, mais le type l'avait suivie, et elle n'avait pas encore rejoint le pont de l'US 30 qu'il klaxonnait derrière elle comme un furieux, en l'insultant par la vitre ouverte de son antique pick-up de bouseux. Elle l'avait laissé approcher et lorsqu'il était arrivé à sa hauteur, elle avait balancé dans son pare-brise un gros pavé ramassé sur le parking, au cas où. Mais elle était sûre qu'il y aurait un « au cas où ». Le type lui a hurlé des insanités ; il tapait de rage sur son volant. Elle lui a craché une insulte à son tour et elle s'est enfuie en courant vers l'échangeur. Le type avait dû hésiter entre la poursuivre à pied ou essayer de la coincer avec sa voiture. Il a opté pour la voiture, mais sans doute qu'il y voyait mal avec son pare-brise en miettes. Il a tapé le terre-plein de l'Advance Auto-Parts sur lequel sa voiture est restée juchée, le train arrière dans le vide, à la manière d'une tortue posée sur le dos. Quatre roues motrices ou pas, le pick-up était aussi coincé qu'un scarabée dans une boîte d'allumettes. Connie Stotter était rentrée au Job Corps par son chemin habituel et personne de l'administration ne l'avait vue regagner le dortoir. Aucune des trois filles ne dormait, et elles l'avaient toutes les trois fixée avec mépris.

— Qu'est-ce qui cloche, les filles, a demandé Connie ? Vous avez toutes des têtes de merlans frits ?

— Rien, a répondu Ginger McIntyre, avec une moue dégoûtée. Rien du tout. Tu fais ta vie, Connie. On ne te demande rien…

— Dommage. Si tu avais demandé, je t'aurais expliqué comment on se fait vingt dollars en quatre minutes chrono, au bout de Horseshoe Road.

Elle s'est allongée sur son lit et a immédiatement éteint sa lampe fluocompacte. Dans le noir, elle s'est mise à chanter à mi-voix cette chanson de Cat Power qui passait souvent à la radio, cette année-là :

Cherokee, embrasse-moi
Quand je me sens si mal
Et si je meurs avant l'heure
Enterre-moi tête en bas
Cherokee, embrasse-moi

— La ferme, Stotter ! a glapi McIntyre.

Connie s'est marrée et elle a continué à chanter.

Embrasse-moi
Et si je meurs avant l'heure
Enterre-moi tête en bas

Connie a cessé de chanter. Les heures de la nuit sont venues. Puis d'autres jours, épais et lents. Et puis elle a rencontré Tarabont.

Hiver 2011 - Communauté de South Fertility, Sud de Lancaster, Pennsylvanie

— Rappelle-nous pourquoi nous sommes ici ensemble, Vulf Kheler. Expose-nous les raisons qui font que nous sommes une goutte dans l'immensité, une minuscule gouttelette dans la mer des hommes. Dis-nous pourquoi nous avons laissé la vanité du monde au-dehors de nos clôtures et au-delà des fossés qui bordent le domaine ?

Moses Grant, qui faisait fonction de prêcheur et dirigeait les débats dans la salle commune, leva le menton vers Kheler. Celui-ci était un homme de taille moyenne, aux yeux clairs, mais terriblement enfoncés dans leurs orbites. Une maladie de peau rosissait ses joues, les tavelant de minuscules veines qui s'épanchaient tels des rhizomes vers les lèvres et les tempes. Une barbe fleurie, hésitant entre le roux et le gris, bordait tout le bas de son visage, s'étirant en pointes des deux côtés de la bouche.

— Parce que le monde extérieur… eh bien. Le monde extérieur a oublié la parole du Seigneur.

— L'a-t-il jamais entendue, Vulf ? Le monde extérieur a-t-il jamais voulu se confier à la parole de Jésus ? A-t-il jamais mérité le sacrifice de Jésus, Vulf ?

— Je… Je ne sais pas, Moses. Je suppose que non.

— Les membres rassemblés ici savent pourquoi nous avons tendu ces clôtures et ne dépendons plus que de nous-mêmes… Les membres veulent-ils nous en rappeler la raison, puisque tu sembles l'ignorer, Vulf ?

Les voix des hommes, alignés dans leur côté de la salle commune, s'élevèrent, aussi synchronisées qu'un chœur d'église :

— Parce que le monde extérieur est mauvais !

Une voix monta, qui n'était pas celle du prêcheur Moses Grant, et compléta :

— Il est mauvais et nous devons nous isoler de lui. Voilà pourquoi, Vulf. Le monde extérieur est le corridor de l'enfer, et y mettre le pied nous condamne à un commerce dangereux. Tu le sais mieux que quiconque, Vulf Kheler, toi qui as quitté autrefois notre congrégation pour te perdre dans le monde.

Les femmes, dans leur aile, qui n'avaient pas le droit de parole et n'avaient pas participé au chœur, émirent une sorte de gémissement qui sembla déplacer l'air froid de la Grande Maison vers l'avant de la salle.

— Tout cela est vrai. Mais tu es revenu, Vulf. Nous t'avons pris dans nos bras et nous t'avons enlacé. Mais au matin, ton fils Tarabont a été surpris hors de la communauté, reprit Grant. Avec une fille qui n'est pas des nôtres. Dans la propriété Cornett. Tout cela trouble l'équilibre sur lequel nos pères, et les pères de nos pères, ont bâti South Fertility et réuni cette communauté.

— Il y a eu…

— Suffit ! Nous trancherons le sort de ton fils devant le conseil des élus. Nous sommes réunis aujourd'hui pour aider la famille Zweibrück à…

— Je demande plus que de l'aide, lança une voix, dans le premier rang des hommes.

Moses Grant se tourna vers celui qui se tenait en retrait, noyé dans la forêt sombre des barbes et des manteaux, et qui venait d'intervenir. Il avait levé sa main d'un geste autoritaire et terrifiant.

— Toi aussi, Abe, coupa d'une voix de stentor Moses Grant… Aussi légitimes pourraient-elles paraître, parce que nées de la douleur, tes plaintes bousculent notre ordre.

Grant tendit la main, qui parut infiniment blanche au milieu de toutes ces ombres. Il dit :

— Avance-toi, Abe Zweibrück, toi qui prétends être touché par un drame que devra supporter toute notre communauté, dis ce que tu crois. Dis-nous pourquoi dans la chance merveilleuse que nous avons de nous réunir ici, dans notre bien commun, nous avons malgré tout une telle douleur à porter. Sais-tu pourquoi deux de nos enfants ont quitté leur berceau et ont décidé de marcher dans le monde extérieur ?

Moses Grant s'était tourné vers un grand personnage tout en noir. Les chemises claires des autres luisaient dans le clair-obscur, mais Abe Zweibrück était uniformément vêtu de noir. Un grand manteau – ou une cape, l'opacité de l'air ne permettait pas de trancher – l'enrobait jusqu'aux genoux. Ses cheveux et sa barbe noire achevaient l'aspect crépusculaire de sa silhouette. Il s'avança tout près de Moses Grant en hochant la tête. Se tournant vers l'assemblée, il commença :

— Je ne sais pas les raisons pour lesquelles Tarabont a quitté South Fertility. Mais ce que je sais, c'est que ma fille Belinda a disparu depuis maintenant onze jours et j'ai beaucoup réfléchi.

— Sait-on ce qui est arrivé à Belinda, Abe ?

— Elle revenait du champ Bergans, et plusieurs l'ont vue remonter Hartmann Road.

— Et qu'a-t-on dit qu'il y avait sur Hartmann Road, Abe Zweibrück ?

— Une voiture. Une voiture attendait au bout de Hartmann Road, au croisement de Hartmann Bridge.

— Tu veux dire qu'il y avait là une de nos voitures à chevaux ?

— Non, Moses. Tu le sais et nous le savons tous. Il y avait une automobile d'Anglais. Une automobile à moteur.

— Et sait-on ce que cette automobile est devenue ?

— Elle a été vue roulant vers l'ouest. Et Jonesy Bach a affirmé l'avoir vue stationner sur le bas-côté des entrepôts Smucker.

— Et ta fille, Abe ? A-t-elle été vue aussi ?

— Non.

— Elle n'a plus été vue depuis le champ Bergans et Hartmann Road ?

— Non.

— Il y a ce que plusieurs des nôtres ont rapporté. Ce qu'ils ont entendu dire à Lancaster. Est-ce que quelqu'un peut répéter ce qui a été entendu en ville ?

Deux femmes se levèrent, en même temps. Elles étaient assises ensemble, portaient exactement la même robe de coton brun et des grosses chaussures de marche. L'une lança :

— Ils ont mis un avis de recherche. Sur Internet.

— Le diable seul y répondra, fit quelqu'un dans les travées.

— Que dit ce message, Ann Kreyenbuhl ? L'as-tu vu de tes yeux ?

— Je ne regarde pas les choses qui circulent sur Internet, répondit la femme. Tu le sais, Moses. Mais on nous l'a lu et plusieurs l'ont répété. Et j'ai vu l'affiche : elle est partout dans Lancaster. Il y a ce signe qui ressemble à une note de musique… Cette note de musique inversée…

— Le dièse ?

— Oui.

— Ils appellent cela un *hashtag*.

— Oui.

— Eh bien ?

— Ils ont fait circuler ce signe, et ils demandent ensuite « Où est Belinda ? » Ils disent que c'est le meilleur moyen de retrouver des traces de quelqu'un qui a disparu. Ils racontent qu'ils sont des milliers à y répondre.

— Oui, le diable et tout son train enverront des nouvelles, reprit la voix, derrière le premier rang.

— Suffit, coupa Moses Grant. Quelle est ton idée, Abe ?

Tu dis que tu as réfléchi : alors, quelle est ton idée ?

— Mon idée est simple : soit elle a décidé de quitter notre communauté – ce qu'aucun signe n'a jamais annoncé…

— Mais as-tu réfléchi à la possibilité qu'elle…

— Comme tu l'as dit à l'instant Moses, coupa Abe Zweibrück. Pour marcher dans le monde. Alors si Belinda y a mis le pied…

— C'est ce qui s'est passé, selon toi ? demanda Grant.

Zweibrück baissa le front et ne répondit pas. Il poursuivit :

— Auquel cas elle s'est glissée dans le torrent du monde extérieur qui l'a emportée, elle a rejoint les Anglais et elle est perdue pour nous…

Abe Zweibrück releva brusquement le visage. Il fit, dans quelque chose qui ressemblait à un gémissement de douleur :

— Soit elle est morte !

Tout le monde s'attendait à quelque périphrase. Quelque chose qui aurait atténué la violence des propos de Zweibrück. Mais Zweibrück avait décidé que l'heure n'était pas aux métaphores. Il poursuivit :

— Elle a été baptisée au début du printemps. Elle a fait ses vœux et je sais qu'elle entendait les tenir. Je suis son père et je sais cela. Alors si tu me demandes de trancher dans mon idée simple, voilà ce que je dis, Moses. Ma fille n'a pas fui sa communauté. Elle n'a pas choisi de marcher dans le monde. Quelqu'un l'a extraite de force, et l'a tuée. Voilà ce que je dis.

Photos de Connie

Sur une des deux seules photographies qu'on ait retrouvées d'elle enfant, Connie Stotter a trois ans ou trois ans et demi. Elle est debout dans une sorte de terrain vague. Elle porte un manteau rouge foncé avec un col de fourrure blanche. Elle a des joues rondes et esquisse un sourire. Ses deux bras pendent de chaque côté de son petit corps et, comme le manteau est trop large et trop grand pour elle, on ne voit pas ses mains. On lui a posé deux barrettes dans les cheveux, qui tiennent sa coiffure tirée sur le côté gauche. Derrière elle, on distingue des arbustes effeuillés par l'hiver et un gros tas de pneus de camions, dont le tas s'élève plus haut que le faîte des buissons. L'endroit est sans doute plutôt une décharge qu'un terrain vague, car on discerne sur le sol, s'éloignant en perspective, des détritus, des feuilles de papier, deux caisses métalliques embouties et une haute poubelle ronde, en zinc. Quelqu'un a dû lancer un feu à l'arrière-plan, peut-être pour brûler des ordures, et de la fumée blanche s'élève entre les troncs en bouquets des arbustes.

Sur l'autre photographie que l'on connaît d'elle, elle a six ans. Elle porte un pull-over à côtes, blanc, et elle pleure. Sa main frotte son œil droit et sa bouche est déformée par la tristesse ou la peur.

Ces deux photos (*Stotter pict#1* et *Stotter pict#2*) ont été projetées devant la cour criminelle de Pennsylvanie, à la demande du premier avocat commis d'office de Connie. Il en espérait sans doute une sorte de réflexe de sympathie de la part du jury.

Jake McQuarrie, un des envoyés du *Lancaster Sentinel,* a commenté en sortie d'audience l'effet que ces photos avaient eu sur lui et sur les gens qui l'entouraient, pendant leur projection : un grand froid. *Une immense sensation de froid, comme si la porte du tribunal avait été soufflée par un ouragan glacé, et que de la neige fondue s'était mise à tourbillonner autour de nous et à se faufiler sous ma chemise…*

Tarabont Kheler

Pendant l'automne de 2011, juste après avoir rejoint le Job Corps, Connie a rencontré Tarabont Kheler. Il avait dix-sept ans et disait qu'il était temps pour lui de choisir de quel côté du monde il allait vivre. Il lui a dit qu'elle allait partir avec lui. D'ici quelques semaines, il ferait son *Rumspringa* et il n'aurait plus de comptes à rendre à personne. Ni aux Amish, ni à personne. Il aurait le droit de faire comme bon lui semble. Il allait devenir un « Anglais », le nom par lequel ceux de sa communauté appelaient les étrangers.

Connie a demandé ce qu'était le *Rumspringa*. Il a expliqué, en riant, que c'était une sorte d'entracte. Une sorte d'échappée belle que les Amish accordaient à leurs jeunes, avant de les enfermer dans les isoloirs de leur foi. Qu'on pouvait, *« avant de plonger dans les ténèbres éternelles des certitudes des habitants de South Fertility »*, avoir quelques mois de libéralités : on pouvait apprendre à conduire une automobile à moteur, porter des vêtements anglais, fréquenter les pubs et débits de boissons de Lancaster, et même – Tarabont rit un peu plus fort en disant cela – « *éviter la prière domestique et, pour certains, sécher le service du dimanche, avec les psaumes et le pain brioché…* » Quelques-uns quittaient même leur famille pendant cette période, et vérifiaient la solidité de leur foi en allant habiter la ville. Lancaster, voire même Harrisburg. Mais pour lui, Tarabont, le *Rumspringa* ne serait pas un entracte. Ce serait le début de sa vraie vie.

Oui : Tarabont acceptait l'idée qu'elle soit devenue sa petite amie. Pas de problème avec ça. Il le lui avait dit tout simplement, et ils étaient allés officialiser l'affaire dans la grange de Freeman Cornett. Elle n'en avait parlé à personne, et surtout pas aux trois cruches qui partageaient son dortoir. Personne ou presque. Il n'y avait que Carol Corman qui savait. Parce qu'elle aussi, elle faisait le mur, certains soirs, et qu'elle allait fumer sur le terrain de sport, et qu'elle les avait surpris lorsqu'ils étaient rentrés d'une de leurs petites virées. Elle s'en fichait qu'une fille le sache. Elle n'en éprouvait ni fierté, ni honte. Tout ce qu'elle savait, c'était que cette rencontre avait du bon. Tarabont était « spécial ». Pas spécial au sens où les filles décrivent parfois les garçons pour qui elles ont un béguin, mais spécial quand même. Il n'était pas vraiment beau, il était plus jeune d'un an, mais il était présent. Quand ils se rencontraient, il n'y avait jamais de moments creux. Tarabont parlait sans arrêt, il avait toujours des choses à raconter ou des questions à lui poser. Il avait de la vie plein les mains et plein la tête. Et il était toqué d'une certaine bible satanique qui expliquait ce qu'était la vraie vie. Au bout de deux semaines, elle tenait terriblement à lui. Et elle se mit aussitôt à craindre qu'on vienne le lui chiper. Et oui, elle voyait bien que Carol Corman tournait sacrément autour de Tarabont, qu'elle multipliait les occasions de les croiser, entre le terrain et Horseshoe Road, et qu'évidemment, il fallait qu'il comprenne que ça puisse l'énerver, elle.

— Je ne sais pas si c'est tellement comme tu dis pour Carol Corman, mais c'est toi qui peux juger, avait tenté Tarabont, pensant calmer le jeu.

Il n'y a pas à juger, avait pensé Connie. *Il y a à réagir.* On ne pouvait pas simplement coincer cette idiote dans un couloir du Job Corps et lui dire tout de go que la *vraie petite amie* de Tarabont Kheler était Connie Stotter et pas Carol Corman. Il fallait d'autres arguments. C'est ce que prétendait Connie, en tout cas. C'était peut-être la cinquième ou sixième fois qu'ils se retrouvaient, et Connie lui expliqua sa manière de voir les choses :

— Je vais lui dire, et lui dire, et lui dire. Je vais tellement lui dire que sa cervelle va bouillir et se mettre à lui couler du nez et de tous ses trous de connasse…

Ça avait tarabusté Tarabont Kheler un bon moment. La voix qu'elle avait eue et les mots qu'elle avait employés. Qu'une fille d'à peine plus de dix-huit ans puisse proférer de telles menaces, de cette manière-là, il en était resté un peu scotché. Même dans les pages les plus raides de son bouquin de LaVey, il n'y avait pas une telle violence.

Il avait réfléchi plusieurs jours. Il avait même trouvé un prétexte pour éviter un de leurs rendez-vous et avoir un peu plus de temps pour y penser. Un soir, il a rejoint Connie au Columbia Diner. Tarabont lui raconta ce qu'il avait entendu dans la Grande Maison et ce qu'il pensait de la lâcheté et de la sournoiserie des hommes de sa communauté.

— Ce que je crois, c'est que cette bande de crétins de South Fertility ne se rend même plus compte qu'ils sont les derniers habitants de la planète des singes ! Ils font ce qu'ils ont vu faire. Ils s'imposent des règles qui n'ont plus rien à voir ni avec la Bible ni avec Dieu lui-même. Ils interprètent des commandements que leur ont imposés leurs parents, sans savoir pourquoi ils y obéissent. Tu ne fais pas ceci : l'enfer ! Tu ne portes pas la bonne couleur : l'enfer ! Tu dis telle parole plutôt que telle autre, tu ne te lèves pas à la nuit noire pour aller trimer, etc. etc. L'enfer est pour toi. Tant qu'à faire, autant y aller directement, et appliquer la bible de LaVey.

— Ta fameuse bible *satanique* ?

Connie avait infléchi ses deux index en guillemets de chaque côté de son visage en prononçant le mot « satanique ».

— Exactement. Et c'est là-dedans qu'il est écrit : « *Empêchez-les de vous persécuter !* » C'est ce que je veux faire. Les empêcher de me persécuter avec leurs interdits, à chaque seconde de ma vie. Il y a aussi écrit : « *Je suis le seul à pouvoir me délivrer.* » Bien dit ! Et ça encore : « *Profitez de la vie, partout, ici et maintenant !* » Bref, tu comprends l'idée. Tout le contraire des renoncements auxquels souscrit la bande de cons au milieu desquels je vis. Ils ont bon sur l'idée qu'il faut envoyer le monde se faire foutre, mais pas sur le reste. Modestie, silence, discipline : et puis quoi, je me mets à genoux et je demande pardon à chaque fois qu'un connard décide à ma place de ce qui est bon pour moi ? Tu crois que j'ai envie de passer ma vie à me lever à 5 h 30 du matin, à enfiler un froc humide et à aller marcher dans du fumier pour nourrir les bêtes ? À passer le reste de la journée à semer du grain et à mettre des concombres et de la bourrache en conserve dans du vinaigre ?

— Explique, alors. Je suis ton petit diable plein d'impatience, minauda Connie.

— D'abord : *pas de retenue*. Tout ce dont tu as envie, tu le prends.

— Tu veux dire, tu choures, éventuellement ?

— Et comment ! Ça te plaît, c'est à toi. Aussi simple que ça. Tu crois que toute la bande Gates, Jobs, Musk, Bezos et compagnie, ils se privent ? Ils ne se privent de rien. Tu bosses pour eux, toute ta vie, et tu remplis leur frigo. Ils te crachent à la gueule pour te dire merci. Donc tu prends. Ensuite, l'amour. Seulement pour ceux qui te méritent. Pour les autres, une grande tarte dans la gueule.

— Ouais. Je suis cent pour cent d'accord avec toi.

— Pas avec moi : avec Satan. C'est Satan qui te parle, là. Dans la bible noire d'Anton LaVey.

— Tu me la feras lire ?

— Elle est à ta disposition.

— Continue… Il y a quoi d'autre d'écrit ?

— « *Satan est vengeance* » : ça veut dire que tu rends coup pour coup. C'est ce que ne veulent pas piger les autres mollusques. Tu ne laisses rien passer, c'est ça qu'il te demande. Tu as entendu parler de cette fille, Belinda Zweibrück.

— Non.

— Une fille de South Fertility…

— C'est quoi, South Fertility ?

— Ça fait bien dix fois que je te le dis : là d'où je suis…

— Cette fille… c'est une Amish ?

— Ouais. Elle s'est fait buter par un paumé, un demichicano de Ronks Street, il n'y a pas deux semaines. Ce type l'a repérée, il l'a embarquée dans sa voiture coréenne pourrie et l'a massacrée. Il l'a enterrée du côté de l'usine d'extincteur de Bakerville. J'oublie de te préciser qu'il l'a violée avant.

— C'est satanique ton truc !

Tarabont la regarda, avec un air surpris.

— Peut-être bien, mais ça me fait chier quand même.

— Parce qu'il a tué une Amish ? Je croyais qu'ils te gonflaient ?

— Ouais, n'empêche. Je ne sais pas pourquoi, mais ça ne me plaît pas. Attends. Je viens de réaliser un truc marrant : ce type, il s'appelle Baker. Justo Baker. Et il vient du côté de Bakerville… Marrant, non ?

— Ouais, avait dit Connie. Marrant. Baker, hein ? Et un type qui s'appelle Graber, ça te dit quelque chose ?

— Graber ? Il y a toute une flopée de Graber par chez nous. Même l'ancien évêque de South Fertility s'appelle Graber.

— Un vieux type, avec une barbe dégueulasse et un manteau de clodo ?

— Tu brûles, Connie ! Tarabont éclata de rire. Barbe, chapeau et manteau dégueu ? C'est le portrait-robot de tous les types de plus de cinquante ans qui habitent à South Fertility ! Sauf que Graber est une vieille fripouille. C'est l'ancien évêque de notre district. Ce qui ne l'empêche pas d'être plus sournois et plus menteur que les autres. Il a eu des histoires avec des gamines qu'il faisait venir chez lui. Des histoires sexuelles. Il s'est même fait toper par la police pour une histoire de prostitution à Lancaster. Mais ils l'ont libéré sur parole et je crois bien qu'il est consigné en probation à South Fertility-Ouest.

La conversation avait dévié, et aucun des deux ne s'en était vraiment rendu compte. Tarabont ne demanda pas ce soir pourquoi Connie s'intéressait à un type nommé Graber. Il ne fut plus question de la bible satanique de LaVey. Mais ils se mirent à parler de Carol Corman.

Décembre 2011 – Columbia Diner, Lancaster

Connie Stotter relâcha par le nez une énorme bouffée de fumée. Le joint changea de main et elle se frotta les yeux, comme s'ils lui piquaient. Ils s'étaient allongés dans l'ombre, sur une des pelouses du Columbia Diner, en retrait du parking. Au loin, des phares croisaient sur la Lincoln Highway, et le bruit des moteurs montait et décroissait sans arrêt. Elle murmura :

— C'est presque, comment dire… physique.

— Attends, tu veux dire quoi par « physique » ?

— Sa gueule… Ses dents avec son appareil pour les tenir ensemble… Ce truc en fer, je ne sais pas, pour les redresser. Ses yeux de mulot.

— Eh ben ?

Connie haussa le ton. Le chuchotis se transforma en une sorte d'aboiement.

— Ben je la gerbe. Voilà. Cette fille fait genre « je-suis-ta-meilleure-copine », mais je sens qu'elle cache un truc dégueu…

— Dégueu comment ? fit Tarabont, à moitié sonné par le cannabis.

— Dégueu tout court. J'imagine… J'imagine qu'elle est remplie de vase ou de substance dégueulasse. Qu'elle grouille, en dessous de son apparence de fille sympa.

— Qu'elle *grouille* ? répéta Tarabont, les yeux clos, un vague sourire aux lèvres.

Les mots semblaient flotter autour de lui, désormais sans grande signification. Il les regardait osciller comme des ballons gonflés d'hélium, et en admirait les différentes couleurs.

— Ouais. Genre cette fille est une peau avec quelqu'un d'autre cousu dedans. Quelqu'un de vraiment… flippant.

— Flippant genre, tu veux dire… un alien ou un truc de ce genre ? Une créature qui se serait emparée d'elle ?

Tarabont avait lu en cachette des dizaines d'illustrés d'horreur Warren, dans lesquels les monstres les plus abjects se frayaient un chemin dans la vie des hommes pour y semer la panique et l'effroi. Il se mit à imaginer, sous le masque souple de Carol Corman, un visage mangé de lèpre, aux lèvres rouges de goule et aux dents aiguës comme des rasoirs.

Connie pouffa, presque méprisante.

— Non, arrête ton délire. Juste, elle est pourrie dedans. Voilà tout. Et je suppose qu'elle me veut du mal. Elle… drague tout ce qui bouge au Job Corps. Et surtout tout ce qui bouge autour de moi. Genre toi.

— Moi ? fit Tarabont, sans s'offusquer. Je l'ai vue à peine deux fois trois minutes. Je suis même pas certain qu'elle ait remarqué ma présence. Tu veux mon avis ? Cette fille en croque pour toi !

— Mais oui, vas-y avec ton délire ! Je suis pas aveugle, Tarabont, cette gonzesse me marque comme un garde du corps et cherche à me piquer mon mec. Voilà ce que je crois.

— Un garde du corps ? Raison de plus pour te rendre à l'évidence : c'est toi qu'elle veut, ma grande !

— Laisse tomber. Je sais ce que je crois. Corman est une pute. Une petite pute à deux balles, mais une pute quand même. Et je ne vais pas le supporter longtemps.

— Ah, fit Tarabont, définitivement lâché dans l'altitude des ballons-sondes.

— Ouais. Je vais me la faire. Tu pourras pas dire que c'était une sacrée surprise.

— Te la faire comment ? ricana Tarabont.

— Dans les grandes largeurs, voilà comment. On ne parlera plus jamais de ses dents, de son appareil dégueulasse et de ses yeux de rat malade.

— Arrête avec les rongeurs et les animaux dégueu, tu commences à me faire flipper…

— Flipper ? Ben alors, t'as encore rien vu. T'as encore rien vu du tout, Tarabont.

Et Connie Stotter se détourna. Elle tira encore sur le joint et la fumée se condensait autour d'elle, en nuage. Elle se mit à dodeliner de la tête, comme absorbée par des pensées inconnues. Son regard accrocha la lueur des néons rouges du Columbia Diner et un reflet de sang les irrigua. Tarabont se dit qu'elle était exactement comme ces filles des illustrés Warren : terriblement flippante, et terriblement sexy.

South Fertility

L'emprise de la communauté apparaît sournoisement à une sortie de virage, sur la Lincoln Highway qui coupe le pays en deux comme les coques d'une noix. Une séparation bien marquée, aussi franche qu'un coup de lame, et deux faces identiques, presque symétriques. Des fermes avec leurs tours à grain, leurs granges rouge et blanc, des maisons décaties d'ouvriers agricoles et de petits métiers minables. Des réparateurs d'engins ou des pêcheurs d'aloses remontant la Susquehanna River, acoquinés avec le Fisheries Service. Les alentours de South Fertility abritent des déclassés sans terre ni aide sociale, qui survivent en présentant aux touristes du week-end des attractions piteuses, des soi-disant « fermes à serpents », ou des combats de coyotes affamés, gardés dans des cages et lancés les uns contre les autres dans des arènes de tôles rouillées. Une entrée à trois dollars et des ventes de casquettes pour arrondir le tout, des confitures ou des conserves de pickles. Un vaste terreau à violence conjugale, à incestes de toutes sortes, et propice aux ventes d'armes d'occasion. Selon une enquête de 2015, certains districts du comté de Lancaster compteraient 3,6 fusils par habitant.

D'autres autochtones sont de gros travailleurs. Manuels et infatigables. Ils sont dehors du matin tôt à tard le soir, dans les terrains fertiles et les herbes hautes, dans la poussière ou la gadoue, à creuser des sillons et à arracher des souches. À semer, irriguer, clôturer, ramasser et stocker. Les Amish font partie de ceux-là. Leurs silhouettes incertaines, noires et hautes, aussi lentes que déterminées, hantent tous les horizons dans le pays de Lancaster. Pères et fils marchent sur les chemins creux, par groupes compacts, durs au mal, mais désinvoltes. Apparemment désinvoltes, ne courant jamais, sûrs de leur démarche et de leur destin. On les verra juchés sur des tracteurs antiques, manœuvrant des batteuses conçues sous le mandat de Harry Truman. Ils actionnent des pompes hydrauliques hors d'âge pour en tirer des filets d'eau qu'ils feront couler, sans impatience, jusqu'à des buses de terre cuite qu'ils réparent sans amertume, mois après mois, et dont la moitié se perd dans la terre desséchée de leurs champs. Ou glisse, chargée de nitrates et de phosphates, jusqu'à la baie de Chesapeake. Les fermiers de Lancaster, amish ou pas, produisent des milliers de tonnes de tabac, de soja et de maïs. Tous, Amish ou « Anglais », sont prospères et, depuis des décennies, gagnent beaucoup et dépensent peu. Sous leur apparente désinvolture, ils cachent des regards aigus, des attitudes soupçonneuses et des silences inquiétants. Ils parlent peu ou pas à l'étranger, et jamais sans y être invités par des questions. On dirait qu'ils glissent à la surface du monde, semblant y flotter, comme des planches sur l'eau furieuse d'un torrent.

Le pays de Lancaster se distingue des autres comtés où la Fédération pour l'agriculture de Pennsylvanie – la *Red Barn* – règne en maître par certains détails insolites. Les cordes à linge exposent aux vents du Labrador des complets noirs, qui verdissent avec l'âge, et des robes sombres, grises ou brunes, semblables à des habits de Bénédictines. Les routes sont parcourues par de curieux véhicules tirés par des chevaux, des calèches noires que les Amish appellent des « buggies ». Parfois, ces équipages beaucoup plus lents que le flux automobile sont la cause de terribles accidents et l'on relève des morts et des blessés dans un enchevêtrement de pièces d'attelage, de roues à rayons et de brancards de bois d'ébène. Parfois, un chapeau noir, abîmé sur le bitume, témoigne de l'identité du conducteur, tandis que les gyrophares orange des vans des services d'urgence balaient l'endroit.

Sur le bord de la route, on croise des vendeurs qui proposent aux automobilistes les produits de cette agriculture locale. Amish et « Anglais » se partagent les bas-côtés, cherchant chacun à séduire les chalands. Les Amish sont ceux qui tirent le mieux leur épingle de ce jeu. Même s'ils ont la réputation de vendre le surplus de la production de leurs fermes à des prix élevés, ils les justifient par la qualité hors du commun de leurs produits agricoles, issus des meilleures traditions ancestrales.

Les Amish affirment n'utiliser pour leurs cultures aucune des « pestes modernes », aucun des polluants et engrais modernes qui abondent en Pensylvanie. Des néo-ruraux, aux consciences écologiques avancées, aux mœurs très libérales, souvent athées, parfois issus des communautés LGBT, deviennent ainsi les meilleurs clients de ces producteurs très conservateurs, très dogmatiques et ancrés dans des valeurs issues du fond des siècles obscurantistes.

Les hommes de ces communautés sont silencieux, lents et vaguement menaçants, sous des aspects débonnaires ; leurs femmes paraissent absentes, et leurs sourires, figés sous des coiffes sorties d'un tableau de Vermeer ou de van der Weyden, sont effrayants.

À la fin de l'année 2011 - Dans la grange Cornett

Ils s'étaient retrouvés dans la grange des Cornett, et Tarabont avait raconté ce qu'il avait appris de neuf au sujet de la fille d'Abe Zweibrück. Il avait à nouveau parlé de cet Anglais, Justo Baker, qui avait enlevé et fait périr Belinda Zweibrück, une fille de la communauté des Hommes Simples. Et les anciens qui ne cessaient de répéter qu'il n'y avait pas d'alternative : dans la communauté, soit on appliquait la Discipline, ce qu'ils appelaient aussi parfois le « Standard », soit on était perdu.

Belinda Zweibrück avait toujours respecté le Standard, et voilà ce qu'elle y avait gagné. La mort. Une mort sinistre et solitaire, dans un coin paumé, battue et violentée par un salopard d'Anglais, qui l'avait enfouie au bout d'une terre en friche, à deux pas de vieilles machines rouillées et d'une fosse à purin.

Ouais, continua Tarabont. Il fallait peu de choses pour glisser dans le chemin de l'enfer. Un simple trébuchement pouvait suffire. Une « mondanité » de trop. À South Fertility, une mondanité était vite arrivée. Coudre des boutons superflus sur un tablier ou utiliser du fil de couleur ; ramener de Lancaster (les rares fois où une occasion de s'y rendre arrivait) une tablette de chocolat industriel. Ou, simplement, évoquer le désir de visiter une ferme éloignée à dos de poney plutôt que de s'y rendre à pied. L'enfer était là et vous tendait les bras. Alors que de l'autre côté, des hommes comme Justo Baker marchaient dans les rues, sans que quiconque ne vienne leur dicter leur conduite.

Justo Baker avait tué Belinda Zweibrück ; il avait dénudé son corps, il l'avait caché. On avait retrouvé ses bas et son bonnet, mais elle, elle avait disparu. Parce qu'il l'avait enterrée puis déterrée la nuit suivante, et enfouie à nouveau, parce que la police avait commencé à faire des rondes de plus en plus serrées dans le comté de Lancaster. Alors il l'avait emportée, et l'avait enterrée dans la propriété de son employeur, tout au bout de l'exploitation, là où autrefois les travailleurs saisonniers s'installaient avec leur caravane. C'est là que la police l'avait trouvée, grâce à des chiens dressés.

— L'enfer, avait fait Connie. On dirait qu'il ne fait pas peur à tout le monde…

— Tu veux dire ?

— Ce Graber…

— Graber, le vieux salopard dont je t'ai parlé ? Ouais. Lui, il n'a pas peur de grand-chose.

— Justement, a coupé Connie. On pourrait peut-être changer ça.

Tarabont l'avait regardée, interdit. Connie avait gardé le silence deux ou trois minutes, en mâchouillant un brin de paille. Puis elle lui avait raconté ce que Graber lui avait fait, quelques années plus tôt, derrière une boîte de nuit qui s'appelle le Village, à Lancaster. Une « histoire sexuelle », comme aurait dit Tarabont.

Ce fut dans la grange Cornett que Tarabont déploya son savoir occulte et expliqua à Connie sa relation particulière avec Satan. Il en savait autant qu'un amateur curieux des balivernes attachées au sujet, mais assez pour impressionner une jeune fille perdue. Il se lança dans un vaste éloge du seigneur des ténèbres, désolant mélange de revues bon marché et de paroles de rock gothique. Connie écoutait. Croyait-elle au boniment que déversait Tarabont dans l'humidité tiède de la grange ? En tout cas, elle y croyait suffisamment pour se laisser aller dans l'ombre, bercée par la mélopée de son compagnon. Elle mâchait une longue paille, en savourant l'amertume boisée. Au loin, des oiseaux de nuit poussaient par instants leur chant grave dans l'obscurité. Du bout des doigts, elle chercha la main de Tarabont. Elle ferma complètement les yeux et l'écouta parler.

— Satan est chez lui dans toutes les églises. C'est ça qui fait la différence avec les autres religions.

— Chez lui, comment ? fit Connie, d'une voix de fillette.

— Il est là, il s'invite, ou on l'invite. Il est dans le cœur des hommes qui viennent au culte. Même si eux, ils ne savent pas qu'il est là. Il prend possession, si tu préfères. Il s'installe, comme un coucou dans le nid d'une fauvette.

— Ouais ! a fait Connie dans un long soupir. J'vois ce que tu veux dire. – Elle se tourna vers les lumières qu'on voyait luire, au loin. – C'est la ferme des Cornett, là-bas ?

— Non. La ferme Cornett serait plutôt de ce côté-là, fit Tarabont en pointant droit devant eux, du côté où montaient des bruits de ruissellement. Derrière la Mill River… T'es inquiète ou quoi ?

— Non. Je pense à l'autre.

— Carol ?

— Ouais.

— Eh ben, quoi de plus ?

— Je pense qu'elle se fout de ma gueule. Et elle se fout de ta gueule aussi, avec ses grands airs à pas y toucher.

— Elle t'obsède, cette fille…

— Ouais. Tu peux voir ça comme ça. Je veux pas qu'elle te prenne. Qu'elle t'enlève à moi !

— Pas de risque, rétorqua Tarabont. Qu'est-ce que tu vas te mettre dans la tête !

Tarabont regarda à son tour vers les lumières. Certaines venaient de s'éteindre. D'autres de s'allumer. Il se rappela une métaphore, ou un conte qu'on lui avait lu à l'école communautaire, dans la classe de Miss Grant. La Mort recevait un voyageur dans sa grotte et lui montrait sa collection de chandelles. Des millions de chandelles. Des grandes, « les nourrissons qui viennent à peine de naître », expliquait la Mort. Et des toutes petites, charbonneuses, sur le point de s'éteindre. « Les agonisants, ceux qui vont rendre l'âme, que je dois aller quérir. » Il y avait une image associée à ce souvenir, une image qui n'avait cessé de le hanter depuis toutes ces années. La Mort – une forme voilée, en robe à capuchon d'où émergeait un crâne aux dents hideuses formant un sourire menaçant – prenant par l'épaule le voyageur insouciant et le pressant d'aller plus avant dans sa caverne.

— À quoi tu penses ? lança Connie Stotter.

— Comme toi.

— À l'autre ?

— Oui. Écoute bien ça : « Si tu arpentes un territoire neutre, ne dérange personne. Si quelqu'un te dérange, dis-lui une fois d'arrêter. S'il ne le fait pas, détruis-le. »

C'était comme ça. Ils en avaient reparlé tous les deux. Plusieurs fois. D'abord cette première nuit dans la grange Cornett, une ou deux semaines avant la soirée de Presley Park, puis presque tous les jours qui avaient suivi. L'image de Belinda Zweibrück, de Josef Graber et celle de Carol Corman s'étaient mises à se superposer. Dans la tête de Tarabont, lorsqu'il imaginait les corps abandonnés de Graber et de Carol Corman, il voyait écrit dessus, comme les sous-titres d'un film sur les chaînes de mangas, « Un prêté pour un rendu. » Le projet de Connie collait bien avec sa vision des choses. Sa vision des choses à l'heure du *Rumspringa* et de la réparation. S'il acceptait de rejoindre le mode de vie et la manière de penser des Anglais, il fallait quand même qu'ils payent d'abord le prix des représailles. Et Graber et Carol Corman pouvaient parfaitement remplir cette fonction, puisque c'était ça qui faisait plaisir à Connie.

Elle, Connie… Il avait l'impression qu'elle s'excitait sur cette idée. Et même, qu'elle s'excitait *sexuellement* sur la perspective de se débarrasser de Carol – « débarrasser », c'est le mot qu'elle employait le plus souvent, même si elle pouvait dire aussi « détruire », ou même, et ça sonnait bizarrement, « annuler ». Annuler Carol. Annuler cette pute. Elle s'enivrait parfois, lorsqu'elle s'échappait du Job Corps certains soirs et qu'ils se retrouvaient devant Olie's Bargain avant d'aller boire au goulot d'une bouteille de vodka emballée dans du papier brun.

« Annuler Carol. » Est-ce que quelqu'un pourrait dire que c'était une preuve de préméditation ? Des mots. Des mots de fille énervée et jalouse. Rien d'autre, pas vrai ? Restait le rendez-vous. Le rendez-vous, c'était le problème. C'était là-dessus que ça s'était joué.

Tarabont se rappellerait parfaitement l'enchaînement de cette soirée. Même s'il ne raconterait jamais ça de la même manière aux enquêteurs, la semaine qui avait suivi leur arrestation. Il s'en était tenu longtemps à une version minimaliste. Ils avaient un truc à régler. Enfin, Connie avait un truc à régler.

— Tu serais pour l'idée de faire la paix ? lui avait-elle lancé, à la fin de l'après-midi.

Carol l'avait regardée, méfiante. Pas plus tard que lors du déjeuner, dans le couloir de la cantine, elle l'avait menacée de lui exploser la tête et de mettre à jour sa cervelle. Et voilà qu'elle parlait tout miel de faire la paix ? Elle savait que Connie était capable de gentillesse. De remords. Qu'elle était capable de faire un pas pour remettre des situations au carré. Mais elle savait aussi qu'elle était la reine des embrouilles et des pires déloyautés.

— Une paix comment ? avait-elle demandé, sans s'approcher, continuant à fouiller dans la poche de son blouson pendu dans le couloir à la rangée de portemanteaux en crochets de pirate.

— Une paix-pétard ! J'ai planqué un joli paquet d'herbe dans un tronc de Presley Park, et je suis certaine que tout redeviendrait plus cool entre nous avec un bon joint dans le bec. T'en dis quoi ?

— À quelle heure ? a demandé Carol.

— Huit ? Huit et demie. Dès que l'équipe sera bien occupée à se taper le poulet frit au réfectoire et pas prête à rentrer au dortoir.

— On mangera pas ? a fait Carol, soudain inquiète.

— Rien ne nous empêche de nous envoyer un cheeseburger et des frites au Tall Teddy, après la partie de fumette…

— Hum-Hum.

— Hum-Hum ouais ou Hum-Hum je sais pas ?

— Hum-Hum ouais, Connie. Mais ne me joue pas un tour à la baise-moi-la-gueule.

— Un tour à la baise-moi-la-gueule ? Tu n'y es pas. Je te dis que c'est histoire de faire la paix et de recaler ça à zéro.

Janvier 2012 – L'après-midi

— Bien, fit Rosanna Lempeter, le professeur d'hygiène du Job Corps en entrant dans sa classe. Mesdemoiselles... Je vous informe que le cours « Pansements et compresses » vient de commencer et je vous invite à ranger téléphones portables et autres distractions...

— « Pansements et compresses » ! glissa Connie Stotter à sa voisine, une fille un peu grasse avec des lunettes premier prix, dis plutôt cours « Couche-culotte et serviette hygiénique », ouais !

La grosse fille étouffa un rire et piqua du nez pour se cacher dans les pages de son cahier. Connie soupira ostensiblement, s'attirant un regard mécontent de Mme Lempeter. Elle claqua son cahier de notes sur son pupitre et se cala un stylo dans la bouche, prenant une pose studieuse.

Pendant tout l'après-midi qui précéda le rendez-vous à Presley Park, Connie Stotter observa Carol du coin de l'œil. Elle se demandait à quoi pouvait bien ressembler les derniers instants d'une condamnée à mort. Elle regardait Carol Corman prendre des notes sur son cahier jaune ou lancer de temps en temps des coups d'œil par la fenêtre qui s'ouvrait sur un ciel uniformément gris. Est-ce que quelque chose attire d'une manière ou d'une autre votre attention sur le fait irrémédiable que demain, vous ne seriez plus à cette place, à regarder les nuages filer au-dessus de Lancaster ? Est-ce que quelque chose pouvait vous avertir que c'était fini ? Connie avait lu des tas de trucs sur les prémonitions, les pressentiments et les intuitions – prenez le mot que vous préférez – dans les numéros de *People* que sa mère ramenait du salon de coiffure où elle faisait le ménage, les samedis et mercredis soir. Mais elle n'y croyait pas. Elle ne croyait pas aux signes, aux présages et aux fausses coïncidences. Tout était construit dans la plus belle pagaille et le plus parfait bordel. Elle y avait réfléchi plusieurs fois, et à chaque fois elle en était arrivée à la même conclusion : la vie est une indescriptible salade de malchance et de peines. Et surtout, une vraie leçon d'injustice. Elle avait ajouté une ligne à la longue liste des injustices constatées (et pas seulement celles autour desquelles on pouvait radoter des heures sur les réseaux sociaux avec des idiotes capables de croire à peu près tout). C'était lorsqu'elle avait entendu le compte rendu sur WSBA de ce terrible accident sur la Lincoln Highway dans la traversée de Paradise, à moins de dix kilomètres du Job Corps. Paradise. Quelle plaisanterie ! avait-elle pensé. Elle l'avait même répété à haute voix toute la soirée, ce jour-là.

Pa-ra-dise ! Le meilleur endroit pour avoir ce genre d'accident. Un vieux kroumir de quatre-vingt-sept ans dans son pick-up Chevrolet Avalanche 2005, qui commençait à piquer du nez dans la ligne droite qui coupe Singer Avenue. Connie s'était épanchée sur les détails, qui corroboraient selon elle parfaitement sa théorie sur l'injustice et la malchance. Le vieux avait changé de file brutalement. Pour tout dire, et même si la radio ne le disait pas exactement comme ça, il avait carrément roulé sur le côté gauche de la route pendant près de 400 mètres. Endormi, dans son énorme clou de deux tonnes et demie. En face, bien évidemment, expliqua Connie à ceux que ça intéressait, il y avait une minuscule Corolla avec quatre ados de Wilmington qui partaient pagayer sur la Susquehanna River. Les quatre sont morts. Deux sur le coup, les deux autres aux soins intensifs de l'hôpital général sur James Street. « Le vieux, disait chaque fois Connie Stotter, quand elle faisait le récit de l'accident de Paradise, je vous laisse deviner ? Que dalle. Il a passé la nuit en observation, dans le même hôpital et sans doute pas très loin de ses victimes, et il est reparti sur le coup de 11 heures le lendemain, après avoir présenté sa carte de complémentaire-santé *Ambetter Gold* et salué les infirmières. » « Tout juste si on ne lui a pas fait une haie d'honneur pour le remercier de sa visite », a ajouté Connie. Et après ça, tu veux croire aux avertissements, à la volonté de Dieu et au Paradis ?

Donc Carol ne se doutait sans doute de rien. Elle ne voyait rien venir et elle allait mourir.

Si un seul des membres du jury qui allait devoir statuer plus tard sur la peine à prononcer contre Connie Stotter – peine de mort contre la plus jeune femme jamais renvoyée devant une cour criminelle aux États-Unis pour meurtre aggravé d'actes de barbarie – avait pu avoir une vision même fugitive de ce qui passait dans l'esprit de Connie cet après-midi-là, il aurait secoué la tête de frayeur et saisi son stylo fourni par le tribunal pour cocher le plus vite possible la case « coupable ». Sans hésitation. Et à la question posée juste après, sur la fiche cartonnée bleu pâle, à savoir : « Estimez-vous que le meurtre que vous avez à juger a été commis d'une manière particulièrement haineuse, atroce ou cruelle, et qu'il témoigne d'une dépravation exceptionnelle ? », ce juré aurait aussi coché la case « oui ». En repassant bien la pointe du stylo sur le *x* pour qu'il n'y ait pas le moindre doute sur son intention. Pas question qu'un cabinet d'avocats payé une fortune par on ne savait qui vienne plus tard déposer un recours pour vice de forme à cause de ce coup de stylo. Oui : il y avait meurtre. Il y avait préméditation, et on était bien en présence d'un meurtre commis d'une manière particulièrement haineuse, atroce, cruelle, odieuse, révoltante et hideuse, par une personne exceptionnellement dépravée.

Quoi qu'il en soit, l'après-midi restait à courir et Carol Corman le passa à regarder le ciel blanc de Pennsylvanie.

Les Kheler

Tarabont mesurait près d'un mètre quatre-vingt-dix. Des hommes de la communauté de South Fertility, il était sans aucun doute l'un des plus grands. Et des plus costauds. Il avait des épaules de lutteur et un torse presque aussi large qu'un capot d'automobile. Une véritable anomalie comparée aux anciens du district, qui avaient à peu près tous la même silhouette. Taille moyenne, autour d'un mètre soixante-quinze. Trapus et musculeux. Les jambes fortes et courtes, taillées pour peser sur le soc des charrues embourbées dans les sillons glaiseux et capables de se courber sur la bêche. Ceux de son âge, par contre, même s'ils étaient comme Tarabont plus grands que leurs pères, avaient tous épousé la même forme dégingandée, minces et secs comme des asperges. Leur teint pâle et leurs cheveux longs et mal coupés leur donnaient des airs de hippies, même si leurs vêtements – chemises claires, grises ou blanches, bretelles et pantalons noirs – éliminaient immédiatement toute probabilité qu'ils appartiennent à la constellation psychédélique. À la différence de Tarabont, ils avaient l'air fragile, et pour certains, souffreteux. Pourtant, comme leurs pères, ils maniaient à longueur d'année les engins rustiques, les lourds outils et participaient sans gémir aux tâches les plus rudes.

— Des fois, s'amusait Tarabont lorsqu'il parlait d'eux avec Connie, ils me font penser à des Juifs. Ces Juifs des ghettos d'avant la guerre, aussi stricts et aussi obtus que nous... Et ils ont aussi leur mine de chiens battus. On dirait qu'ils attendent une catastrophe à chaque instant de la journée.

— Ne le prends pas mal, avait répondu Connie la première fois que Kheler avait osé le rapprochement, mais je me demandais si toi, et les Amish en général, vous n'étiez pas justement des sortes de Juifs.

Elle se mit à rire, comme pour camoufler une sorte de gêne. Mais Tarabont la rassura aussitôt. Il éclata de rire à son tour.

— Ouais, tu vois que le rapprochement m'est venu, à moi aussi. On est comme ils étaient : enfermés dans nos terres, avec des vêtements distinctifs, des rites à la con qui datent du temps de l'Ancien Testament. Des poils plein la figure et des chapeaux noirs.

Il se remit à rire, mais on sentait qu'il n'en avait pas vraiment envie. Quelque chose le gênait dans cette analogie qu'il venait d'adouber. Quelque chose qui avait à voir avec l'exclusion, le sacrifice et la stigmatisation. Quelque chose dont il n'avait nul désir et qui lui faisait peur.

Tarabont Kheler avait été un membre des plus ordinaires jusqu'à l'âge de seize ou dix-sept ans. Chargé avec un groupe d'adolescents de la communauté des missions de ravitaillement en denrées non produites dans l'enceinte du district – tout ce dont on avait besoin et qu'on ne fabriquait pas –, il allait chaque quinzaine avec un buggy tiré par le grand cheval bai de son père au Walmart Supercenter. Un endroit pas complètement amish, il faut bien l'admettre, mais indispensable. Il rapportait des choses ordinaires et qui changeaient presque à chaque fois : des kilos de gros sel, des bouteilles de propane, du chocolat, du fil de lin, du savon ou des rouleaux de linoléum. C'est au Walmart que Tarabont avait été frôlé par l'aile râpeuse de l'ange du désir. Les filles des *outsiders*, d'abord, lui avaient semblé de purs objets de convoitise. À l'âge où sa sexualité commençait à s'inviter dans ses pensées à grands hurlements stridents, les jambes nues des filles, les poitrines mises en avant dans des décolletés estampillés *Eye Candy* et *The Lovely* l'avaient tétanisé. Il cherchait le moindre prétexte pour fréquenter de plus en plus souvent le Walmart et sa galerie marchande. Il avait trouvé, à la lisière de la zone industrielle, un transformateur électrique réformé, dont la porte ne fermait pas, dans lequel, lorsqu'il se rendait seul au Supercenter, il cachait son chapeau grotesque, ses bretelles au caoutchouc détendu et essayait de donner meilleure figure à ses cheveux hirsutes. Il se glissait alors parmi les Anglais, marchait parmi eux, jusqu'à les effleurer. À la différence des fois où ils arrivaient en groupe, qu'on remarquait de loin et dont certains se moquaient en douce, il se confondait rapidement dans la cohue du centre commercial. Il se laissait porter par les courants humains, les désordres des promotions-surprises, les attroupements furtifs des démonstrations et des offres alléchantes des vendeurs de voitures ou de smartphones. Il n'avait vraiment envie d'aucun de ces objets ni de ces promesses. Il n'en éprouvait aucun besoin. Mais il était fasciné par la nonchalance de ces jeunes filles et de ces garçons de son âge, sur lesquels ne semblait peser aucun *Ordnung* ni aucune discipline supérieure. Et puis il y avait les filles. Leurs corps et la liberté qu'elles semblaient avoir d'en disposer. De l'exposer aux regards des inconnus qui, comme lui, les croisaient à les toucher presque.

Son petit arrangement avec les lois de la communauté dura ce qu'il devait durer. Une fin d'après-midi, alors qu'il avait passé deux heures ou peut-être un peu plus à frôler des fesses et des nichons emballés en *Eye Candy*, et à écouter les boniments des marchands de bonnes affaires, il allait ouvrir la porte d'acier galvanisé du transformateur électrique désaffecté lorsqu'il entendit qu'on l'appelait par son nom :

— Tarabont… Il va falloir que tu m'expliques ce que tu fabriques là, sans bretelles ni chapeau.

Son père, Vulf Kheler, sortait de l'arrière du grand poste de ciment écaillé. Son habit noir semblait encore plus sombre qu'à l'ordinaire, dans ce paysage industriel, éclairé de biais par le soleil qui descendait au loin, au-dessus des premiers toits de Lancaster.

Tarabont bredouilla :

— J'sais pas trop, P'pa. J'sais pas…

Le 2 août de l'année 1987, Vulf Kheler venait de fêter son dix-huitième anniversaire – qui avait consisté à se réunir sur la place centrale de South Fertility et de partager un immense gâteau fourré aux prunes et imbibé de sirop de maïs – lorsqu'il décida de mettre son plan en action dès que les nappes auraient été pliées et les sièges ramenés à couvert.

En quatre mois, il avait réussi à escamoter à la bourse commune lors des achats au Supercenter un peu plus de soixante dollars. Il possédait une carte de Pennsylvanie avec les routes principales et secondaires, et répétait dans sa tête depuis des semaines la topographie de l'État. Aux alentours de 0 h 30, plus une seule lumière ne brillait dans South Fertility. Il enfila sa lourde veste d'hiver par-dessus son gilet et ouvrit sa fenêtre. Il n'emportait rien d'autre que ses soixante dollars et une paire de ciseaux. Il avait laissé chapeau, bretelles et représentations du monde amish derrière lui. En moins d'une demi-heure de marche rapide, il avait gagné South Duke et contournait Lancaster par le sud. À 2 h 30 du matin, il traversait Comet Drive et arrivait au Bus Terminal. Il entra aux toilettes, sortit ses ciseaux et commença à tailler sa frange grotesque et ses longs cheveux raides qui tombaient sur ses oreilles. La coupe était ratée et son pouce était couvert d'ampoules, mais l'ensemble ne donnait plus à son visage cet air médiéval de page ahuri. Il avait regardé l'heure sur la grande pendule livide du hall presque vide. Il savait qu'à 3 heures pile, un car quittait Lancaster pour Pittsburgh, et une heure plus tard, un autre partait vers Philadelphie et Atlantic City. L'océan le tentait, mais à 2 h 50, il ne résista pas à l'appel du départ et choisit Pittsburgh. La course lui coûta dix-huit dollars. Il arriva au terminal de Pittsburgh à 5 h 20 du matin et se mit à penser à South Fertility. La nuit devait y être encore plus noire qu'ici, et déjà, les hommes devaient avoir sorti les engins de moisson et attaché les chevaux. Son absence serait remarquée dans les minutes qui allaient suivre. Il regarda les employés du restaurant McDonald lever les stores et allumer les vives lumières des deux salles en L, aux immenses baies vitrées. Il entra. Il était seul et commanda un breakfast spécial et un double bacon en supplément. Il mangea, la tête dans le vague en pensant à Pittsburgh.

Il y resta deux jours. Le temps de rencontrer deux énergumènes qui lui proposèrent de les accompagner dans le cambriolage d'un magasin d'articles de pêche, dans Wilkin Township. Le temps d'y dérober deux Winchester 1300 Marine et d'en faire usage contre un veilleur de nuit, à qui les décharges enlevèrent l'avant-bras gauche. Les trois hommes furent arrêtés le 5 août 1987 par une patrouille à l'entrée d'Heritage Park. Vulf Kheler était le seul dont les empreintes ne figuraient pas sur les armes, retrouvées dans le coffre de la voiture avec laquelle ils avaient gagné le centre de Pittsburgh. En raison de cette circonstance favorable et de son tout jeune âge, Kheler fut condamné à cinq mois, qu'il passa au Shuman Juvenile Detention Center, face à la rivière

Allegheny, en compagnie de détenus pour la plupart en attente de jugement. Le jour de sa sortie, trois membres de South Fertility (conduits par Moses Grant qui faisait déjà fonction de prêcheur) l'attendaient devant le parking du bâtiment principal. Ils étaient accompagnés d'un *outsider* de Mill Creek, qui les avait conduits ici en voiture de louage. Aucun buggy de Fertility n'aurait accompli les cent quatre-vingt-quinze miles du voyage. De Fertility, il n'avait eu aucune nouvelle depuis son départ nocturne. Il n'en eut pas non plus durant tout le trajet, pendant lequel, tandis qu'il restait coincé à l'arrière entre deux costumes noirs, régna un terrifiant silence. Vulf se demandait quel sort l'attendait à Fertility. Un conseil était réuni dans la Grande Maison. On évoqua le principe du *Rumspringa*. Ce qu'il était possible d'y faire et ce qui condamnait définitivement au *Bann*, le rejet absolu et définitif de la communauté des Hommes Simples. Des théories s'affrontèrent, certaines qui démontraient que Vulf Kheler n'était qu'un jeune idiot ayant mis le pied dans une ornière glissante – c'était l'option de Moses Grant et du clan Jollisaint –, d'autres plaidaient pour un bannissement irrémédiable et immédiat. C'était l'option défendue par l'évêque de la communauté, Josef Graber, par le clan Cornett et la plupart des irréductibles de South Fertility-Ouest.

La position de Moses Grant rallia finalement les Markel et la majorité des grands fermiers, à l'exception de Graber et des Cornett qui ne démordaient pas de leur volonté d'expulser Kheler. Il allait être réintégré sous contrôle strict d'un conseil restreint, composé du prêcheur et de trois élus, et mis à l'épreuve pendant toute une année. À l'issue de cette probation, Vulf Kheler s'engageait à prendre épouse dans la communauté et à regagner sa place parmi les Hommes Simples, d'y prier Dieu et de vivre des fruits d'un dur et honnête labeur. Tout ce qu'il voulait fuir revenait à lui, de manière plus violente que jamais. Et il accepta. Il passa une année à dégraisser des machines, à vider des cuves de purin et à porter des tonnes de fruits, de grain et de fourrage. Il n'allait jamais seul. Il y avait toujours un des élus, ou Moses Grant, ou Grant plus un élu pour surveiller ses actions. Surveiller le moindre de ses pas. Il ne pouvait pas dévier. L'expérience de Wilkin Township lui avait appris une chose : dans le monde extérieur, il n'était bon à rien. Ce serait les travaux des champs ou du bâtiment, mais dans des conditions modernes qu'il ne connaissait pas, ou la criminalité et la déchéance. Comme tous les autres, sur le plan scolaire, il n'avait pas dépassé la huitième année. Une éducation généraliste, vulgarisée et minimaliste, centrée sur des savoirs utilitaires et dénués de toute dimension intellectuelle. Il connaissait les bienfaits des gelées précoces, les dangers des sécheresses et des tornades. Il savait mélanger l'azote et les potasses issus des cendres pour fabriquer l'engrais. Mais des savoirs avec lesquels il aurait pu négocier un chemin dans la vie du dehors, il n'en possédait aucun. Il savait parler anglais mais l'écrivait mal. En mathématiques et économie, néant. Il ignorait tout de l'histoire de son pays et n'en connaissait ni les poètes, ni les héros. Ceux-là n'étaient pas les héros de sa communauté. Ils étaient pour elle aussi étrangers que des habitants de la Terre de Feu. Au bout de cette année de quarantaine, il épousa Liz-Marie Gingerich et ils s'installèrent dans une des petites maisons de bois blanc du bosquet, à l'arrière du mall. Tarabont était né en 1994, bien plus tard, et resta leur seul enfant. Les Kheler étaient la seule famille de tout South Fertility (nord, ouest, et tout ce qui s'ensuit...) à n'avoir qu'un unique enfant. Graber, qui avait passé l'essentiel de ses prêches à stigmatiser Kheler, évoqua l'infertilité des impurs, parla de volonté divine et demanda qu'on lise cette volonté comme une sorte d'avertissement ultime au pécheur repenti. Lorsque Tarabont allait avoir sept ans, Liz-Marie tomba malade. Une forme de diphtérie qui entraîna une insuffisance cardiaque et l'emporta en quatre semaines. Malgré les demandes de Kheler, le conseil, contrôlé par Josef Graber, avait estimé préférable de ne pas l'envoyer en traitement à l'extérieur de South Fertility. Vulf se referma sur Tarabont et son foyer, négligeant les travaux collectifs et vivant du pauvre rendement de sa ferme, la plus petite et la plus misérable du district.

Voilà ce que Vulf Kheler raconta, pour la toute première fois, et pour la toute dernière, à son fils Tarabont, après qu'il l'eut surpris près du transformateur électrique et ramené avec lui au village. Comme lui, il avait vécu un retour de ce genre. Mais Vulf ignorait que le monde extérieur, cette fois encore, allait avoir à se prononcer avant Moses Grant et le conseil des élus, aussi puissants soient-ils. Ceux qui l'avaient condamné à une peine de principe des années plus tôt allaient cette fois décider pour eux d'une sentence bien plus lourde.

— Je te remercie pour tout ça, P'pa, avait répété Tarabont.

— Y'a qu'à attendre, avait dit une nouvelle fois Vulf Kheler. On a beau essayer de choisir, notre sort nous échappe, la plupart du temps.

Le pays amish

South Fertility était sortie de terre en 1935, au milieu de nulle part. L'idée de fonder une nouvelle communauté pas trop loin des anciennes installées aux alentours de Lancaster était venue à l'évêque Erwin Markel, membre de l'ancienne communauté de Leola, un peu plus au nord. L'idée de Markel était de permettre à différents groupes de prospérer en parallèle, en gardant les mêmes règles et sans trop s'éloigner les uns des autres. Les baptêmes et les mariages seraient toujours des occasions de se rassembler, et l'on disposerait de bien plus de terres que celles de Leola, limitées et qui finiraient par s'épuiser. South Fertility prospéra plus vite que ce que Markel avait prévu. La guerre, qui envoya les hommes de Lancaster et du monde entier se faire tuer en Europe et dans le Pacifique, laissa inchangée la population de South Fertility. La communauté refusait de porter les armes – surtout pour un pays dont elle ne reconnaissait ni les lois ni la langue. Il avait fallu, pour se développer ces années-là, accepter de faire du commerce un peu plus que d'ordinaire avec les Anglais. Mais le pays avait besoin de viande, de lait et de farine de maïs. Cela avait permis à South Fertility d'acheter de nouvelles machines – des tracteurs et des ramasseuses agricoles –, et de s'étendre sur de nouvelles terres. La question du matériel agricole avait divisé les pionniers de South Fertility, dont certains, qui venaient de communautés strictes, refusaient tout usage. Markel avait plaidé le développement rapide de l'implantation, et South Fertility était devenue la première – elle est toujours la seule dans ce cas – à adopter des engins puissants pour le travail des champs. Les Hommes Simples avaient vite été plusieurs dizaines. Markel tenait absolument à ce nom « d'Hommes Simples », qui garantissait, malgré l'adoption des machines, une fidélité à leurs règles.

À la fin des hostilités, les Hommes Simples constituaient près de soixante-dix foyers à South Fertility.

À l'époque, la région avait encore un aspect très sauvage, extrêmement rural, et toutes les voies de communication, à l'exception de la Route 30 qui relie Pittsburgh à Philadelphie, n'étaient pas goudronnées et chaque véhicule entraînait avec lui un nuage de poussière blanche qui restait suspendu au-dessus des champs de maïs et des fossés. Au loin, où que le regard se pose, on voyait les mêmes éléments de décor : des granges aux murs rouges et aux toits blancs, des coteaux écrasés par des nuages nacrés, lourds et immobiles. Les hommes parcouraient ces immensités, passant d'un pas lent d'un vallon à un autre, serrés dans leurs costumes noirs, qui semblaient totalement inappropriés aux tâches auxquelles ils s'astreignaient. Ils travaillaient la terre, entretenaient des machines graisseuses, déversaient des quantités de graines dans d'immenses silos et attelaient leurs bêtes dans leurs tenues de pies. Pourtant, leurs chemises restaient blanches jusqu'au soir, comme si une protection invisible les rendait inaccessibles aux salissures de toutes sortes.

Au soir, South Fertility tombait dans une étrange torpeur, à peine les derniers vestiges du crépuscule absorbés par la nuit. On avait reporté plusieurs attaques de coyotes sur des enfants pendant la guerre, et l'absence massive d'hommes dans les exploitations en avait accru le nombre. On disait qu'ils s'étaient hybridés avec le loup gris de l'est américain, et que les grands mâles pouvaient parfois atteindre les 60 livres. Ils vivaient dans les prairies, les trous dans la terre au milieu des herbes hautes, et sortaient à la nuit. Alors la communauté, hommes et bêtes, se renfermait dans les maisons basses et les remises. Les dernières lumières s'éteignaient avant qu'il ne soit 22 heures. On se levait tôt à South Fertility, et la menace des coyotes n'était qu'une raison de plus de ne pas veiller.

Aujourd'hui, la communauté était distribuée sur trois hameaux distincts, tous les trois portant le même nom, mais décliné, de manière un peu absurde, par une mention cardinale qui faisait évidemment doublon avec le nom originel. Il y avait South Fertility-Ouest, South Fertility-Nord et South Fertility-Sud. Le tout formant le district autonome de South Fertility. Cinq fermes principales apportaient l'essentiel des emplois de la communauté : la ferme Tragger, la ferme Jollissaint, la ferme Cornett et les deux fermes de la famille Markel. Le reste des revenus de la communauté provenait des petits métiers complémentaires : les patchworks des femmes, la vente des semences et des œufs de poules sur les marchés locaux, la broderie du linge que certaines exécutaient pour les Anglais, et la boutique d'artisanat, ouverte dès 1967 et qui vendait des articles de cuir, des chapeaux traditionnels et des tabliers de jeunes filles.

Markel était mort en 1947 et avait eu le temps de voir la communauté qu'il avait fondée atteindre les cent vingt familles. En 1969, des parcelles avaient été rachetées aux Anglais et South Fertility-Ouest était née, intégrant les bonnes terres à maïs qui s'étendent jusqu'à Lincoln Highway. Ils avaient continué ce que Markel avait construit. Ils avaient persévéré dans leur refus de toute assistance extérieure, les aides sociales, les couvertures maladies, les assurances contre les tornades et les gelées, les contributions à l'effort de guerre et les appels aux dons pour les vétérans, pour les banques du sang et les sinistrés de Floride. La guerre dans le Pacifique avait fait place à une guerre presque invisible, dans les jungles d'Indochine. Aucune ne les concernait. Au crépuscule, jour après jour, les silhouettes noires revenaient des champs, les bêtes étaient rentrées dans les remises par des enfants pieds nus, et dans les vastes cuisines, les femmes cuisaient des brioches au saindoux et des grasses volailles.

La famille de Tarabont Kheler était arrivée de l'Indiana à cette époque-là. Son père y avait grandi et avait épousé une jeune fille de la communauté originelle ; ils avaient eu Tarabont. Comme les autres gamins de South Fertility, il avait appris à se servir d'une hache, d'un marteau, d'une scie égoïne et surtout, à marcher pieds nus dans l'herbe et le gravier. Il avait reçu sa première paire de chaussures pour son anniversaire de huit ans, et le cuir de la languette, sec et raide comme une planche, lui avait terriblement blessé le cou-de-pied. Il avait appris la langue commune, il avait appris l'allemand de la Bible et il avait appris l'anglais qui servait pour les échanges commerciaux avec les habitants du reste du monde. Il avait aussi appris à se taire et à respecter les règles du « Standard ». Mais l'adolescence avait jeté un certain désordre dans sa tête. Il n'était plus aussi sûr de l'intérêt des règles imposées par l'*Ordnung*. La période du *Rumspringa* approchait pour lui et ceux de son âge, et contrairement aux autres, il avait bien l'intention d'en faire, non pas une parenthèse dans sa trajectoire parfaitement rectiligne, mais une inflexion nette et sans bavure.

Tarabont, tapi derrière le lourd rideau des hommes, avait écouté impassible et muet les échanges dans la Grande Maison. Il savait comment tournaient toujours ces palabres, dominées par le conseil des Anciens et les hommes les plus puissants de la communauté. Il fallait rester soudés. Il fallait rester en dehors. Il fallait éviter les Anglais. Il fallait accepter. Il fallait porter ces vêtements ridicules sortis d'une vieille malle. Il fallait se briser le dos pour l'éternité à labourer la terre avec de vieilles machines agricoles rouillées et brinquebalantes, montées sur des roues sans pneu, dont les jantes d'acier refusaient la plupart du temps d'avancer dans les sillons boueux. Il fallait accepter les coups et ne jamais les rendre. Tarabont se souvenait d'une séance, peut-être six ans plus tôt, qui s'était conclue à peu près de la même manière. Il ne s'agissait pas d'une jeune fille disparue, cette fois-là. Seulement d'une rixe, au cours de laquelle Conrad « Stunt » Meyer avait été rossé et humilié par des Anglais. On racontait qu'on lui avait coupé la barbe et qu'on l'avait obligé à la manger, touffe après touffe. Pas question, avait jugé le conseil, de porter plainte ou d'aller trouver le shérif. La communauté pansait elle-même ses plaies.

Comme un seul homme, elle avait plié l'échine et repris sa vie de larve. On avait oublié l'histoire de Stunt Meyer. On avait repris le travail des champs et les femmes avaient reprisé des pantalons et cousu des tabliers de coton rêche. On avait fait ce que Jésus aurait fait.

Tarabont, empli de fureur, croyant qu'il se parlait encore à lui-même, laissa échapper un ou deux mots à voix basse :

— Saleté de saloperie…

Les vieux Geller et Kray, qui étaient ses plus proches voisins, se retournèrent vers lui et Kray bafouilla une phrase dont il ne comprit rien.

— Sale langue pourrie de loosers, pensa Tarabont. « Ceux qui nous ont offensés. » Qu'ils aillent se faire enculer !

Il eut envie de prendre la parole, dans cette enceinte où seuls parlaient les hommes mariés et les membres du conseil. Il aurait dit que Jésus n'avait pas laissé filer, lui. Il n'avait pas tendu l'autre joue, contrairement à ce que racontent des abrutis. Il avait organisé la résistance. Jésus avait préparé le repli pour la contre-attaque. Oui, voilà ce qu'il avait fait. Jésus avait demandé à ses disciples de fuir la ville pour échapper aux persécutions, avec l'intention de revenir plus forts et plus nombreux. Lui et ses disciples galiléens, ils allaient foutre la raya dans l'ancien monde sclérosé et inerte. Voilà pourquoi Caïphe et les prêtres du Temple l'avaient condamné. Jésus allait tout simplement leur tailler la barbe, exactement comme les Anglais avaient fait à Stunt Meyer. Et peut-être, se disait parfois Tarabont, peut-être un peu plus que la barbe…

Mais en y réfléchissant bien, il n'aimait pas plus Jésus que tout ce ramassis de vieux kroumirs – comme les avait baptisés Connie – et de femmes aux gestes assoupis de mollusques. Elles portaient toutes la même robe, inusable et incolore, d'un gris-mauve incertain, mille fois déteint par les lessives et les séchages au grand air. Des robes aussi longuement fouettées par le vent du nord-est, aux odeurs balsamiques et minérales, que par les battoirs de leurs habitantes officielles ou les paumes de leurs maris sombres et silencieux.

Il n'avait plus envie de tous ces endroits obscurs, ces réduits terreux dans lesquels les images représentaient Jésus, des taudis pleins de cancrelats, ni de la salle commune, empire de ténèbres et de silence. Il avait envie de lumière. Il avait envie de l'autre monde, éclairé par les milliards de watts de la puissance électrique, ces salles où les Anglais se réunissaient pour bâfrer des trucs sucrés, délicieusement industriels. Il l'avait lu en toutes lettres dans ce bouquin qu'il planquait sous l'isolant d'un des grands silos. Il avait envie de ce goût de liberté dont il entrevoyait l'écho, au-delà des vastes pâturages et des champs céréaliers. « Pas de retenue. Fais ce que tu veux. »

Lui non plus, encore moins que Jésus, il n'allait pas laisser filer. Il allait sauter sur l'occasion, il allait prendre des risques et profiter du moment propice, profiter du « kairos », comme disait le prêcheur de la communauté. Son prêcheur à lui n'avait pas de maison : il habitait partout et nulle part. Il faisait fi de tous ces préceptes ridicules. Son prêcheur à lui, et à Connie si elle voulait bien le rejoindre, habitait la nuit, et les hommes le craignaient depuis toujours et ils l'appelaient le diable. Maintenant, son nom s'était fragmenté en mille morceaux épars. Il s'appelait dollar, il s'appelait Internet, il s'appelait consommation, il s'appelait Apple, Tesla, New York, Jay-Z, Beyoncé et Disney.

Oki

Connie Stotter avait quasiment vécu seule jusqu'à ses huit ans. Elle n'avait fréquenté l'école que par intermittence, lorsque sa mère se levait assez tôt pour l'y emmener. Celle-ci alternait les amants d'un soir et les compagnons de plus long cours depuis le départ du père de Connie. Ce type, dont elle ne connaissait que le prénom – Carl –, avait violé sa mère avant et après la naissance de Connie, sur un rythme aussi régulier que celui d'une montre à quartz. D'après une confidence que Connie avait surprise une nuit où sa mère, ivre, se faisait culbuter par un de ses amants de passage, elle avait été violée une dernière fois deux ou trois semaines après sa naissance, alors que sa mère se remettait à peine d'un accouchement difficile. Ça avait été leur dernière fois et Kay avait viré Carl de sa vie. Sur un dernier passage à tabac, semblait-il. Connie avait à peine un mois.

Malgré les plaintes répétées du système éducatif, qui avait multiplié les rappels à l'ordre et les signalements aux services sociaux de Lancaster, rien n'y avait fait : Connie était une élève en pointillé. Cette irrégularité avait accentué son isolement. Les rares fois où elle se présentait en classe, elle y était tenue à l'écart par un groupe homogène d'enfants qui se moquaient de ses vêtements démodés ou trop voyants. Ils la reléguaient à ses jeux solitaires et à une table retirée, en fond de salle, près du placard où l'on rangeait les cartes des États, les outils pédagogiques et le squelette de plastique, dont tous les os se démontaient et portaient un numéro, inscrit en chiffres rouges. Elle avait passé des heures à fixer l'armoire, implorant pour que le squelette s'en échappe et vienne semer le chaos dans la salle de classe, chassant de ses abattis livides ses petits camarades effarouchés et éparpillés aux quatre coins de la pièce, aplatis contre les murs à la manière d'insectes affolés. Elle n'avait pas d'amis là-bas, et pas d'amis non plus dans le quartier où vivait sa mère. Rank Mill Road était une rue navrante, dans un quartier excentré de Lancaster, dans lequel étaient autrefois rassemblées les petites fabriques d'huile de maïs qui travaillaient pour les usines Mazola. Aujourd'hui, les ateliers avaient été rasés et des habitations miteuses avaient poussé au milieu des terrains vagues et des boxes de louage. Pourtant, on avait le sentiment qu'il restait quelque chose de poisseux des moulins à huile d'autrefois. Kay Stotter, la mère de Connie, occupait un trois-pièces malsain au premier étage, dont les fenêtres donnaient sur un ancien atelier de fruits secs – *Diamond Salted Nuts* – dont elle ne sortait qu'en fin d'après-midi, pour se rendre à son travail deux ou trois fois par semaine. Elle faisait le ménage dans des entreprises ou des commerces, après la fin de journée des employés. Les autres soirs et toutes ses journées, elle restait dans sa chambre, à boire ou à s'enfermer avec Dick ou les autres types qui l'avaient précédé.

Connie y dormait la plupart du temps. Son besoin de sommeil avait été renforcé par le traumatisme crânien dont elle avait été victime à l'âge de cinq ans et dont elle gardait des séquelles irréversibles. Sa mère avait parlé d'une chute dans l'escalier de la rue, mais il était clair que les coups avaient été portés par un des prédécesseurs de Dick Brown, lors d'une cuite qui avait mal tourné. La vérité, c'était que le type l'avait cognée avec une revue porno qu'il avait roulée pour en faire une sorte de matraque et s'était acharné sur la tête minuscule de la gamine. Les médecins s'étaient montrés réservés sur la version proposée par la mère, et réservés aussi sur l'issue de l'opération qu'ils tentaient. Un caillot s'était formé dans la boîte crânienne, dans laquelle du sang s'était accumulé à l'extérieur de la dure-mère. La pression accumulée allait rapidement empêcher l'oxygénation normale du cerveau. Ils avaient placé Connie en coma artificiel et posé un drain pour évacuer le sang. Connie avait pourtant rapidement repris connaissance et les dégâts semblaient limités. Elle avait repris sa vie d'avant, c'est-à-dire un état de semi-réclusion, de solitude et de vexation les quelques fois où elle allait à l'école. Mais à l'entrée au collège, les services éducatifs avaient immédiatement noté un effondrement des capacités cognitives de l'enfant. Connie était incapable de tout effort de concentration. Elle écrivait correctement, mais le plus souvent en lettres capitales et se mélangeait les pinceaux dès qu'elle utilisait les petites lettres. Sa lecture était très déficiente. Elle butait sur les mots, inversait les syllabes et s'énervait très rapidement. Ses relations affectives étaient un peu meilleures qu'à l'école, mais restaient chaotiques. Connie passait de l'amitié excessive, faite de serments solennels, à de brusques colères, parfois ponctuées de menaces et de coups. En première année du collège, Connie Stotter avait néanmoins réussi à développer une amitié un peu plus structurée avec une de ses camarades, Nancy Seitz, qui vivait seule avec sa mère, et dont le père avait été victime d'un accident du travail au moulin de Mountville, dans cet endroit qu'ils appelaient « Champs-des-Cris ». Il avait été emporté dans une chambre de broyage et on avait retrouvé ce qui restait de lui mélangé à de la farine de maïs. Des gamins de West Lancaster, là où habitait Nancy, l'avaient harcelée avec cette histoire, la poussant à de terribles crises nerveuses. Ils l'apostrophaient, presque à chaque fois qu'ils la croisaient sur Temple Avenue, en criant : « Tu sais ce qu'il y avait dans le cercueil de ton père quand ils l'ont enterré au cimetière de Woodward Hill ? Un vrai pain de viande ! » Et ils partaient en riant aux éclats, et Nancy s'asseyait à même le sol pour pleurer. Elle est devenue amie avec Connie. Elles avaient pris l'habitude de passer les heures qui séparaient la sortie des classes jusqu'à la tombée de la nuit à flâner sur les bords de la rivière Conestoga, marchant entre le garde-fou métallique de la route de Rockford et les eaux de la rivière, plates et vertes comme de l'absinthe.

Elles sont restées très liées jusqu'à la fin de l'année scolaire et que Mme Seitz déménage pour le Maryland, où elle avait trouvé un emploi chez Amazon.

C'est à cette époque, peu après ses douze ans, que Connie Stotter a pris l'habitude de se réfugier dans le noir et de ne plus fréquenter qu'Oki. Oki était une poupée qu'elle possédait depuis très longtemps, mais envers qui elle avait manifesté jusque-là le plus complet mépris. À peine entrée au collège, elle l'avait sortie de son bannissement et lui avait donné un nom. Elle lui avait aussi enlevé soigneusement les yeux – en les frottant avec du dissolvant à ongles de sa mère – lui laissant un visage parfaitement lisse et vide.

Oki était aveugle, mais elle n'était pas sourde. Connie en avait fait sa confidente intime. Elle lui confiait ses joies et ses peurs. Essentiellement ses peurs, pour être exact. Oki entendait tout ce que Connie avait enduré de la part des visiteurs du soir que sa mère invitait dans Rank Mill Road. Les mauvais mots, le mépris, les attouchements et les coups qui partaient, parfois, pour un oui ou un non, dans le trois-pièces empuanti par l'odeur de bourbon et du rance des repas à emporter dont les reliefs hantaient tous les recoins.

Sa chambre – il s'agissait d'une pièce ridiculement étroite, de trois mètres de long sur un peu moins d'un mètre quatre-vingts de large, ne réservant guère qu'une étroite allée le long du lit pour atteindre une armoire emplie de loques défraîchies – était un lieu de retirement et de chuchotements. Pendant des heures, la nuit succédant au jour dans un éternel crépuscule, Connie murmurait à Oki ses douleurs les plus intimes. Jusqu'à son départ pour le Job Corps, un déménagement de moins de onze kilomètres au cours duquel Oki a été égarée et jamais retrouvée.

Janvier 2012 - Lancaster, Presley Park

Ils se sont penchés sur elle. Ils l'avaient obligée à se débarrasser de son chemisier et de son soutien-gorge. Tarabont a gloussé comme un enfant en découvrant ses seins dans la pénombre. Connie s'est jetée sur elle avec le cutter à moquette qu'elle avait fait aller et venir toute l'après-midi contre le rebord de la fenêtre, pendant le cours d'hygiène de Mme Lempeter. Elle l'avait testé sur le gras de son pouce et il était devenu aussi coupant qu'un rasoir sur une de ses faces. L'autre côté, celui qui est biseauté, avait curieusement résisté à l'abrasion et de multiples dents s'étaient formées sur le métal, transformant le fil en une sorte de minuscule scie. C'est ce côté-là qui a cisaillé de part en part la poitrine de Carol. Juste au-dessous des mamelons. Le sang s'est mis à perler, noir dans l'ombre de Presley Park. Tarabont a émis un autre gloussement. Mais celui-ci était bien moins assuré que le premier. Pas sûr au fond qu'il était aussi déterminé que quelques heures plus tôt, lorsqu'ils avaient répété les étapes de l'opération. Carol a tenté de se retourner et de s'enfuir, mais Tarabont, sans trop y réfléchir, dira-t-il plus tard, l'a plaquée au sol. Connie lui a décoché une série de coups de pied dans le ventre et sur la tête. Elle s'était mise à pleurer.

Elle s'est relevée et ils ont continué. Ils baignaient tous les trois dans cet affreux clair de lune qui semblait coller à Stotter comme un linge mouillé. Ils ont continué à frapper. L'examen du corps, effectué par deux équipes différentes, trente-six heures puis quatre jours après la découverte du corps de Carol, recense cent vingt-six blessures à l'arme blanche. Soixante-dix-sept effectuées avec l'outil déjà évoqué, et cinquante-neuf infligées par un couperet de petite taille – une sorte de hachoir à viande – qui a été retrouvé dans Presley Park, avec la carte du Job Corps au nom de Carol Corman. C'est le couperet qui a causé les dommages corporels les plus graves et qui auraient, de toute manière, entraîné la mort. *Auraient*, puisque après le hache-viande, il y a eu les coups portés au crâne avec le bloc de ciment. Le poids de ce bloc, reconstitué par les enquêteurs, puisque l'acharnement de Connie Stotter a fait éclater le morceau originel en trois parties, était d'environ 1,4 kg. La restructuration du crâne de Carol Corman fait état de six fractures. Trois, dont deux létales, avec enfoncement et arrachement sur le côté gauche de l'os pariétal, une autre, très profonde, de l'os temporal gauche, et enfin, deux, symétriques, au niveau des os maxillaires, ayant entraîné le déchaussement de plusieurs dents sur la mâchoire supérieure. Connie Stotter est supposée, d'après le témoignage de Tarabont mais également selon ses propres aveux, avoir été la seule à assener ces coups avec le bloc de ciment.

Toutes les dépositions ultérieures de Tarabont Kheler sont identiques et formelles ; c'est pendant la séance avec le bloc que Connie se baisse et murmure :

— Hey, Carol ? Tu m'entends ? Est-ce que tu sais bien qui est en train de te faire tout ça ? Tu sais qui je suis ? Est-ce que tu sais qui est en train de te TUER ?

Quelques jours avant Noël 2011 – Soirée chez les Amish

— Pour les Anglais, assassiner l'un d'entre nous n'est pas plus grave que de lancer une citrouille pourrie lors de la soirée d'Halloween, avait commencé Lester Jollissaint.

Son frère avait levé un œil et, tout en tondant de la pointe de son couteau la peau d'une pomme à peine plus grosse qu'une noix, il avait répondu :

— N'écoutons pas la voix de la colère.

Moses Grant confirma :

— Abe Zweibrück a besoin de l'aide de la communauté et pas d'une armée vengeresse. Parfois, ceux qui sont dans les ténèbres lèvent les yeux, et alors, soudain, ils voient une lumière…

— Si Dieu ne tient pas la main des assassins, il ne guide pas non plus celle des justiciers, dit une voix dans l'assemblée, s'élevant d'une masse obscure d'hommes qui se tenaient debout dans la Grande Maison.

— N'en avons-nous pas assez d'être le peuple du silence ? Le peuple invisible ? poursuivit la voix.

Des murmures montèrent de l'ombre. Seuls les bonnets blancs des femmes, dans l'autre versant de la Grande Maison, piquaient les ténèbres. Elles avaient pris possession des bancs du service du dimanche, qu'on avait rassemblés en pointe, vers la lumière. Toutes les lampes à gaz avaient été rassemblées autour du pupitre derrière lequel se tenaient Moses Grant et Abe Zweibrück, le père de la jeune disparue.

Moses Grant reprit, d'une voix monocorde, en direction d'Angus Moll qui venait d'intervenir, mais s'adressant à tous :

— Tu parles de justiciers, Angus. Plusieurs ont déjà dans cet endroit appelé à la justice et invoqué le mot terrible de vengeance. Irons-nous en justice, ou persisterons-nous à ne pas reconnaître d'autres lois que celles que nous nous sommes données ? Nos traditions excluent le recours aux tribunaux des Anglais. Mais Abe Zweibrück doit dire ce qu'il pense ! Parle, Abe. Personne n'a le droit ici de dire en ton nom…

— Mais nous avons le droit de nous défendre ! lança quelqu'un dans l'assemblée des hommes.

— Une voix qui parle dans le noir ne porte aucune vérité. Avance-toi et parle dans la lumière, puisque tu entends le faire avant celui qui est dévasté par la douleur. Avance-toi ici, dit Grant.

Du fond de la Grande Maison, une silhouette se mit en mouvement. Identique en tout point à celles qu'elle entreprit de fendre. Une ample chemise de toile grise, des bretelles attachées par des boucles de cuir à des pantalons sombres. L'homme entra dans le cercle des lumières. Une barbe et des cheveux noirs encadraient une bouche fine, qui dit :

— Nos convictions sont opposées à l'idée de porter grief devant les tribunaux des Anglais. Nous ne le faisons pas et je respecte nos convictions. Ce sont elles qui maintiennent vivante notre communauté. Mais…

— Mais ? répéta Moses Grant, du même ton sans volume ni couleur.

— Si l'on nous tue ? Si l'on vient chez nous pour mettre fin à la vie des membres de notre communauté ?

— Le Seigneur ve…

— Le Seigneur n'a pas protégé la fille d'Abe Zweibrück ! Il n'a pas empêché qu'on violente son corps… Il n'a pas…

Le murmure des bancs des femmes avait monté de plusieurs crans. Quelqu'un cria, en face, dans le noir rideau des hommes :

— Honte ! Honte à toi, Joseph Kennel.

Moses Grant leva la main. Cette fois, sa voix tonna dans l'immense salle.

— Il suffit ! Retourne prendre ta place, Joseph Kennel. Tu ne porteras pas la souillure dans South Fertility.

L'homme qui avait à l'instant accusé Dieu chercha, une seconde, des appuis sur les visages des hommes du premier rang. Il n'en trouva pas et d'un pas mécanique, regagna l'ombre. Moses Grant reprit, d'une voix qui avait retrouvé sa monotonie.

— Nos convictions nous disent de ne pas plaider devant les Anglais, ni de recourir à leurs lois. Nous échappons à leur organisation sociale, nous refusons leurs aides, comme nous refusons les fruits de leurs impôts. Est-ce le choix que nous avons fait ?

Dans l'ombre, comme sur les bancs des femmes, les voix dirent « oui », toutes mêlées. Grant poursuivait déjà :

— Nous refusons leurs guerres, nous refusons leur armée. Nous n'y enrôlons pas nos fils. Nous réfutons le règlement par la force. Nous n'admettons pas la violence. Pourtant…

Un froid soudain sembla descendre sur la Grande Maison. Les voix, sur les bancs et de l'autre côté, dans la haie des hommes debout, s'étaient tues.

— Pourtant, les premiers anabaptistes prêchaient l'Apocalypse, convoquant la terreur, le fer, le feu et l'assassinat de leurs ennemis. Est-ce à eux que nous voulons succéder ? Est-ce toujours en leur nom que nous refusons les influences du monde extérieur ?

— La Discipline a fixé tout cela. Pourquoi y revenir, Moses ? demanda le père de Belinda Zweibrück, brisant le silence dans lequel il s'était plongé depuis le début de la séance.

— L'*Ordnung* peut être révisé par la communauté vivante lorsque les circonstances sont exceptionnelles.

La voix de Joseph Kennel s'éleva, dans l'ombre :

— Les circonstances exceptionnelles n'ont pas empêché les nôtres de cacher ce qui a été fait à South Fertility-Nord l'an passé ! Josef Graber, notre évêque, a été soustrait à la justice de ce pays simplement parce que les anciens…

— South Fertility n'appartient pas à ce pays, ni ne répond à sa justice, répliqua Grant.

— Les coupables doivent rendre des comptes à…

— Non ! cria quelqu'un dans l'allée des hommes. Tais-toi, Joseph Kennel !

Quelques huées se mêlèrent au reproche. Grant tenta de rependre la main. Il lança :

— Notre évêque a été soustrait, comme tu dis, Joseph Kennel, à la justice des Anglais ! Dieu est son seul juge, et il le regarde au fond de son âme !

— Les anciens considèrent ces accusations… d'abus sexuels comme…

Les protestations se changèrent en clameurs. Les femmes y avaient ajouté leurs tonalités aiguës. Kennel poursuivait :

— … comme de simples péchés, qu'il faut traiter au sein même de notre Église et…

— Suffit ! Il suffit ! tonna Grant.

Une nouvelle vague de huées glissa dans la vaste salle, roulant vers Joseph Kennel. Celui-ci reprit néanmoins :

— Et non comme des crimes ! Ces décisions ont laissé nos enfants démunis et seuls face à d'autres abus. Belinda Zweibrück…

— Comment oses-tu, Joseph Kennel ? siffla Grant. – Il se tourna vers l'homme qui se tenait à sa gauche, et fit : – Ce qui est arrivé à ta fille, Abe Zweibrück, est un événement exceptionnel pour notre communauté. Mais nous devons en imaginer les conséquences : on a répandu, en dehors de South Fertility, beaucoup de mensonges sur notre communauté. On a cherché à nous nuire. À nous abattre. Josef Graber a été l'objet de calomnies. La police des Anglais est venue ici même pour l'entendre. Il a été emmené et n'a plus le droit désormais de quitter l'enceinte de South Fertility-Nord, sous le contrôle de sa communauté. Josef Graber a-t-il mérité cet isolement ? A-t-il manqué à ses devoirs de chrétien et fait ce que les Anglais lui reprochent ?

— Mensonges ! cria quelqu'un dans l'aile des femmes.

Pour la seconde fois, en quelques minutes, et malgré le silence qui leur était imposé dans la Grande Maison, l'une d'entre elles avait jugé l'instant suffisamment grave pour rompre l'usage.

— Mensonges, oui, répéta Moses Grant sans paraître se froisser de l'interruption. On a dit qu'il avait violenté des jeunes filles de notre communauté, qu'il avait violenté sa propre fille…

— Diableries ! répéta la voix.

— Il suffit, coupa Grant. Nous savons ce qu'il faut penser du monde extérieur. N'oublions pas les psaumes : « Dans tout ce que j'entends et tout ce que je comprends, je reconnais la parole de Dieu et je suis d'accord avec elle. » Ce qu'il faut savoir, aujourd'hui, ce n'est plus comment le penser. C'est ce que nous allons faire avec le monde extérieur.

— Nous savons quoi faire, hier et demain, répondit Zweibrück. Faire ce que Jésus aurait fait, à notre place et dans la situation où nous sommes.

— Pardonner ?

— Souffrir… corrigea Abe Zweibrück.

Un long et sourd murmure parcourut la sombre assemblée. On vit des bonnets, dans l'aile des femmes, s'agiter doucement comme des feuilles dans le vent d'été. Les femmes puis les hommes répétèrent, dans un bruissement :

— *Dei Wille perte gedu sei ! Dei Wille perte gedu sei !*[1]

---

[1] *Que ta volonté soit faite*, en « allemand de Pennsylvanie », dialecte utilisé par les communautés amish.

Satan est un sale pédé

Connie se souvenait parfaitement de la première fois où elle avait entendu parler de Satan. Dick Brown, ce type qui vivait avec sa mère depuis plus d'un an, affirmait que Satan n'était rien qu'un pédé, incapable de faire ce qu'on lui prête, sinon le monde ne serait pas ce qu'il est. Satan était un sale pédé et s'il avait eu plus de jugeote, disait Dick, il aurait aidé Trump à finir le boulot, à foutre en l'air tout ce merdier et à laisser les choses bien en place pour se fendre la gueule. Il n'y aurait pas eu de président nègre, d'intervention dans les pays pourris et de gars qui revenaient au pays dans des sacs en plastique. La mère de Connie disait que justement, Satan, c'était là le genre de distraction qu'il préférait : jouer avec la vie des innocents et semer des guerres un peu partout. Des hommes assassinés. Des femmes violées et martyrisées. Des enfants gazés et asphyxiés, jonchant les rues pleines de poussière. Voilà ce que Satan aimait, et voilà ce qu'il faisait. Et l'homme savait lui donner satisfaction. L'homme lui donnait ce qu'il aimait, ce qu'il préférait même. L'homme avait su lui donner les égorgements dans le désert d'Arabie, les silhouettes sautant dans le vide du haut des tours en feu de Raqqa ou Mossoul, les enfants broyés encore vivants dans les séismes et les raz-de-marée d'un monde en perdition.

— N'empêche, avait répliqué Dick, le boulot était loin d'être parfait. Alors soit Satan n'existait pas, soit c'est un foutu putain de gay qui se tripote tout seul dans sa salle de bains en enfilant les culottes de sa sœur. Ou bien peut-être même en les reniflant pendant qu'il s'astique. J'ai connu un gars comme ça quand j'étais à la prison d'Harrisburg, a confirmé Dick. Une loque humaine qu'on faisait tourner de cellule en cellule pour le…

— Suffit avec tes horreurs, grognait la mère de Connie. Garde tes forces pour conduire, tu as promis de m'emmener au grill de Stubby, t'rappelles ? On est samedi soir et il y a le grill de Stubby…

Et ils avaient été au Stubby's, ce soir-là. Connie s'en rappelait d'autant mieux que c'était l'un des derniers week-ends chez elle, avant de faire ses valises pour le Job Corps, et qu'ils étaient l'un et l'autre ronds comme des queues de pelle en revenant, vers 1 heure du matin. Sa mère avait piqué aussitôt du nez, sans même quitter ni ses Nike ni son jean. Lui, Dick, il l'avait couchée sur le canapé et lui avait appris comme il disait, « la bonne grammaire ». Il était venu la tirer du lit dans sa propre chambre, et en grognant des obscénités, l'avait cognée avec un bout de laisse de chien qu'il trimbalait toujours sur lui, un truc en cuir durci au bout duquel pendaient trois ou quatre maillons d'une chaîne rouillée. Il visait tout particulièrement l'entrejambe et la poitrine. Il disait qu'elle allait vite apprendre à être une femme.

Connie demanda :

— Pourquoi les gens de ta communauté appellent les autres les Anglais ?

— J'imagine que c'est à cause de la langue. Partout dans ce pays, on parle anglais. Eux, pour la plupart, ils s'expriment dans cette vieille langue allemande, du temps de la Réforme ou pas loin. C'est comme ça que je parle avec les anciens. Parler anglais est mal vu là-bas. Tout est mal vu, à part se lever en pleine nuit pour aller aux champs, bosser toute la semaine dans la boue et le purin, et se retrouver le dimanche dans la salle commune, pour chanter des trucs dans cette espèce de dialecte allemand. En même temps…

— Quoi ? demanda Connie qui avait senti une sorte d'émotion non contrôlée dans la voix de Tarabont Kheler.

— Tu te sens protégé. Tant que les semaines reviennent à l'identique, que le dimanche arrive et que tu te retrouves avec les autres dans la salle commune, et que tout le monde chante les vieux cantiques, tu as une sorte de paix… Tu te dis qu'il ne peut rien t'arriver. Les hommes sont regroupés devant les granges, les femmes sont enfermées dans les cuisines et font le pain et la gelée de sirop de maïs, et bon Dieu : qu'est-ce que tu veux qu'il t'arrive ? Il n'arrive jamais rien d'autre qu'une nouvelle semaine et un nouveau dimanche. Mais il y a eu Belinda

Zweibrück. Et j'ai compris que tout leur bazar était aussi minable qu'un théâtre de carton. Il suffisait d'une goutte ou deux d'eau de pluie pour tout détremper et que ça s'écroule.

Un bandana bleu ciel

Carol se demandait encore ce que voulait dire ce rendez-vous nocturne avec Connie. C'était, comment dire ?, hors sujet. Une sorte de méchanceté régnait entre elles depuis plusieurs jours et Carol sentait que ça allait plutôt en empirant. Pourtant, une fois déjà, Connie lui avait proposé d'aller s'arsouiller en ville. Mais c'était du temps où elles étaient encore copines, quand elles venaient de débarquer au Job Corps. Elles s'étaient bien marrées toutes les deux à imiter la prof d'économie domestique et ses leçons de pliages de vêtements. Elles avaient bu de la vodka avec du soda citron et elles étaient bien parties. N'empêche que Connie lui avait paru sacrément bizarre. Changeant d'humeur plusieurs fois dans la soirée. Douce, agréable, puis peste. Puis carrément agressive. Elle lui avait demandé pour les garçons. Non, elle n'avait personne en vue au Job Corps. Elle avait un copain quand elle était à Lebanon High School, mais elle avait perdu sa trace depuis que sa mère l'avait envoyée à Lancaster. La perspective des deux ans d'études qu'elle y envisageait l'avait sans doute découragé. Elle tira ses cheveux et les serra dans un bandana bleu ciel. On le retrouvera dans sa bouche, à demi avalé, totalement imbibé de sang et de salive. C'est avec ça que Connie l'avait bâillonnée, dans Presley Park, tandis qu'elle lui hurlait dessus :

— Mais tu vas fermer ta gueule, tu vas la fermer ta sale gueule de pute. Bon Dieu, Tarabont, aide-moi à faire fermer sa gueule à cette pute !

Quatre heures du matin est toujours une heure de merde

Ema Gentle sursauta. Même dans une famille dans laquelle le chef est officier de police, il est rare d'entendre sonner le carillon de la porte d'entrée en plein milieu de la nuit. Elle regarda l'heure sur le radio-réveil. Quatre heures vingt-deux. Deux bonnes heures au moins avant que Mark ne se lève, ne lance la machine à café et n'enfile sa chemise grise de sergent des *state troopers*, affecté au Crime Unit de la section J de Pennsylvanie.

Mark Gentle s'était déjà dressé. Ema discernait son profil dans le vague halo des chiffres lumineux du réveil. Son regard cherchait à fouiller l'obscurité de la chambre, en direction du rez-de-chaussée et du seuil, où quelqu'un se trouvait, le doigt prêt à appuyer de nouveau sur le bouton d'appel du carillon.

— Bordel… lâcha-t-il. Qu'est-ce que c'est encore comme embrouille ?

Ema, qui s'était mise debout, allait descendre quand il l'arrêta :

— Deux minutes, Em'. Je crois bien que c'est à moi d'aller voir.

Il se leva et s'arrêta une seconde au pied du lit, là où il avait déposé son pantalon, son Beretta M9 dans son holster et son boxer. Il enfila le boxer et sortit de son étui le pistolet automatique. À pas rapide, il se dirigea vers le palier lorsque le carillon retentit à nouveau.

Ema l'entendit jurer une nouvelle fois. Ensemble, ils descendirent l'escalier et aperçurent la silhouette, en ombre chinoise, éclairée de trois quarts arrière par l'ampoule de la pergola.

— Une femme, jugea Gentle.

La silhouette bouillait d'impatience, alternant les petits pas latéraux. Ils entendirent crier :

— Ema ! Mark ! Bon Dieu de bon Dieu, ouvrez-moi. C'est France. Bon Dieu, ouvrez, c'est moi…

La voix vibrait et crissait, entrecoupée de sanglots. Mark Gentle sentait la panique monter dans la voix de sa belle-sœur. Il estima qu'il valait mieux laisser Ema l'accueillir, quitte à intervenir aussitôt si c'était nécessaire. Il se déroba et Ema ouvrit la porte.

France Corman, la sœur de son épouse, entra comme un boulet de canon. Elle était en training, pieds nus dans des sandales de plastique, en plein mois de janvier à 4 heures du matin. Gentle sentit que c'était sérieux. Il envisagea un *home jacking* dont France se serait extirpée en urgence, laissant sa maison aux mains des agresseurs nocturnes. Il se trompait. France Corman lança, d'une voix brisée et absolument hors de contrôle :

— Mon Dieu, Ema… On a tué Carol. Bon sang de merde, quelqu'un a tué Carol. On a tué ma pauvre petite fille !

— Attends, coupa Gentle. Doucement. Tu viens de l'apprendre ? En pleine nuit ?

— Bon Dieu merde, j'avais un message. Sur mon putain de répondeur. Des flics de Lancaster. Tu dois être au courant ? Je crois qu'ils m'ont appelée hier au soir. Mais j'étais à Philly. Depuis trois jours je suis là-bas pour mon boulot… Ils ont ouvert une nouvelle laverie et ils ont demandé…

Elle secoua énergiquement la tête, comme si elle voulait chasser une nuée d'insectes pris dans ses cheveux. Elle avait quitté son idée fixe une demi-seconde et y replongeait aussitôt :

— Mon Dieu, Ema… Ils ont trouvé Carol. Elle est morte. Ils l'ont trouvée dans une sorte de bois ou de parc, des jardiniers… Je suis rentrée de Philly cette nuit et j'ai écouté ce foutu message… Elle est morte, Ema !

Ema Gentle avait encerclé les épaules de sa sœur et essayait de l'amener doucement vers le salon, encore plongé dans le noir. Il fallait la calmer, et essayer de comprendre.

— Ça va… Ça va aller, répétait mécaniquement Ema. Attends, tu vas t'asseoir et…

— *Ça va ?* Non de Dieu de merde, je vous dis qu'on a tué Carol. Vous entendez : ils ont tué Carol, dans cette foutue ville de merde de Lancaster.

Mark Gentle avait essayé de procéder comme il avait l'habitude de faire les fois où il était de permanence, dans les locaux des *state troopers*, quand une femme surexcitée ou carrément aux lisières de l'hystérie déboulait dans le hall, parce qu'elle venait d'échapper à un viol, ou d'être témoin d'un homicide ou d'un suicide particulièrement violent. Une femme, ou un homme. Ça ne faisait aucune différence dans ces moments-là : tout le monde partait en toupie, dans tous les sens, et il fallait trouver les mots, les phrases, les gestes avant d'espérer calmer un peu les visiteurs. En général, Gentle y arrivait assez bien.

Il essaya ensuite d'appeler le poste de Lancaster, mais la communication tombait sur le disque de permanence. Il y avait six lignes groupées mais toutes ne fonctionnaient pas la nuit. Et la fille d'astreinte au standard – Debbie Veneziano, s'il se rappelait bien le planning de la semaine – faisait sans aucun doute son possible. Il tenta plusieurs fois d'apaiser France Corman. Mais celle-ci ne cessait de se lever et de se rasseoir, en répétant en boucle :

— Bordel, ma pauvre petite fille… Ema, qu'est-ce que je vais faire ? J'arrive pas à y croire… Ils veulent que j'aille là-bas, ils disent qu'il faut que je reconnaisse le… corps. Mon Dieu !

— Je vais aller avec toi, France. Je vais t'accompagner. Et Em' va venir avec nous… Tout va…

Mark Gentle comprit en plein milieu de sa phrase qu'il n'avait aucune idée de la manière dont il pourrait bien la finir. *Tout va quoi ?* Qu'est-ce qu'on pouvait bien dire pour tenter d'estomper ce qui défilait en circuit fermé dans la tête de France Corman ?

Elle repoussait Mark à chaque fois qu'il tentait de s'approcher et de l'enlacer pour la modérer, l'aider à faire retomber son stress qui ne voulait pas amorcer sa décrue.

Topographie

Les relevés font état de deux zones possibles pour la scène de crime finale. Le sol porte la trace de plusieurs hémorragies importantes et il est certain que la victime a perdu énormément de sang sur ces deux endroits. Aucun n'est l'emplacement où M. Zuzze a découvert le corps, et qui figure sur les photos largement connues où apparaît la forme à demi dénudée de Miss Corman. Sur l'une de ces zones, les agents du Forensic Services ont recueilli plusieurs fragments qui témoignent de la violence qui s'est déchaînée là. Parmi ces fragments, plusieurs éclats de dents et deux dents totalement extraites. Sur la seconde zone, du sang artériel, des spécimens de substance cérébrale et des éclats d'os du crâne, dont l'un porteur de cheveux, de couleur blond foncé, longs. L'analyse médico-légale a sans contestation attribué ces fragments à la victime Carol Corman. Les médecins du Forensic Services de Harrisburg détermineront plus tard que ce fragment, baptisé C1 sur les relevés photographiques, était mitoyen du fragment baptisé C2, découvert plus tard.

Il y a quelque chose qui a frappé tous ceux qui ont eu le dossier Stotter entre les mains. L'endroit sur lequel Tarabont Kheler et Connie Stotter ont abandonné le corps de Carol Corman est situé dans Presley Park. Une zone boisée et paysagée, parcourue de multiples petits chemins forestiers parfaitement entretenus (M. Zuzze est un des quatre agents chargés de la tonte et de la maintenance des lieux). Pourtant, le corps de Carol a été placé par ses meurtriers dans un des secteurs les plus négligés du parc, près des containers à déchets verts et des cuves d'épandage. L'endroit se situe à une trentaine de mètres des lieux où Carol a été battue et blessée, puis achevée avec le bloc de ciment. Et ce qui est frappant, c'est que cet endroit ressemble terriblement à celui qui figure sur l'arrière-plan de la photo de Stotter, âgée de trois ans ou trois ans et demi, en manteau rouge, debout dans le terrain vague, baptisée *Stotter pict#1* lors de la projection devant la cour criminelle.

Il n'y a aucune raison formelle à cette similitude, aucune intention des acteurs du drame, puisqu'il a été établi que Connie Stotter ne connaissait pas (ou avait oublié) l'image du terrain vague dans lequel elle avait été photographiée plus de quinze années plus tôt. Juste une coïncidence, qui fait que certains endroits entretiennent peut-être des correspondances particulières avec le destin.

Janvier 2012 - Au Job Corps

Au Job Corps, tout le monde était terrorisé. Plusieurs jeunes filles avaient été prises de terribles angoisses et redoutaient d'être à leur tour victimes du *fou de Presley Park*. Les ventes d'armes firent un bond spectaculaire, et Lancaster (qui n'est pas un des endroits les plus dangereux de l'État de Pennsylvanie et qui peine souvent à alimenter la rubrique faits divers des journaux locaux, grâce ou *à cause* des Amish – les gens ne savaient plus trop quel mot utiliser, parce que leur foi pacifique et sans doute la cohésion de leur système communautaire avaient quasiment éliminé la violence dans les zones où ils dominaient) vit les armuriers doubler ou tripler leur chiffre d'affaires, et encore bien après l'arrestation de Connie Stotter. Parce que beaucoup de gens refusaient de croire que cette gamine aux yeux noirs et aux cheveux bouclés était bien la responsable de ce qui s'était passé à Presley Park.

Au tout début, avant que l'attention ne soit attirée sur Connie Stotter, du fait de ses propres révélations au sein même du Job Corps, la plupart pensaient que le coupable était un homme, bien sûr. Qui d'autre qu'un homme pouvait bien avoir fait ça ? Les journaux avaient ressorti leurs fiches sur les meurtres en série et les psychopathes notoires ayant sévi en Pennsylvanie au cours des vingt dernières années. Ils vérifiaient les libérations conditionnelles de suspects particulièrement inquiétants et les cas qui pouvaient ressembler à celui de Carol Corman. Des experts se succédaient sur les radios et les chaînes de télé du câble pour des concours de *profiling*. Malgré des surenchères et des chicanes sans fin entre les spécialistes, l'idée dominante était que le tueur devait être un homme d'une quarantaine d'années, de race blanche, habitant à moins de vingt kilomètres de Cliffside Drive. Peut-être récemment libéré de prison ou d'institution psychiatrique. On trouverait chez lui du matériel pornographique, des revues sadomasochistes et peut-être, selon un des psychologues invités à donner sa version, une « cache aménagée, un peu à la manière de la Toy Box de David Parker Ray ». L'unanimité semblait aussi se faire sur la très probable série que ce crime annonçait, et que l'excessive violence de l'acte suggérait une décompensation qui n'allait pas retomber aussi vite. D'autres meurtres, peut-être encore plus horribles, allaient survenir dans les prochains jours ou les prochaines semaines. « Il est toujours difficile de donner des délais, expliqua posément un psychologue de Philadelphie en essuyant ses lunettes, mais soyez sûrs que cet homme va recommencer. Avant l'été, et ça peut être n'importe où dans le pays. Ce profil est voyageur et aucune distance n'arrêtera son désir de retrouver les sensations qu'il a sans aucun doute éprouvées en commettant ce meurtre… »

Connie Stotter a été interpellée moins de six heures après cette déclaration. Les enquêteurs avaient déjà interrogé l'ensemble de la classe de Carol, élèves et professeurs. Tout le monde avait quelque chose à dire. Parfois les éléments recueillis ne menaient à rien et n'étaient que des manifestations émotionnelles ou des potins comme il en naît vingt chaque matin dans des endroits comme le Job Corps.

« Carol Corman était sans malice. Je ne vois vraiment pas qui a pu lui faire subir tout ça », a dit l'une. « Elle n'était pas l'oie blanche que l'on croit, a suggéré une autre, elle sortait du Job Corps le soir. En cachette, bien entendu. »

« Plutôt solitaire. » « Sympa et partageuse. » « Renfermée, mais prête à rendre service. » « Vous voulez le fond de ma pensée, même si je regrette qu'elle ait eu à subir ce qu'elle a subi, Corman était une belle hypocrite. » Les enquêteurs de Harrisburg arrivés en renfort ont tout noté. Ils n'ont oublié personne. Mme Lempeter a raconté ce qu'elle avait à raconter de la dernière journée de la vie de Carol Corman. « Une étudiante un peu rêveuse et souvent absente – je veux dire, absente dans sa tête. »

Et ils ont entendu Rustica Lucero, une étudiante d'origine philippine, leur raconter l'épisode suivant :

— Le matin, je suis descendue du dortoir avec Liz et on a commencé la queue pour le breakfast. On s'est retrouvées à la table de Connie et on a commencé à manger. Connie était très excitée, elle n'arrêtait pas de parler avec Stephie Norton. Elle parlait par allusion et je pensais qu'elle se vantait, comme elle a l'habitude de le faire. Pour moi, il n'y avait rien de neuf. Mais elle parlait de plus en plus fort et d'un coup, elle a dit à Norton : « Et ça, ma vieille, tu crois que c'est des taches de boue ou quoi. » Elle avait remonté sa jambe sur le siège de Stephie Norton, tout contre sa cuisse. Sa basket était toute couverte de saletés, en fait, des taches qui recouvraient presque toute la chaussure. Connie a regardé Norton bien en face, avec un sourire je dirais, triomphant, et elle lui a balancé, en baissant un peu la voix : « C'est du sang, du bon sang de vierge américaine, ma vieille ! » Stephie Norton a dit quelque chose comme « beurk » mais elle n'avait pas l'air de croire l'histoire de Connie Stotter. Elle a fini son petit-déjeuner et elle est partie, en tirant la langue à Connie, comme pour montrer qu'elle ne croyait pas ses bobards. Du coup, je me suis retrouvée seule à la table, et Connie a continué à boire son thé, tranquillement, comme elle fait toujours, montrant bien qu'elle traînait et prenait son temps et que la cloche pourrait sonner pour le cours de 8 h 30 que ça ne la dérangerait pas plus que ça. Elle picorait des céréales, pétale par pétale, comme on avale des chips devant un bon film à la télé. Machinalement. Elle ne m'a pas adressé la parole, se contentant de jeter de temps en temps un coup d'œil dans ma direction. J'avais l'impression que le départ de Norton l'avait un peu, je dirais, frustrée, et qu'elle avait envie de parler encore, de poursuivre la conversation qu'elle venait d'avoir. J'ai hésité un peu, et puis je lui ai demandé à qui était ce sang qu'elle avait sur sa chaussure.

Elle a levé les yeux et j'ai vu qu'il y avait du bonheur dedans. Qu'elle était comme je l'avais pensé, hyper-heureuse de remettre l'affaire sur le tapis, je dirais. Elle a jeté un œil sur sa basket, sur le côté de la table, mais elle ne l'a pas remontée comme elle l'avait fait avec Stephie Norton. Elle a juste dit : « Alors comme ça t'a entendu ? » et je lui ai répondu qu'elle n'avait rien fait pour qu'on n'entende pas. Elle a rigolé en repoussant le bol avec ses céréales ; ça je m'en rappelle très bien, j'ai cru qu'elle allait le catapulter et que j'allais le prendre sur les genoux. « Ben oui, comme j'ai dit, elle a fait. Du sang… » J'ai répété ma question, sur à qui il était, le sang. Elle m'a encore fixée, plus intensément, comme si elle cherchait à me jauger ou à voir si on pouvait me faire confiance. Elle m'a dit : « T'es prête à en entendre une pas ordinaire, Rustica ? Et pas aller baver aussi sec chez Hope-Copper que je t'ai raconté ça ? » Je voyais bien qu'elle posait la question pour la forme et que de toute façon elle avait envie de continuer, même si je lui avais dit que je comptais tout répéter dans la minute qui suivait… « Eh bien, figure-toi que c'est à… » Elle était sur le point de dire le nom quand elle s'est ravisée. Elle semblait avoir été traversée par une idée géniale et elle s'est mordu la lèvre en émettant une sorte de ricanement. Elle s'est à moitié retournée et a commencé à fouiller dans la poche à fermeture Éclair de sa veste de jogging qui était sur son dossier. Elle y a pris un truc qu'elle a posé sur la table, à côté du bol de Crispies. C'était un mouchoir, rose et bleu, plein de taches de la même couleur que celles sur sa chaussure. « Tu vas me dire si tu reconnais ! Devinette ! » Et elle a ouvert le mouchoir. Dedans, il y avait un bout de viande et des cheveux attachés dessus. Une mèche de cheveux d'environ vingt-cinq centimètres, pleins de sang séché. Et j'ai vu que ce à quoi les cheveux étaient fixés n'était pas tout à fait un morceau de viande : c'était un bout de cartilage ou d'os, plat et strié de minuscules veines ou fibres de chair. « Alors tu sèches ? Tu reconnais personne ? » Elle a éclaté de rire et remballé le mouchoir et le bout dégueulasse, en regardant autour pour voir si quelqu'un l'avait vue faire. Elle s'est levée et m'a dit à mi-voix : « Regarde qui va être notée absente aujourd'hui au cours de Mme Lempeter… » Elle s'est esclaffée, avant d'ajouter : « Regarde-bien surtout s'il manque pas un bout de tête et un peu de cheveux à quelqu'un… »

Les légistes

Aucune des blessures à l'arme blanche ni aucun des coups reçus par Carol Corman – sauf au cours du dernier assaut, les quatre impacts très violents sur l'os pariétal et l'os temporal gauche – n'ont été mortels par eux-mêmes. Les experts ont relevé des afflux sanguins massifs dans les tissus aux lisières de chacune des blessures constatées, ce qui signifie que le cœur battait et donc que Carol vivait encore lorsque tous ces coups ont été portés. Aucun de ces traumatismes – encore une fois à part peut-être les trois ou quatre derniers sur le côté gauche du crâne – n'a entraîné une inconscience complète de la victime. Ces détails ont sonné de manière terrible lors des audiences devant la cour criminelle, avant le verdict, puis lors de chacune des sessions de demande d'appel qui ont suivi les années suivantes. Ces détails se sont agrégés aux aveux de Connie elle-même, et à ceux de Tarabont Kheler, qui a chargé son ex-petite amie en l'accusant d'avoir elle-même porté l'essentiel des coups, en particulier ceux qui ont été assenés avec le bloc de ciment et qui ont causé le décès de Carol Corman. Curieusement, face à ces charges données devant le jury et en présence de Connie, celle-ci n'a ni cherché à se dérober, ni à atténuer les faits qu'on lui attribuait. Au contraire. Dans les jours qui ont précédé le verdict, elle a écrit à son avocat pour lui dire qu'elle souhaitait faire tout ce qui était en son pouvoir pour aider Tarabont, et si elle le pouvait, alléger la peine qui allait être prononcée à son encontre. Juste avant les deux condamnations envisagées par tous les observateurs : la peine de mort pour elle et trente années de prison pour Tarabont Kheler. Elle ne voulait pas entendre parler de la prison à vie. Elle savait que Tarabont, en raison de son âge – il n'avait pas dix-huit ans au moment du meurtre de Corman (il les avait dépassés désormais), ne pouvait être condamné à la peine de mort. Mais elle estimait que malgré sa lâcheté face aux officiers de police, puis devant le jury, Tarabont n'avait pas à payer pour elle. C'était son idée. Et elle y tenait, a expliqué un des psychiatres qui a parlé avec elle au cours des semaines qui ont suivi sa condamnation à la peine de mort : elle revendiquait la totalité de l'organisation et du déroulement de ce qui s'était passé au bout de Cliffside Drive. « C'était sans doute pour elle, a continué l'expert, une manière de prendre enfin le contrôle de sa vie. De choisir et d'être aux commandes de quelque chose. Cette fille, a conclu le Dr Weselman de l'université de Pittsburgh, n'avait été qu'un brin de paille dans la tempête de sa vie. Un brin de paille misérable, tordu et retordu par les éléments et par les forces du mal. Je ne sais pas si vous saisissez l'image ? »

Suite du témoignage de Rustica Lucero

— Voilà exactement ce qu'elle a dit : « Ce truc que je t'ai montré, au réf, ce matin… Tu t'en souviens ? » Comme si on pouvait oublier un truc pareil et oublier aussi ce qu'elle avait dit en me le montrant, avec les cheveux et tout. J'ai dit oui. J'avais hésité à parler, parce qu'avec Stotter, tout ce que tu dis peut te revenir dans la gueule assez vite et t'emporter dix dents. « Oui ? » elle a répété. J'ai dit oui, que je m'en souvenais. « Eh bien, c'est un bout du crâne de l'autre pute, Corman… »

Elle attendait que je réagisse. Que je dise un truc ou que je me mette à pleurer, peut-être. J'étais tellement effrayée que je ne pouvais pas sortir un seul mot, et ça, je crois que là, pour le coup, ça ne lui plaisait pas trop. Je n'avais pas vu Carol Corman de la journée. Et je me suis rappelé ce qu'elle avait dit, le matin, en rangeant son mouchoir dégueulasse : « Regarde bien qui va être notée absente au cours de Mme Lempeter… »

J'ai compris ce qu'elle avait mijoté. Je crois que peut-être je l'avais déjà compris le matin, mais que je ne voulais pas trop regarder les choses en face. Et puis j'ai pensé que je savais depuis plusieurs heures que Connie avait tué Carol Corman, que je l'avais appris et que je n'avais rien dit à personne. J'ai eu peur. J'ai pensé que je pouvais, comme dans ces films à la télé, être accusée de complicité. Qu'elle avait fait de moi une sorte de complice en me montrant son mouchoir avec ce… truc dedans. J'ai pensé aussi, à ce moment-là… on était dans le parc sportif, et la nuit commençait à tomber, elle attendait qu'il soit l'heure de son copain pour faire le mur et le rejoindre… J'ai pensé qu'elle pouvait avoir l'idée de me faire la même chose à moi. Pour pas que je raconte, justement. Qu'elle regrettait de me l'avoir montré. « Ce truc que je t'ai montré, au réf, ce matin… Tu t'en souviens ? » Elle voulait me tester, peut-être.

Donc elle m'a raconté que c'était un… bout. Un bout de la tête de Carol. Je lui ai demandé pourquoi elle avait fait ça. Elle a dit : « Parce que c'était une pute. » « Mais tu pouvais juste… », je ne savais pas trop quoi dire, en fait. C'était horrible. J'avais une trouille terrible qu'elle me ressorte le truc et me le colle sous le nez. Je n'ai pas pu m'empêcher de demander : « Tu l'as gardé ? Je veux dire, tu l'as encore ? » Elle a ri et m'a dit : « Et comment ! Et tu sais pourquoi ? » « Non », j'ai fait. J'étais certaine qu'elle allait me le brandir en se mettant à hurler, comme elle faisait parfois, la nuit, en s'éjectant du dortoir comme une dingue. « Eh bien, parce que c'est ma meilleure garantie ! »

« Ta garantie de quoi ? » j'ai demandé en bafouillant. « De ce qu'elle ne vienne plus jamais me faire chier, bien sûr. En lui piquant ce morceau, T. et moi, on l'a grave coincée. Son âme… On a empêché son âme de quitter son corps, et tant qu'il ne sera pas au complet, son âme restera emprisonnée dedans et ne viendra pas me chercher des noises… Tu saisis ? C'est comme ça que c'est écrit, dans la bible noire de LaVey. » Et puis elle s'est dirigée vers l'endroit qu'elle avait l'habitude… Par là où elle quittait le Job Corps.

Moins de deux heures après avoir entendu Rustica Lucero, les policiers sont allés chercher Connie Stotter dans son dortoir. Elle n'était pas présente. L'administration a confirmé qu'elle avait été absente aux derniers cours. Ils ont commencé par lancer une alerte sur la totalité de l'État, tout en fouillant le Job Corps. Connie Stotter a été interpellée sans résistance, sur Horseshoe Road, peu après 21 heures le surlendemain de l'assassinat de Carol Corman, par deux détectives qui remontaient vers New Holland. Ils ont aperçu Connie qui marchait d'un pas rapide sur la bande de gravier qui longe les champs de maïs. Elle les a regardés tranquillement arrêter leur voiture en allumant une cigarette et les a laissés venir à elle.

Quand la seconde équipe de policiers de Harrisburg a lancé l'entretien approfondi, Stotter avait déjà tout avoué ; elle n'a fait aucune difficulté pour répéter ses aveux et raconter à peu près tous les détails de ce qui s'était passé quelques jours plus tôt à Presley Park.

Ils avaient trouvé le fragment dans une de ses poches. Elle a été informée de ses droits. Tout le récital habituel, selon les formes. « Je vais vous lire les droits que vous accorde l'amendement Miranda : “Vous avez le droit de garder le silence, vous avez le droit de refuser de répondre aux questions. Tout ce que vous allez dire pourra être utilisé contre vous devant un tribunal. Vous pouvez vous faire assister par un avocat. Si vous ne pouvez pas payer les services d'un avocat, vous avez le droit de vous en faire désigner un, aux frais de l'État pour vous représenter, etc.” » Elle s'est marrée et c'est là qu'elle a dit aux policiers qu'elle n'en avait « rien à foutre de l'amendement Miranda ». Ils lui ont demandé si elle allait répondre aux questions et elle a hoché la tête. Mais comme elle riait en même temps, un des policiers a dit : « Attends, explique-moi à quoi on va jouer exactement ? Dis-moi si tu es décidée à nous raconter la vérité ou si tu vas te foutre de notre gueule ? »

L'officier, un type baraqué avec un gilet rempli de crochets et de gadgets – des lampes halogènes, des bracelets en acier, des cordons – avait brusquement haussé la voix et il avait l'air d'un coup plus impressionnant. Connie Stotter a dit : « O.K., allons-y pour les questions. » Mais elle riait toujours un peu, comme si elle s'était parfaitement entraînée à ce moment et qu'elle en connaissait d'avance chacune des secondes à venir. Elle ne paraissait pas impressionnée, ni sur le point de se mettre à pleurer. Le policier a demandé : « O.K., alors dis-moi une chose, sans me mentir, tu veux bien ? » Connie Stotter a fait oui de la tête. Le policier baraqué a sorti d'un dossier cartonné la pochette translucide qui contenait le fragment d'os et a demandé pourquoi elle avait montré *ça* à Rustica Lucero, et pourquoi elle avait ce trophée dans sa poche. Elle a répondu ceci : « Parce que je voulais qu'elle soit toujours avec moi. Qu'elle voie tout ce que je faisais après. Comment je serai avec Tarabont. Toute ma vie. Sans elle. Que j'allais dormir avec elle dans la poche de ma veste. Que j'allais déjeuner avec un bout de son crâne et une mèche de ses cheveux. Je voulais lui montrer à quel point elle avait perdu la partie. » Les policiers ont eu un air navré. Peut-être même que l'un d'eux a eu un réflexe de dégoût ou de reproche, même si ce sont des gars qui ont l'habitude d'en voir des vertes et des pas mûres. Alors Connie en a remis une couche ; elle a désigné le petit sachet en plastique, fermé par un adhésif orange marqué « *Evidence* » dans lequel un des flics avait fait glisser avec une pince en inox le bout manquant de Carol Corman, elle a hoché la tête et elle a dit : « Ben ouais : c'est par ce trou-là que sa foutue cervelle s'est mis à couler dans Cliffside Drive, les mecs ! »

Le sergent Gentle et son supérieur, le lieutenant Roger Lipka, entrèrent dans le petit bâtiment d'angle situé à l'écart du Département de la police d'État de Pennsylvanie, à l'est de Lancaster. Pas très loin de Horseshoe Road et de l'embranchement du Job Corps. Le service de médecine légale et la morgue occupaient le rez-de-chaussée et le sous-sol du bâtiment. L'air y était constamment rafraîchi, ce qui était une bénédiction en été, mais un supplice à cette époque de l'année, où tout le monde espérait, à chaque fois qu'une porte s'ouvrait, recevoir une large bouffée d'air chaud en plein visage. Le lieutenant Lipka avait été un des premiers sur la scène de crime. C'était lui aussi qui avait tenté de contacter Mme Corman, aussitôt après l'identification du corps, et qui avait laissé ce message sur le répondeur.

Lipka avait pris Gentle à part :

— Je sais que ta femme et Mme Corman…

— Oui, je te remercie, Roger. Mais je…

— Je peux demander à Walter, ou à Castella. Je comprendrais très bien que tu…

— Je te remercie, mais je tiens à t'accompagner.

Lipka hocha la tête. Ils entrèrent dans l'aile de la médecine légale. Un vent glacé leur souffla aussitôt au visage. Une première équipe avait déjà entrepris de travailler sur le corps de Carol Corman. Une autopsie avait été réalisée et des prélèvements effectués aux périphéries des blessures à l'arme blanche, principalement au niveau du thorax. Mais on n'avait pas touché à la tête. Ce que découvrit Gentle en observant le crâne et le visage n'était pas le travail d'un médecin légiste. Il resta comme hypnotisé par la blessure monstrueuse que révélait le profil de la jeune femme morte allongée dans la lumière scialytique du bloc d'analyse. Malgré des années de police criminelle, il ignorait qu'un crâne humain pourrait lui causer un tel effroi. Il avait vu des corps déchiquetés par des explosions et mutilés par des chocs ou des chutes. Mais ce qui était terrible avec la jeune femme de Presley Park, c'était que son visage était globalement intact. Il reconnaissait parfaitement la nièce de son épouse. Il ne l'avait vue que deux ou trois fois ces dernières années, depuis qu'elle avait quitté le monde de l'enfance pour devenir une jeune adulte. Mais il la reconnaissait parfaitement. Les légistes avaient nettoyé les joues et le front pour les débarrasser de la terre et du sang dont ils étaient enduits lors de la découverte du corps. Gentle avait regardé, moins d'une demi-heure plus tôt, les photos prises sur la scène de crime. Impossible d'évaluer des traits tellement le visage était enduit de boue et de débris végétaux. Il semblait presque noir, et la seule tache claire qu'il y avait discernée était un œil, grand ouvert, qui fixait le néant. Maintenant, comme il l'avait pensé en découvrant le corps exposé sur le plan d'inox, il était propre et *globalement intact*. Si ce n'était ce trou béant, au côté gauche. Un trou de quatre à cinq centimètres. Vaguement gris, bordé de noir et de rouge sombre. Aux lisières, la peau alentour avait viré au bleu violacé. Gentle se demanda si ce qu'il distinguait dans les abîmes de ce trou monstrueux était le cerveau de Carol. C'était gris, ou rose sale. Il détourna les yeux et se jura que quoi qu'il ait encore à voir dans cette pièce, il n'en parlerait jamais à France Corman, ni à Ema.

— Mme Corman devra quand même… risqua Lipka, reconnaître le corps, Mark. Je veux bien que vous établissiez le premier rapport puisque vous la connaissez, mais la loi impose qu'elle vienne quand même. Disons qu'elle pourrait venir quand les légistes auront totalement fini de…

— Je m'en occupe, Roger. Si vous m'autorisez à l'accompagner… Je crois que ça pourrait aider.

— Bien entendu, fit Lipka, reconnaissant. Quel merdier, hein !

Gentle regarda furtivement le corps allongé derrière eux. La plaie monstrueuse, sur le côté gauche, semblait vouloir attirer son attention. Il refusa de céder. Il fixa son regard sur les orteils de la morte. Quelques heures avant de mourir, dans des conditions qu'il supposait affreuses, Carol Corman avait décidé de se vernir les ongles de pieds. Un projet. Son dernier projet.

Nuit en pays amish

La nuit était tombée depuis plusieurs heures sur le pays amish. Tarabont et Connie s'étaient retrouvés comme les fois précédentes au bout de Horseshoe Road, près de la bretelle de la voie express. Ils avaient été se terrer dans une grange, sur une propriété agricole, à Mill Creek Pond, quelques kilomètres plus à l'ouest en direction de Lancaster. Ils avaient passé la nuit là, à bavarder, s'endormir, se réveiller et faire l'amour. Au petit matin, le propriétaire de l'exploitation – la grange, le cellier, les deux silos et l'immense verger –, un Amish nommé Freeman Cornett et son fils Wayne les ont découverts. Ils se tenaient tous les deux en bas de l'échelle, droits comme la justice. Freeman savait que quelqu'un était là. Il ne savait pas qui, mais il savait que du monde était entré dans sa grange. Lui et Wayne s'appuyaient sur de lourds bâtons – ceux avec lesquels ils manœuvraient la petite presse à grain, et ils savaient s'en servir, par exemple pour assommer les bêtes sauvages qui avaient la bêtise de se laisser enfermer dans un des silos. Il faisait froid, et lorsque Freeman Cornett appela : « Vous là-haut, faudrait être raisonnables et vous montrer sans faire d'histoire, et puis m'expliquer ce que vous faites dans ma grange… Vous êtes combien là-haut ? » Tarabont ne savait pas ce qui l'effrayait le plus : le froid, dans lequel il allait devoir se mettre debout et répondre au fermier ; sa nudité, ou l'explication qu'il allait devoir fournir pour sa présence *avec une Anglaise* dans une ferme privée.

Il avala sa salive, par deux fois, en regardant Connie. Il murmura :

— T'inquiète. Je suis sûr que ce sont des bons gars. Je vais régler ça aussi sec…

Connie fit une moue, pas aussi certaine que lui.

— C'est moi, monsieur Cornett. Tarabont Kheler… Je… Je vais descendre !

Connie Stotter se tassa dans la paille qui sentait l'animal et la menthe, et laissa Tarabont enfiler son caleçon et descendre l'échelle de bois brut.

— Qu'est-ce que tu fiches ici, nu comme un ver, à coucher dans ma paille ? Qui est avec toi ? Tu as amené quelqu'un avec toi ?

— On est juste deux, monsieur, fit Tarabont.

— Deux ? Tu veux dire que tu es avec une fille là-haut ?

— P'pa ! Je connais ce gars… coupa Wayne Cornett.

— Tu connais ce gars ? répéta Freeman Cornett. Moi j'ai du mal à reconnaître quelqu'un dans son habit d'épouvantail avec ses cheveux pleins de paille…

Les deux Cornett s'esclaffèrent.

— Faudrait que tu te donnes un bon coup de peigne, mon gars, fit Freeman Cornett. À moins que tu veux que j'te prête un râteau qui fera aussi bien l'affaire !

Le fils laissa échapper un autre gloussement.

— Tu dis que c'est qui, ce gars-là ?

— Il est de South Fertility. Y s'appelle Tarabont. J'connais pas son aut' nom, dit Wayne Cornett.

— C'est vrai ce que mon fils Wayne raconte ? demanda Freeman Cornett. T'es bien de la communauté de South Fertility ?

— Vrai de chez vrai, monsieur.

— Et tu t'appelles Tarabont ?

— Oui, monsieur.

— Tarabont comment ?

— Kheler, monsieur. Tarabont Kheler, de South Fertility. J'suis le fils de Vulf Kheler… Faut nous excuser pour…

— Vulf Kheler ? Ton père a craché en plein visage de notre communauté, il y a longtemps. Maintenant tu as décidé de l'imiter ?

Il désigna l'échelle et la paille qui volait encore dans l'air lumineux du matin.

— Et qui qu'est là-haut ? Tu as amené une fille de la ville ? Tu comptes faire ton *Rumspringa* par chez moi ?

Tarabont oscillait d'un pied sur l'autre. Et Connie décida que c'était le moment de prendre part au débat :

— Y fait pas son *Rumspringa*… Il en a juste ras le carafon de toutes vos salades. Y s'barre. Et moi avec. On vous laisse avec vos vieux tacots et vos habits de clowns…

Elle s'était relevée. Elle était tout au bord de l'avancée, à l'étage de la grange Cornett, et elle, elle n'avait pas l'air d'avoir froid. Elle n'avait pas renfilé sa culotte et ses seins balançaient au rythme de ses paroles. La lumière du dehors l'illuminait autant que si elle se produisait sur la scène d'un music-hall. Les deux Cornett baissèrent les yeux. Wayne était devenu aussi rouge qu'un coquelicot au mois de mai, mais son père, le vieux Freeman Cornett, était blanc comme un linge et ses mâchoires bourdonnaient. Il se maîtrisa et lança, d'une voix heurtée par l'émotion :

— Tarabont Kheler, tu es déshonoré ! Mon fils et moi, on vous accorde cinq minutes pour enfiler vos nippes et déguerpir. Après, je peux te garantir que tu pourras juste compter sur la miséricorde du Seigneur.

Tarabont remonta lentement l'échelle. À mi-chemin de l'avancée, il se tourna et lança :

— Elle a raison ! Vous êtes des clowns… Je me tire. Je me tire de votre village pourri, et je compte bien jamais y refoutre les pieds.

Sans réfléchir, Freeman Cornett se jeta sur l'escalier et assena sur une des marches, une ou deux en dessous des pieds de Tarabont, une terrible volée de coups avec son bâton. Une marche vola en éclats, envoyant des esquilles dans le sillage du bâton. Wayne Cornett voulu faire comme son père et leva sa masse à son tour.

— Pas la peine, le retint son père. La colère ne répare pas l'insulte…

Il prit le coude de son fils et ils sortirent de la grange, encadrés de la lumière dorée de ce matin d'hiver.

Muncy

La prison sécurisée de Muncy, dans le comté de Lycoming, compte en permanence vingt-cinq à trente femmes dans ses quartiers réservés. Le nombre a peu changé depuis l'arrivée de Connie Stotter à l'automne 2018. Il est actuellement de vingt-neuf détenues, dont deux sont en attente d'une éventuelle exécution. Muncy est en effet la seule prison de Pennsylvanie à posséder un « couloir de la mort » réservé aux femmes.

Muncy est une prison singulière et ressemble peu aux grands pénitenciers américains, qui évoquent soit des forteresses gothiques, pleines de recoins sombres et de pierres noircies par le temps, soit des camps de concentration perdus dans des *no man's land*, cernés de barbelés et d'halogènes perchés sur des portiques. Muncy a des airs de centre commercial ultramoderne, en briques rouges, angles vifs et larges terrasses. L'illusion est complète lorsqu'on regarde les alentours immédiats de la prison : pas de hauts murs ni de miradors truffés de vitres pour déjouer les angles morts, pas de filets anti-hélicoptères, pas d'espaces nus, obligeant d'éventuels fuyards à affronter une longue zone à découvert. Le plus proche voisin de Muncy est un immense supermarché Wegmans. Vient ensuite un grand magasin Kohl's de chaussures et prêt-à-porter, puis une arène de loisirs avec zone de fitness, douze pistes de bowling, des trampolines, une salle de machines de jeux électroniques et un terrain de laser game sur deux étages.

Mais la prison est truffée d'électronique et personne n'a jamais réussi à s'évader de Muncy. Plusieurs détenues ont tenté leur chance mais aucune n'est parvenue ne serait-ce qu'à gagner une zone extérieure et à respirer un peu d'air du dehors. Récemment, trois femmes condamnées à des peines d'emprisonnement de vingt-cinq années ont tenté de créer des conditions d'évasion en mettant le feu à des matelas. Elles espéraient profiter de la panique et de la fumée pour s'enfuir. Les trois ont succombé à l'inhalation des vapeurs toxiques sans même avoir quitté le périmètre immédiat de leurs cellules dans lesquelles elles se sont retrouvées piégées par l'obturation électronique rendue inopérante à cause de la chaleur. Les gardiennes n'ont pu ni déverrouiller les portes à distance, ni procéder à leur ouverture manuelle en raison de la chaleur dégagée au niveau du corridor.

Connie Stotter occupe une des huit cellules dédiées aux condamnées à mort. Seules deux sont occupées. Trinity Chaplin est « la voisine » de Connie Stotter depuis presque cinq années. Chaplin a été condamnée à la peine capitale pour le meurtre de trois personnes dans une épicerie de Pittsburgh, l'une d'entre elles étant la maîtresse de son mari et les deux autres des adolescentes prises dans la fusillade.

Les deux femmes ont été placées aux deux extrémités de « l'aile de la Mort », que les gardiennes appellent « le balcon », puisque son accès se fait sur une passerelle sécurisée, inaccessible sans une myriade de codes et de cartes numériques. Elles ne peuvent ni se voir, ni même communiquer oralement, en raison de la distance et de l'isolation phonique du « balcon ». Les cellules sont pourvues de murs de béton matricé de 35 cm d'épaisseur et d'une porte de 65 mm à double parement d'acier de 2 mm et serrure électrique. La cellule de Stotter mesure 12 pieds sur 7 (3,5 m x 2), et tous ses équipements – à l'exception du combo lavabo-WC, en inox – sont en béton brut. La détenue y dispose d'une couchette standard de 80 cm de large, d'une tablette triangulaire servant de table et d'un siège monobloc, lui aussi en béton et inamovible. Stotter dispose aussi d'un espace douche, large de 70 cm, dont l'arrivée d'eau n'est pas contrôlée de l'intérieur et dépend d'une action extérieure, sur demande de la détenue ou au bon vouloir de l'administration.

En raison du moratoire sur la peine de mort demandé en 2015 par Thomas Wolf, gouverneur de Pennsylvanie, personne ne sait pour combien de temps Stotter et Chaplin resteront les occupantes du « balcon » de Muncy, et leur exécution reste possible à tout instant.

Quoi qu'il en soit, le 25 décembre 2019, Connie Stotter et Trinity Chaplin ont bénéficié, en raison des fêtes de Noël, d'une permission exceptionnelle de promenade et ont pu déjeuner avec les vingt-sept autres détenues de Muncy. La promenade a consisté en une heure et demie sur une terrasse cernée par un mur de béton de 3,50 cm, recouvert d'une fresque hideuse réalisée par des détenues et un artiste « en résidence ». La fresque représente vaguement une plage plantée de palmiers maladroits, et au centre, une grosse clé à motifs compliqués dont on trouvera sans peine la symbolique. Selon les témoignages de Barbra Hoffman et Trisha Morales, les deux gardiennes en poste, une première altercation aurait éclaté sur la terrasse, aux alentours de 11 heures ce matin de Noël. Chaplin aurait craché sur (ou en direction de) Stotter et les deux femmes se seraient rapprochées, avec une intention d'en découdre, avant que l'agent Hoffman n'intervienne dans le haut-parleur en leur demandant de s'éloigner l'une de l'autre.

En raison de cette altercation, elles ont été placées loin l'une de l'autre au déjeuner qui a suivi. Plusieurs récits concordants témoignent de ce qui s'est passé alors. Après le premier service, qui a consisté en un plat de saucisses recouvertes de gravy, Stotter aurait quitté sa place sans avertissement et marché résolument vers la table où se trouvait Trinity Chaplin. Elle se serait jetée sur cette dernière et l'aurait plaquée au sol. Stotter a alors tiré une cordelette de nylon rouge de sa poche de pantalon et d'un geste rapide, exécuté une double boucle autour du cou de Chaplin. Elle l'a immédiatement serrée, tout en forçant de son genou sur la poitrine de Chaplin, l'immobilisant. Deux surveillantes (Trisha Morales et le sergent Susan Montgomery) se sont précipitées et ont essayé, en vain, de séparer Stotter de sa victime. Le temps qu'elles y parviennent – Montgomery a dû faire usage de son bâton télescopique et en assener deux ou trois coups sur l'avant-bras de Stotter pour parvenir à lui faire lâcher prise –, Chaplin avait perdu connaissance. Elle a été conduite à l'infirmerie de Muncy où le médecin, arrivé dans l'après-midi, a constaté une fracture du larynx ayant entraîné un début d'asphyxie.

Maîtrisée, Stotter a été menottée et entendue par la directrice adjointe, Mme Chelsea Robinson (la directrice, Mme Morgan, étant en congés pour soixante-douze heures en raison des fêtes). Dans le bureau de Mme Robinson, Connie Stotter a expliqué calmement son geste en quelques déclarations. Chaplin l'aurait « narguée » en lui racontant que quoi qu'elle ait pu faire à Corman, elle n'avait pas empêché celle-ci « de se taper son Tarabont ». Qu'elle-même, vu ce qu'elle avait vu de lui dans les journaux, elle « ne mettrait pas dix plombes à lui dire O.K. et qu'elle lui fasse donc signe si jamais il passait lui rendre une petite visite avant la piquouse… »

Mme Robinson l'a écoutée, sans faire de commentaire. Puis Stotter s'est agitée. Elle s'est à moitié levée de son siège et, selon le témoignage de Chelsea Robinson devant la cour, elle a lancé : « Alors, bordel ! Vous allez peut-être piger que je suis dangereuse, maintenant ? Et que vous pouvez aller vous torcher avec ce fichu moratoire ? »

Expertises

Connie Stotter a été examinée à quatre reprises par les deux expertes mandatées par la cour criminelle de l'État de Pennsylvanie, les Dr Margaret Lawrence et Felicita Arias-Moore. Les séances ont consisté en des entretiens semi-directifs, c'est-à-dire globalement contrôlés par les deux praticiennes, mais permettant au sujet expertisé – Connie Stotter – de s'exprimer plutôt librement et dans la durée. L'objectif des deux praticiennes en psychologie criminelle était d'essayer de déterminer le processus mental qui avait conduit Connie à devenir la tueuse implacable et « sans bornes », ainsi que les médias l'avaient qualifiée, capable de mettre à mort une camarade de son âge, à qui elle ne reprochait rien de solide, et ce, dans des conditions atroces.

Dans leur rapport, les deux analystes expriment un sentiment sans équivoque sur l'état psychologique de Connie Stotter. Quelques extraits éclairent de manière précise leur travail :

« Connie Stotter ne fait aucune difficulté à reconnaître les faits. Les conditions, le déroulement, les phases successives de l'assassinat de Mlle Corman sont parfaitement visibles dans son esprit. Stotter se souvient des moindres détails – par exemple lorsque nous revenons sur tel point, que nous plaçons mal dans le déroulé de cette soirée, Stotter n'hésite pas à nous corriger et à remettre les faits dans leur exacte chronologie.

« Non. Je n'ai pas utilisé d'arme, ce foutu cutter au début, lorsque j'ai fait tomber Carol. On n'était pas arrivés à la centrale, c'était au tout début de Cliffside Drive. Le cutter, c'était après. Là où le sentier devient plus petit et s'enfonce entre les arbres. »

« Le bloc [de ciment, avec lequel elle a frappé Mlle Corman à la tête], je l'ai plutôt ramassé juste devant la centrale à vapeur. Dans la friche… »

Stotter revendique sans aucune retenue ni remord l'entièreté des faits évoqués. Elle n'exprime aucune forme de culpabilité. En ce sens, elle adhère très précisément au profil d'une sociopathe impulsive, incapable de contrôler les appels de son désir et de les différer. Stotter présente un profil particulièrement inquiétant, immature et violent, sans doute présent depuis l'enfance et non entièrement, voire pas du tout, repéré ni pris en compte par l'institution. Les faits qui se sont déroulés dans Presley Park étaient selon nous inéluctables, non pas qu'ils étaient écrits et imposés au sujet dans une forme "destinale", mais au sens où rien, ni personne, ne pouvait en détourner l'exécution ce soir-là. La question du complice de Stotter a été posée plusieurs fois, et même s'il n'appartient pas à l'expertise psychologique de se prononcer sur la culpabilité de tel ou tel, ce qui apparaît de manière formelle dans l'analyse des échanges que nous avons eus avec elle, c'est bien que Stotter demeurait, dans l'organisation et la réalisation de son crime, au-delà de tout infléchissement ou modération prescrite par un partenaire ou un complice. »

Une passation de test a également été demandée par le premier avocat commis d'office de Stotter. Il a été maintenu au dossier même si cet avocat, Austin Hewitt, a été rapidement récusé par Connie Stotter et remplacé par Walter Donovan (récusé lui aussi peu après).

Une première séance a eu lieu au sein de la prison de Dauphin County en mars 2013, et a été conduite par le Dr Mulligan de l'université de Philadelphie. Elle a été menée *via* le test dit de Rorschach, cherchant à analyser la personnalité du sujet.

Le résultat et l'analyse de cette séance exposent à leur tour une vision particulièrement lugubre du paysage mental de Connie Stotter. Quelques extraits suffisent à en donner la tonalité.

En particulier les expressions suivantes : « décomposition des émotions » ; « défaillance du lien au réel » ; « constituantes extrêmement dangereuses ».

Demande de la cour criminelle de Harrisburg, protocole de Rorschach concernant le patient Stotter C. (Extraits des conclusions)

[…] Pauvreté des réponses associée à une recherche inquiète des figures que semblerait attendre son interlocuteur. Il est clair cependant que la naïveté des solutions envisagées par rapport à ce que le sujet suppose être des « énigmes », voire des pièges, n'est pas associée à une déficience intellectuelle, même si des traces très fortes d'immaturité et d'incapacité à affronter l'autre apparaissent en réaction à plusieurs planches.
[…] Une défaillance forte du lien au réel est probable, associée à une décomposition ancienne des émotions.

Note sur les perceptions des planches :
Toutes les planches à l'exception de la III et de la VII sont associées à des organes ou des éléments du corps humain ou de différents animaux. Seront évoqués des poumons, un cœur, un estomac et « les autres trucs de la digestion », une tête, la gorge, du sang, « une souris écrabouillée », « la peau d'un animal mort qu'on a mis en tapis » et « deux mains coupées ». Les planches III et VII sont lues comme des images de combat ou de lutte, et peut-être de « dispute » pour la possession d'un objet dans la III.
[…]

> La surreprésentation des interprétations liées à des organes ou des corps fragmentés désigne sans grande ambiguïté des dysfonctionnements psychotiques, et à tout le moins, un trouble très important de l'identité personnelle. Les processus de pensée et d'association présentent un tableau criminologique absorbant des constituantes multiples, mais toutes terriblement dangereuses.
>
> **Robert C. Mulligan,**
> **PhD, Temple University, Philadelphie, PA.**

Une seconde session a été conduite en juillet 2013, toujours à la prison de Dauphin County, par Rosemary Turnipp, psychoclinicienne à l'UPMC, Pittsburgh, Pennsylvanie. Cette séance a été conduite autour du test TAT (*Thematic Apperception Test*). Voici quelques extraits des conclusions diagnostiques du Dr Turnipp, qui confirment les analyses du Dr Mulligan et de la première passation de test.

> « Le patient [Connie Stotter] manifeste une très large capacité à introduire dans les scènes proposées des personnages absents des images, […] alimentant des scénarios complémentaires étrangers et emprunts de bizarrerie. […]
> Commentaires inadéquats, conduisant à des scénarios récurrents de type obsessionnel (menaces, violence latente, revanche, agression…).

> Introductions de hors-champ menaçants et intrusifs, souvent avec recours à une érotisation violente des relations entre personnages. [...] Nous prendrons l'exemple de la réaction du patient face à la planche V (communément baptisée « *Woman on the treshold* » – la femme sur le seuil) : Stotter marque une longue indécision et une forte réaction émotionnelle. Elle évoque la présence de « quelqu'un qui attend ». Face à une demande de précision, Stotter explique que « quelqu'un se cache derrière la porte » et que « la lampe ne va pas tarder à s'éteindre, et qu'il vaut mieux que ça se fasse dans le noir ». La planche II (« *Women, man & horse* » – femmes, homme et cheval) a également été perçue avec angoisse et colère par le sujet expertisé, sans doute en raison du schéma triangulaire amoureux qu'il pourrait sous-entendre.
>
> En conclusion, le patient présente un important désordre mental, absorbant des matériaux psychotiques possiblement gravés dans son histoire personnelle, dont la lecture devra se faire à l'aide d'un diagnostic complémentaire du trouble de la personnalité. »

Les experts ont expliqué ce qui n'allait pas. Il n'y avait pas que la photo de la petite fille en manteau rouge devant un tas d'ordures et celle du pull-over blanc et des larmes. Il n'y avait pas que les rapports de tests psychologiques qui suspectaient tous une personnalité très troublée et « dangereuse » (plusieurs personnes dans le public et dans les rangs de l'accusation ont émis des ricanements en entendant ce mot, superposé aux images qu'ils avaient vues auparavant du corps extrêmement mutilé de Carol Corman). Il y avait tout le reste. Ils ont évoqué les imageries IRM, qui établissaient de manière formelle que Connie était née avec des lésions cérébrales sévères. Puis ils ont parlé de ce qu'elle avait ensuite enduré enfant et adolescente, subissant toutes sortes d'abus – une liste terrifiante, dont un seul article de cette liste pouvait déjà faire capoter une mise en accusation. On a dit qu'elle avait été éduquée dans la plus grande négligence ; qu'elle avait subi au moins deux viols, tous deux d'une violence extrême, viols commis par un des compagnons de sa mère. Une fois dans les toilettes d'un supermarché de Harrisburg, une fois chez elle, pendant que sa mère dormait dans sa chambre. Ce même ex-amant – Pernell « Squeaky » Campanella – a été condamné en décembre 2008 pour prostitution de mineures, après qu'il a été arrêté en flagrant délit par des officiers du Bureau d'investigations criminelles de Pennsylvanie sur le parking d'une boîte de nuit de Lancaster. Il proposait à des clients recrutés sur un site internet des rapports avec sa « belle-fille » Connie, âgée alors de quatorze ans.

On a dit que sa mère était alcoolique. Que ses compagnons successifs étaient alcooliques ; que la mère de sa mère, chez qui celle-ci l'abandonnait la majeure partie du temps pour aller faire la java, était également alcoolique et qu'elle la battait aussi, parce que « s'occuper d'elle, c'était autant de temps en moins pour picoler ».

Les psychiatres ont dit qu'elle souffrait de maladie mentale, probablement apparue à cause des lésions cérébrales et qu'on pouvait appeler ça des troubles bipolaires. L'un des experts a affirmé dans son rapport que Connie Stotter avait sans doute été « programmée, d'une certaine manière, à tuer dès son plus jeune âge », du fait d'un environnement ultra-violent et absolument non structuré. Qu'en quelque sorte, le meurtre était déjà inscrit depuis toujours dans sa tête et qu'il ne guettait que le meilleur instant pour se faufiler dehors.

Il y avait encore une chose qui n'allait pas, selon un des autres spécialistes mandatés par la cour. Le degré de violence. Il est nécessaire, pour qu'un tel degré de violence soit partagé par plusieurs individus associés dans un même crime et surtout un crime de cette intensité, a expliqué le psychiatre, que l'excitation du crime soit également partagée entre les différents auteurs. Or, plus le degré de violence est fort, plus le seuil d'acceptabilité de l'acte que l'on est en train de commettre est haut, plus il est difficile à coïncider dans l'esprit des différents acteurs du crime. La « folie à deux » ou la « folie collective » existe, mais elle suppose souvent une longue période de préparation, de mise en commun de schémas et de stimuli qui, de toute évidence, n'ont pas réellement eu le temps de se mettre en place dans la relation entre Connie Stotter et Tarabont Kheler.

Sauf, a proposé l'expert, si l'on essaie de chercher dans cette histoire de bible noire. Et dans le « passé para-sectaire » de Tarabont, élevé en dehors du monde, dans une certaine forme d'obscurantisme paranoïaque, pratiqué de manière collective.

Premier verdict

Connie Stotter a multiplié les volte-face concernant son statut judiciaire. Elle a été condamnée en avril 2014 à trente années de prison pour préparation d'une action criminelle, incitation d'autrui à commettre une action criminelle, et à la peine de mort pour meurtre au premier degré. Elle a fait aussitôt appel. Mais sans attendre que la procédure suive son cours, à la surprise générale, elle a annulé son appel en juin 2014. Puis elle l'a relancé avec un nouveau cabinet d'avocats en septembre de la même année. Elle a défendu une position qu'elle n'avait même pas esquissée devant la cour : elle prétendait à présent qu'il n'y avait pas de préméditation, qu'elle n'avait jamais eu le projet de « tuer Miss Corman, seulement de lui faire peur et de lui dire en face de ne plus s'approcher de Tarabont Kheler ».

Lors d'une audience pour laquelle elle avait multiplié les demandes, et au cours de laquelle elle devait confirmer son appel, Stotter s'est brutalement emportée, alors que la juge de la cour criminelle tentait de synthétiser le dossier :

— J'en ai assez, assez et plus qu'assez ! Vous n'imaginez pas à quel point j'en ai marre, et marre de marre de tous ces trucs.

Connie Stotter s'était levée sans autorisation devant la table de son avocat. Elle s'était mise à sangloter à la manière d'un bébé, avant de poursuivre, d'une voix blanche :

— J'arrête ! J'arrête tout ce cirque, vous pouvez tous rentrer chez vous et vous envoyer une bonne rasade de whisky ou de ce que vous voulez. Je ne veux plus de juges, je ne veux plus d'appel. J'en ai marre que tout le monde me traite comme une méchante ou je ne sais quoi. Je ne vais pas rester assise ici et continuer à écouter ça pendant des heures. Emmenez-moi directement là où je dois être exécutée, et basta !

La juge Howard a demandé qu'elle se calme, sous peine de suspendre et de renvoyer. La requête en était à son troisième jour d'audience et c'est sans doute ce détail qui a retenu la juge Howard : tout reprendre à zéro lors d'une prochaine audition. Elle a simplement demandé une suspension de vingt minutes, en enjoignant les avocats de Stotter de faire en sorte qu'elle reprenne son sang-froid. Autant demander à un veau à l'abattoir de faire un selfie… mais miracle, au bout des vingt minutes, Stotter est revenue, calme et polie. Elle a levé la main pour demander à parler. La juge Howard lui a accordé la parole, et elle a dit cette phrase absurde :

— Je ne veux plus qu'on me parle de cette fille. Ne me parlez plus jamais de Carol Corman. S'il vous plaît…

Antécédents

Robert Mulligan, le spécialiste du test de Rorschach, regardait la jeune femme qui rongeait consciencieusement ses ongles, assise en face de lui dans le bureau que l'attorney Lee lui avait attribué pour ses séances avec Connie Stotter. La lumière blanche du dehors – un jour nuageux et frais de Pennsylvanie – tombait sur son visage. Il s'attarda un instant sur une adolescente sans grande originalité. Des cheveux châtain clair, tirés en arrière par une queue-de-cheval qu'elle avait ramenée en chignon nonchalant sur la nuque. Des joues un peu rondes et des yeux clairs, sans couleur précise. De petits boutons d'acné avaient fait leur apparition depuis sa rencontre précédente avec Stotter. Sur son front et autour de sa bouche. Elle semblait désemparée. Mulligan lança, d'une voix douce, qu'il espérait suffisamment apaisante pour inciter aux confessions :

— Y aurait-il… Connie… autre chose dont vous aimeriez me parler ? Des choses qui m'aideraient… à vous aider ?

Connie Stotter le regarda fixement. Une grimace, sans doute une tentative de jouer la carte de la provocation, se dessina une seconde sur ses traits. Elle y renonça. Elle était épuisée. Elle ne dormait plus que deux ou trois heures de vrai sommeil par nuit, les yeux exténués par la lumière permanente de sa cellule et les cris incessants de sa voisine Trinity Chaplin, qui hurlait : « Connie-connasse ! Ils vont te faire frire... Ils vont te faire bouillir ! » Elle avala sa salive et fit, lentement, sans la moindre nuance d'ironie ni de dérision :

— Oui, doc... J'ai peut-être un truc à vous raconter. Ça n'a pas directement à voir avec ce qui s'est passé du côté de Presley Park, et je ne vais pas vous le raconter parce que je suppose que c'est le genre de truc qui aide les gens comme moi à atténuer leur responsabilité. Je vous dis ce que j'ai dit : j'ai tué Corman, et je l'ai fait tout simplement parce que j'avais envie de le faire. Mais je vais vous raconter ce truc parce que ce qui est vrai est vrai. C'est tout. Ce qui est vrai est vrai...

Connie Stotter fixa encore une fois Mulligan. Elle sembla peser une dernière fois son désir de parler à cet homme, qu'elle n'avait vu que deux fois jusque-là. Un type d'une quarantaine d'années, peut-être un peu moins. Une veste de velours bon marché et une chemise crème avec de fines rayures bordeaux. Une barbe, taillée court, d'un blond sale, de la même couleur que ses cheveux, légèrement bouclés au-dessus de ses oreilles. Il avait des yeux clairs et vifs, et lui semblait correct. Correct, c'est-à-dire qu'il lui semblait que ce type n'avait pas spécialement envie de lui nuire. Il était là pour faire son boulot, comprendre, peut-être, et même s'il ne l'aidait pas (et elle n'avait de toute façon pas envie qu'on l'aide), il ne chercherait pas à l'enfoncer. Elle demanda :

— Vous allez croire ce que je vais raconter ?

— J'aurais des raisons de ne pas le faire ?

— J'en sais rien.

— Je vous écouterai. J'ai l'impression que vous n'êtes pas du genre à chercher à passer à la postérité à tout prix, quitte à raconter n'importe quoi.

Connie Stotter le regarda, en hésitant. Elle répéta :

— J'ai un truc à vous raconter, comme j'ai dit.

— Alors, allons-y !

— Ouais. Y'a pas d'histoire de prospérité ou quoi que ce soit…

Le Dr Mulligan ne releva pas la confusion.

— Très bien.

Connie fit, sèchement :

— Alors allons-y. Vous allez noter, ou enregistrer, ou quelque chose ?

— Je vais enregistrer et prendre quelques notes… C'est comme ça que je fais. Ça vous embête ?

— Non.

— Très bien…

— Vous répéterez aux journalistes et aux flics ce que je vais dire ?

— Ce n'est pas dans mes attributions de le faire… Néanmoins, si la cour criminelle souhaite entendre ces enregistrements, je…

— Ça m'est égal. Faites-les écouter, ou gardez-les pour vous. J'ai juste envie de…

— De raconter ?

— Ouais. – Connie Stotter avala à nouveau sa salive, posa un bras sur l'accoudoir de son fauteuil et dit : – C'est rapport à Squeaky... Je veux dire, Pernell. Le type que ma mère était avec avant Dick-l'enflure... Vous savez qu'il a été arrêté par les flics il y a quelques années.

Mulligan hocha vaguement la tête, sans lever les yeux de son grand cahier sur lequel il écrivait, un peu de travers.

— Pernell Campanella. C'est le nom de ce type. Une enflure du même calibre que Dick. Il m'a violée. Je crois que ça a été dit par les gars du bureau des juges ou de l'attorney, je me souviens que ça a été dit une des fois où ils m'ont lu des tas de trucs sur mes droits et la peine que je risquais... Ou alors, c'était à la première séance de la cour criminelle. Bon, on s'en fiche, non ? Il n'a pas fait que me violer. Il me faisait aller avec des types. Des types qui payaient pour me grimper dessus ou pour d'autres saloperies. En général, il m'emmenait dans sa voiture et allez hop : c'était une sorte de défilé. Trois, quatre types dans la soirée. Il allait sur l'arrière du parking du Village, dans Chestnut Street. Il y a une sorte d'impasse. Il garait son van à l'entrée, en marche arrière et installait une sorte de bâche derrière le plateau, derrière. Là-dessus, des types arrivaient et il les faisait payer. J'ai eu droit à des séances pendant peut-être six mois, derrière le Village. J'ai eu droit à à peu près tout. Des jeunes et des vieux. Des genres bien mis du centre-ville, qui faisaient des manières mais m'insultaient aussitôt après. Des fermiers qui puaient l'étable. J'ai même eu un vieil Amish, avec une barbe dégueulasse, qui avait du mal à se relever après sa petite affaire. Je me souviens qu'il essayait de se mettre debout. Il avançait à quatre pattes, son gros cul blanc dépassant de son espèce d'habit de curé.

Ça ne durait jamais très longtemps. Je dirais quarante minutes ou à peine plus, le temps d'envoyer trois ou quatre types, comme je disais. Pernell remballait sa couverture, mettait le contact et on rentrait à la maison. Rank Mill Road, à vitesse de croisière. Parce qu'en général, il fallait que je le suce pendant le trajet de retour. Je suppose que la séance du Village l'avait excité et qu'il n'y avait pas de raison qu'il n'ait pas lui non plus une petite gâterie. J'espère que je ne vous choque pas trop, doc ? Bref, ça a duré cinq ou six mois. J'avais quatorze ans, j'allais sur mes quinze. Un soir, des flics sont arrivés. Ils ont bloqué l'impasse derrière le Village, des deux côtés. Ils ont embarqué tout le monde. D'un côté Campanella et le type qui… c'était le vieil Amish. Et de l'autre, moi. J'ai vu que dans la bagnole où ils avaient chopé Campanella, il y avait un autre type, celui qui m'avait sauté juste avant l'Amish. Ils avaient dû le coincer un peu plus tôt. Ils les avaient attachés tous les trois avec des menottes, une main en l'air, à une barre au plafond de leur bagnole. Ils avaient l'air de me faire « coucou » tous les trois, un bras levé, comme des cons.

Je suppose qu'ils surveillaient le coin, je veux dire, les flics. Ou bien ils avaient été prévenus. Squeaky Campanella n'a jamais reparu à Rank Mill Road. Maman a fait la gueule une semaine ou dix jours, mais un autre type est arrivé aussi sec. Un connard dont je ne me souviens pas. Puis ça a été au tour de Dick-l'enflure.

Plus tard, on m'a demandé de témoigner et de reconnaître les types, les uns après les autres. De confirmer que Squeaky était le compagnon de ma mère. Que les deux types qu'on me désignait sur des photos, puis derrière une vitre, minables et terrés sur leur siège en fer dans un bureau des flics, étaient bien ceux qui… étaient avec moi au Village. Je me souviens parfaitement de leurs noms : le jeune s'appelait Michael Bone et le vieil Amish, il s'appelait Graber. Les flics m'ont dit que c'était comme qui dirait leur prêcheur ou leur évêque, du côté de la Lincoln Highway, là où ils ont toutes ces fermes et leurs baraquements. Les flics m'ont dit de prendre mon temps, d'être sûre de moi, parce que les deux types allaient sacrément dérouiller si je confirmais ce qu'ils croyaient. J'ai pris mon temps et je les ai confirmés, les deux. Mais au final, il n'y en a qu'un qui a dérouillé. J'ai su que le vieux avait été ramené, pas longtemps après le procès, dans son putain de patelin et confié à sa famille. Plus tard, j'en ai parlé à Tarabont. On a été le voir, quelques jours avant Carol Corman. C'est moi qui l'*a* bousillé. Tarabont m'y a emmenée mais c'est moi qui l'*a* bousillé. Moi toute seule. À coups de serpe. Voilà. Personne ne m'a parlé de ça et je ne crois pas que quelqu'un a lié la disparition de ce type à Tarabont et à moi. Mais voilà. Ce qui est vrai est vrai.

Témoignages

Mable Frances Watson n'avait aucune envie de témoigner. Ni devant les officiers de police qui étaient venus farfouiller dans tout le Job Corps, ni auprès du *district attorney* Perry Lee dont elle n'aimait pas la façon de regarder les gens. Mais elle y a pris goût, et son visage est devenu en quelques jours presque aussi connu que celui de Connie Stotter.

Mable Frances Watson était une des deux femmes de ménage à mi-temps du Job Corps et travaillait également, deux heures tous les matins de semaine, entre 5 h 30 et 7 h 30, à Hillrise Apartments, une résidence de douze studios de très petit standing, qui deviendraient miteux d'ici deux ou trois années, le temps que l'humidité achève de les imbiber et que la déchéance définitive de ses occupants soit complète.

Mme Watson a été une des personnes-ressources les plus prisées des médias, en particulier des chaînes de télévision, en raison de sa facilité à parler sans mâcher ses mots et à exprimer ce que les téléspectateurs attendent généralement lorsqu'ils écoutent des comptes rendus de faits divers : des émotions faciles à partager et une description claire des gens et des choses.

Mable Frances Watson a sans doute été la personne de Job Corps qui a le mieux connu Stotter. Mieux que la directrice, et mieux que ses professeurs. Elles s'entendaient bien. Peut-être – c'est ce que des journalistes ont expliqué – parce que Watson exerçait le même métier que la mère de Stotter et que cette dernière lui aurait fait ainsi plus confiance qu'à d'autres, ses enseignants, par exemple. Mais si l'on considère le mépris – et c'est un mot assez faible pour décrire les sentiments de Connie pour Kay Stotter – qu'elle avait pour tout ce qu'était sa mère, métier compris, il faut sans doute chercher ailleurs les raisons de cet attachement.

Peut-être que Mable Watson lui servit de substitut maternel. Peut-être tout simplement qu'elle apportait à Connie Stotter un peu d'affection.

« C't'une brave fille, a dit Mable aux policiers qui souhaitaient recueillir son avis sur Stotter. Une brave et courageuse jeune fille », a-t-elle précisé au procureur du comté de Lancaster, qui prit un air narquois en entendant cette définition.

Mable a expliqué comment elle voyait Connie Stotter de son point de vue à elle. Une gamine perdue, qui avait eu la pire enfance qu'on pouvait imaginer. Pour Mable Watson, le fait même que Connie soit encore en vie à l'âge de dix-huit ans tenait du miracle. « Elle aurait pu s'ficher en l'air, s'balancer dans l'vide ou se j'ter sous un camion sur la Lincoln Highway. »

Mable Watson fut la première – et la plus directe – à insinuer une certaine idée de « circonstances atténuantes » concernant Connie Stotter. Manifestement, elle l'aimait bien et la gravité, l'épouvante qu'on ressentait au récit du crime dont elle avouait sans réserve être l'auteur n'estompait pas cette affection. Sa déclaration anticipait d'une certaine manière celle que ferait plus tard, devant la cour, Mme Rosalind Hope-Copper, la directrice du Job Corps. Dans des formes très différentes, bien sûr, la femme de ménage et la cadre supérieure du ministère fédéral du Travail des États-Unis voyaient ce qui pouvait avoir conduit Connie jusqu'à ce chemin nocturne dans Presley Park.

— Y'a p't'être bien que'que chose de pourri à cœur dans ce pays, sauf votre respect, m'dame, a lancé Mable Watson plus tard à la juge Monroe. Comment qu'une jeune fille comme ça peut en v'nir à faire les horreurs que vous dites ?

Freeman Cornett et son fils Wayne Cornett ont succédé à Mme Watson devant la cour criminelle et ont témoigné le chapeau d'hiver entre les mains.

— Tarabont avait spirituellement quitté notre communauté. Il avait amené cette fille, il avait souillé notre propriété. Il n'y avait aucun retour.

— Vous les avez dénoncés auprès des membres de votre communauté ? a demandé un des membres du jury.

— Évidemment ! Tout notre système se base sur la confiance que nous avons les uns envers les autres.

Tarabont Kheler, très concentré jusque-là, assis près de son avocat, laissa fuser un long soupir qui sonna comme une raillerie. Son avocat eut un mouvement de tête plein de reproche et Tarabont s'enfonça sur son siège.

— La confiance, monsieur Cornett, n'est-elle pas affaiblie par la délation et le réquisitoire public des uns envers les autres ?

— L'*Ordnung* nous impose cette parole, a rétorqué Cornett, le front haut, regardant son interlocuteur sans ciller.

— L'*Ordnung,* qui est-ce ?

— Notre Discipline. La seule qui vaille.

— Et vous saviez que cette disqualification de M. Kheler était définitive ?

— Il y a la liberté. Il n'y a pas de retour. Le jeune Kheler sait tout cela.

— Pourtant, c'est dans sa communauté qu'il a été appréhendé par le lieutenant... Dickinson et les *state troopers*, trois jours après le meurtre de Carol Corman. Il y avait été accepté, malgré l'*Ordnung* et tout ce que vous venez de nous expliquer ?

— Il est revenu. Il a demandé la protection de sa communauté. Comme son père l'avait fait avant lui, il y a longtemps.

— Il y a un précédent ?

— Qui ne regarde que notre communauté... Il y a eu demande pour que la communauté accorde son pardon et reprenne les siens.

— Et la communauté le leur a accordé ?

— Pour Vulf Kheler, oui. Encore une fois, c'était il y a longtemps. Nos règles sont difficiles à comprendre pour des gens de l'extérieur.

— Et pour le jeune Kheler ?

— Je dirais qu'il y a eu un conseil. Un très long conseil. Les anciens étaient partagés. Très partagés. Moses n'a pas voulu trancher.

— Moses, c'est Moses Grant ?

— Oui. Le prêcheur de South Fertility. Il a laissé le conseil délibérer et choisir. Sans peser.

— Et qu'a décidé le conseil, monsieur Cornett ?

— Il faudra demander les détails à Moses Grant. – Il se tourna vers Grant, qui attendait sur les bancs des témoins, la tête entre ses mains. Il reprit. – Je sais seulement ce que je vous ai dit : que Tarabont Kheler avait choisi d'abandonner sa communauté, qu'il s'était placé en dehors de sa juridiction spirituelle et morale. Et qu'il fallait désormais qu'il s'amende, selon les lois de notre communauté. Comme son père l'avait fait…

— En clair, que je passe ma vie à faire le garçon de ferme, à remuer de la merde, ou que j'aille me faire foutre, brailla Tarabont Kheler, le visage empourpré.

Le gros policier en uniforme, debout à ses côtés, le regarda avec étonnement, sans disjoindre ses mains croisées devant son ventre.

— Silence ! a lancé la juge Monroe, d'une voix glaciale.

L'avocat se pencha et murmura quelques mots à Tarabont, qui glissa, en sourdine :

— Excusez-moi. C'est que j'entends toujours les mêmes conn…

— Taisez-vous, monsieur Kheler. Vous aurez la parole dans un instant.

Bethany Monroe fit mine de consulter un document sur l'écran d'un des ordinateurs qui lui faisaient face. Elle leva les yeux et écouta le procureur-adjoint qui s'était avancé, se tourna vers Moses Grant et lui demanda, d'une voix rauque :

— Monsieur Grant… L'épisode de la grange Cornett se situe quatre jours avant la mort de Connie Corman. Est-il possible d'imaginer que M. Kheler, par son attitude de rupture avec sa communauté et ses… provocations, avait déjà décidé de ce qui allait se passer par la suite ? Est-ce que c'est l'impression que vous exprimeriez aujourd'hui ?

L'avocat bondit :

— Juge Monroe, est-ce qu'on peut questionner un témoin tant de mois après les faits sur une *impression* qu'il *aurait eue* sur des actes encore à venir ? C'est ridicule !

« La mère Lempeter », prof d'hygiène domestique

Ceux qui sont passés tout près d'un crime saisissant, mais hors vue, c'est-à-dire sans voir ni savoir que « c'est arrivé » tout près d'eux, sont toujours surpris, après coup, des faits auxquels ils ont échappé d'un rien. « Pas possible, disent-ils. Et dire que… »

C'est exactement ce qu'a ressenti Rosanna Lempeter, le professeur d'hygiène domestique et de prévention du Job Corps quand elle a appris que Carol Corman avait été assassinée. Elle a bafouillé, le sang s'est retiré de son visage et elle a marché à reculons, cherchant au jugé son fauteuil, derrière son bureau carrelé. Elle a fouillé nerveusement dans ses tiroirs et en a tiré une bouteille d'extrait de menthol, dont elle a avalé quelques gouttes, qui ont semblé la ranimer quelque peu.

Les deux policiers en civil lui ont posé les questions d'usage. Comment s'était passé son cours ? Est-ce qu'elle y avait remarqué quelque chose d'inhabituel ? Comment était Carol Corman ?

Mme Lempeter ne se souvenait pas. Était-elle présente ? Elle pensait que oui.

— Je ne me souviens pas objectivement de sa présence, mais je suis certaine que si elle avait été absente, je l'aurais remarqué et je m'en souviendrais. Mais je peux facilement vérifier sur le carnet-navette…

Elle se souvenait parfaitement, en revanche, de la présence de Connie Stotter. Celle-ci était « plutôt enjouée », et Rosanna Lempeter expliqua qu'elle riait sous cape pendant le cours, avec sa voisine Joy Tilleman.

Rosanna Lempeter regardait, hébétée, les deux policiers en civil. Ceux-ci semblaient attendre d'autres éléments, mais ils gardaient le silence. Finalement, ils se levèrent ensemble et quittèrent la classe d'hygiène domestique, avec ses paillasses et ses sinistres armoires vitrées, pleines d'objets nickelés et de bassins en inox qui évoquaient ceux des blocs de chirurgie ou des unités de médecine légale. En sortant, deux heures plus tard, elle remarqua que deux autres policiers, en uniforme ceux-là, gardaient l'entrée de l'établissement.

Elle passa devant eux, en baissant la tête, s'attendant à ce qu'ils l'entreprennent à leur tour et lui demandent d'autres détails sur le dernier cours de Carol Corman. Mais ils ne la remarquèrent même pas et continuèrent à parler. De plats qu'on servait dans un restaurant sur la Lincoln Highway, du côté du centre commercial.

Interrogatoire

Un des points controversés du procès de Connie Stotter et Tarabont Kheler pour le meurtre de Carol Corman restera, au-delà de celui de la préméditation, la caractérisation des faits. Meurtre au premier degré, meurtre aggravé, ou ce que la loi américaine nomme *felony murder*. C'est-à-dire comme une intention homicide ferme et avérée, précédant l'homicide lui-même. La volonté de tuer, même si elle n'a pas été suivie par l'acte de tuer lui-même. On voit bien que cette distinction n'est pas que dialectique ou formelle, et qu'elle porte des conséquences graves, en particulier pour Tarabont Kheler. Les efforts parfois surprenants de Connie Stotter pour atténuer les actes, voire exonérer Tarabont de toute responsabilité, se situent en plein dans cette équivoque. Même si, comme l'ont relevé plusieurs membres du jury et la juge de la cour criminelle Bethany Monroe, « les compétences judiciaires de Miss Stotter sont loin de lui permettre d'affronter cette question en toute lucidité ». Euphémisme teinté d'un certain humour que lui reprochera d'ailleurs un des avocats, accusé aussitôt de chercher à faire durer la procédure « pour palper un max en défendant des criminels et aller se faire bronzer les couilles à Bora-Bora ». L'avocat en question avait interpellé la cour criminelle en rappelant que la question de la lucidité – et donc de la responsabilité de sa cliente – avait été sans cesse au cœur du débat et avait poussé le tribunal à finalement trancher en faveur d'une pleine conscience des actes accomplis. Et que parler de « lucidité » dans ce contexte était, de la part de Bethany Monroe, au mieux une stupidité et au pire une faute professionnelle.

Des associations de lutte contre la peine de mort ont essayé de mettre en avant dans le dossier Stotter la notion dite du « syndrome de la femme battue », susceptible d'atténuer la peine prononcée par le jury. Les violences, nombreuses et étalées dans le temps, qu'avait eues à subir Connie Stotter dans son enfance et sa jeunesse ouvraient selon elles la possibilité de plaider des circonstances atténuantes. L'attorney Perry Lee a, chaque fois que l'expression a été utilisée, renvoyé ses partisans dans les cordes. Il n'a utilisé qu'un seul motif judiciaire, imparable, qui a convaincu le jury : Connie Stotter n'était pas, au moment de son crime, sous l'influence d'un quelconque oppresseur, même si certains avaient pu croiser sa vie antérieurement. Il a ensuite rappelé devant la cour que le « syndrome de la femme battue » n'était pas un diagnostic psychiatrique et n'éludait en rien la responsabilité entière de Stotter dans l'assassinat de Carol Corman.

La question de la part effective de Tarabont Kheler dans la préparation (non retenue par la cour) et l'exécution (partiellement retenue) reste néanmoins fondamentale pour comprendre vraiment le scénario de ce drame. Les journalistes qui ont eu à suivre le procès et à le commenter ont tous exprimé la même idée dans leurs comptes rendus : quelles que soient exactement sa responsabilité et son implication directe dans les coups et blessures infligés à Corman, Tarabont a échappé à la peine de mort parce qu'il était mineur au moment des faits. Et qu'il avait accepté de collaborer à l'enquête en échange d'un allègement de peine. Ses avocats successifs ont parfaitement usé de ce registre et ont par ailleurs sans cesse évoqué un acte irréfléchi, « commis à la suite d'une impulsion soudaine et d'une passion intense ».

Connie a été condamnée à la peine de mort parce qu'elle avait dépassé de dix mois l'âge de la majorité en vigueur dans l'État de Pennsylvanie. Et qu'elle n'a jamais réellement quitté son attitude provocante et immature. C'est carré, et juridiquement blindé, et ça ne laisse pas de place aux cabinets d'avocats qui « se font bronzer les couilles à Bora-Bora en défendant des criminels ».

Carré et blindé, mais surtout, l'argument de l'âge permettait à tout le monde, avocats compris, d'échapper à cette question de *felony murder* et d'avoir à estimer quelle avait été la véritable part de responsabilité de Kheler dans le meurtre de Carol Corman. C'est un des éléments qu'il est pourtant nécessaire d'affronter. La cour a entendu plusieurs fois Kheler, et longuement questionné les policiers qui l'avaient interrogé, moins de quarante-huit heures après les faits.

L'interrogatoire avait été mené par les officiers Gentle et Sharkberry et leur superviseur, le lieutenant Lipka, dans les locaux des *state troopers* de la police de Pennsylvanie, sur Hobson Avenue ; c'est Gentle qui menait cette partie de l'entretien. Sharkberry était assis tout contre Tarabont et Lipka visionnait l'entretien, dans le bureau voisin, sur un large moniteur vidéo.

Policier Gentle : Et tu es resté comme ça, mon gars, à regarder ?

Tarabont Kheler : Je ne suis pas resté comme ça, monsieur…

Policier Gentle : Tu veux dire quoi ? Tu l'as cognée aussi ?

T. K. : …

Policier Gentle : Réponds à ça, fiston : tu l'as cognée toi aussi avec ce morceau de ciment ?

T. K. : Non.

Policier Gentle : J'ai pas entendu. Tu dis ?

T. K. : Non, monsieur. J'étais juste là.

Policier Gentle : On en revient toujours au même point : tu es resté sans intervenir ?

T. K. : J'ai essayé d'intervenir, une fois…

Policier Gentle : Une fois ? Une seule fois ? D'après ce qu'on sait, vous êtes restés entre quarante minutes et une heure dans le bois de Presley Park avec Miss Corman. Une fois, c'est pas beaucoup, fiston.

T. K. : Je sais plus. Je crois que j'ai demandé à Connie d'arrêter.

Policier Gentle : Tu as demandé à Connie d'arrêter ? D'arrêter quoi ? D'arrêter de tuer Miss Corman ?

T. K. : Non… Oui, je lui ai demandé d'arrêter de lui crier dessus…

Policier Gentle : Elle criait sur Miss Corman ?

T. K. : Oui.

Policier Gentle : Laisse-moi poser les choses clairement : Connie Stotter criait sur Miss Corman tout en la battant ?

T. K. : Exact, monsieur. Et c'est pour ça que je lui ai demandé d'arrêter.

Policier Gentle : Fiston, réponds à ça : d'arrêter de taper ou d'arrêter de crier ?

T. K. : Je… Je sais plus, moi ! De crier. De… Tout, je lui ai demandé d'arrêter. J'avais envie d'arrêter d'être là.

Policier Gentle : Ce qui m'embête, mon gars, c'est que tu y étais, et que je crois que tu y es resté jusqu'au bout.

T. K. : Ça monsieur… vous n'en savez fichtre rien, y me semble…

Policier Gentle : Figure-toi que pas tout à fait, fiston. Le corps a été déplacé après la mort de Miss Corman. Il a été déplacé sur plus de cinquante mètres, et pas seulement traîné, par les bras ou les pieds. Il a été porté. Il n'y a pas de traces au sol, sur de la terre mouillée et des feuilles mortes. Il a été porté. Et pour porter un corps sur cinquante mètres, je crois qu'il faut être deux. Tu vois le truc : un les jambes, l'autre les poignets, et hop.

Policier Sharkberry : Et on croit que l'un des deux, monsieur Jambes ou monsieur Poignets, ça je te laisserai compléter sur la déposition, c'était toi, Tarabont…

T. K. : Je lui ai demandé d'arrêter de l'engueuler, voilà ce que j'ai fait.

Policier Gentle : Dis-moi : pourquoi elle lui criait dessus, au juste ?

T. K. : Pour qu'elle se taise.

Policier Gentle : Qu'elle se taise ? Elle hurlait de douleur ou de peur, tu veux dire ?

T. K. : Pas vraiment. Pas tout le temps. Elle parlait…

L'autre policier, l'officier Sharkberry, qui jouait avec sa lampe torche posée sur la table et s'amusait à la faire tourner sur elle-même, releva la tête et lança :

Policier Sharkberry : Ça, il va falloir que tu sois plus clair, mon ami. Elle parlait ? De quoi ?

T. K. : De plein de trucs. De plein de trucs en fait ! Cette fille n'arrêtait pas de parler. Elle la ramenait sans arrêt. Elle avait commencé par ce truc qui a rendu Connie complètement dingue…

Policier Gentle : Quel truc ?

T. K. : Sa menace. Sa menace débile… Quand on est… dans la situation dans laquelle était Carol, on ne fait pas ce genre de… Elle a dit à Connie qu'elle allait la dénoncer et qu'elle serait virée du Job Corps… Comme si…

Policier Gentle : Comme si quoi ?

T. K. : Ben… Faites pas comme si vous… Il n'était pas question que Connie lui laisse l'opportunité d'aller dénoncer qui que ce soit.

Policier Gentle : Vraiment ?

Tarabont Kheler souffla bruyamment, un peu à la manière d'un nageur qui cherche à évacuer l'eau qui lui reste dans les sinus. Il murmura :

T. K. : O.K.

Policier Sharkberry : O.K. ? O.K. quoi, monsieur Poignets ?

T. K. : C'est ce que vous voulez entendre… On n'allait pas la laisser aller raconter ces trucs… Vu qu'on lui avait déjà tracé des dizaines de lignes sur le ventre avec le cutter. Et Connie lui avait enfoncé au moins une fois le bout pointu dans le bide…

Les deux *state troopers* se regardèrent, sans expression.

Policier Gentle : Donc ?

T. K. : Donc quoi ?

Policier Sharkberry : Pour toi, il n'y avait plus de retour en arrière… Voilà ce qu'on croit, fiston. Il fallait aller au bout. Et au bout, il y avait la mort de Carol Corman. Rien d'autre.

C'est à ce moment que Tarabont Kheler a sans doute réalisé la véritable dimension criminelle de leur petite balade à Presley Park. Pas qu'il ait réalisé à ce moment-là qu'ils avaient vraiment mis à mort Carol Corman – non, il n'était pas en manque de lucidité, lui, ni en perte de discernement, tous les experts sont d'accord là-dessus : il avait compris le soir même ce qu'ils faisaient (ou ce qu'elle faisait, elle, Connie Stotter, avec ou sans son aide) – mais il a compris, là, devant les officiers Gentle et Sharkberry, que leur acte avait des conséquences judiciaires extrêmement graves et qu'il était dans la nasse jusqu'au cou.

T. K. : J'en sais rien, moi. En tout cas, ça a rendu Connie complètement dingue, comme j'vous dis.

Policier Gentle : Écoute, fiston… On va récapituler là où on en est exactement. Vous êtes arrivés dans le bois au bout de Cliffside Drive. Connie a fait tomber Carol Corman en lui donnant un coup de genou. Vous l'avez obligée à se déshabiller et…

T. K. : Pas déshabiller. Juste le haut. Sa blouse et son soutif… Son soutien-gorge.

Policier Gentle : O.K. Juste le haut. Connie lui a donné des coups et vous avez commencé à lui… graver des trucs sur le ventre et sur la poitrine avec le cutter à moquette, on est bon ? Et puis Connie lui a donné un ou deux coups directs dans le ventre avec la lame de ce… cutter à moquette.

T. K. : Oui.

Policier Gentle : Ce que je voudrais que tu me dises maintenant, c'est si tu as essayé d'empêcher Connie de finir… ce qu'elle était en train de faire ?

T. K. : J'ai essayé, oui ! – Tarabont avait hurlé cette dernière phrase, alors que tout l'échange jusque-là s'était plutôt passé dans le calme, malgré quelques sanglots de la part du gamin. – J'ai essayé mais elle était devenue enragée, parole !

Policier Sharkberry : Enragée ? Tu veux dire quoi ?

T. K. : Qu'elle ne répondait plus… Comme une bagnole sans freins, ou une fusée larguée dans l'espace.

Elle ne faisait que hurler sur Connie en lui balançant des coups de pied et des coups avec le cutter. Elle lui en a mis deux ou trois de suite en plein dans le ventre, et c'est aussi là que…

Policier Gentle et Sharkberry, ensemble : Là que quoi ?

T. K. : Qu'elle s'est baissée sur Carol pour voir.

Policier Sharkberry : Voir *quoi* ?

T. K. : Voir là où ça saignait. Elle s'est rapprochée et a presque collé son front sur l'estomac de Carol. Là où elle l'avait frappée avec le cutter à moquette. Elle regardait le sang couler.

« Bon Dieu », a dit le policier Gentle en avalant difficilement sa salive. « Putain de dingo », a dit le policier Sharkberry. Gentle a passé sa main dans ses cheveux, puis il s'est frotté la bouche, comme pour en chasser des miettes ou une trace de quelque chose qui le gênait. Il revit fugitivement le corps dans la lumière blanche et bleue de la morgue du Département de la police d'État. Ce corps globalement intact, comme il avait pensé à ce moment-là. Puis il reprit l'interrogatoire de Tarabont Kheler, d'une voix égale.

Policier Gentle : Et alors ?

T. K. : Carol a continué à parler. Pas sur la question de la dénoncer, elle était déjà loin de ça maintenant. Elle a demandé à Connie : « Pourquoi vous me faites ça ? » Elle chialait et essayait de contenir le sang de son ventre, et elle répétait : « Pourquoi vous me faites ça ? »

Policier Sharkberry : Miss Corman s'adressait à Connie ou bien elle s'adressait à vous deux ?

T. K. : Elle s'adressait à Connie. Juste à elle…

Policier Gentle : Et ?

T. K. : Ça ne servait à rien. Ça ne servait à rien de lui parler à ce moment-là. Plus elle lui parlait, plus Connie devenait enragée. Elle n'aurait pas dû continuer à lui parler. Mais on aurait dit que quelque chose la forçait à parler... Qu'elle pensait peut-être que...

Tarabont regarda, soudain effaré, les deux policiers. Comme si une idée venait de le traverser. Il secoua la tête.

T. K. : Peut-être qu'elle croyait que tant qu'elle parlait, elle pouvait...

Policier Gentle : La convaincre de la laisser partir ? Ou te convaincre toi de la convaincre elle ?

T. K. : Non. C'est pas ça. Je crois qu'elle se figurait à ce moment-là que tant qu'elle pouvait parler, c'était qu'elle était toujours vivante. Je crois que c'est pour ça qu'elle continuait, bla-bla-bla et bla-bla-bla... Alors que Connie lui disait de la fermer et que, peut-être, la seule chose qui aurait pu encore lui sauver la vie, c'était justement de la fermer. Non. Elle parlait encore et encore parce que c'était la preuve qu'elle n'était pas morte.

Tarabont Kheler éclata en sanglots. Il poursuivit, avec une voix entrecoupée de reniflements et de sifflements :

T. K. : Connie a redoublé les coups de pied. Dans le visage et dans le ventre, juste-là où elle venait de regarder et où ça saignait terriblement. Et Carol continuait à parler ! Elle répétait, sans que sa voix faiblisse : « Pourquoi vous me faites ça ? Pourquoi vous me faites tout ça ? » et Connie n'écoutait rien. Elle tapait et elle hurlait.

Policer Sharkberry : Elle hurlait quel genre de choses exactement ?

T. K. : Pleins de trucs. Mais ça ressemblait à : « Mais tu vas te taire ! Tu vas te taire, oui. Bordel, tu vas finir par te taire ! » Tout ça, en boucle.

Policier Sharkberry : C'est tout ? C'est tout ce qu'elle a dit ?

T. K. : Non, elle a dit aussi un truc du genre : « Carol, tu sais qui je suis ? » Mais je crois que c'est un peu plus tard qu'elle lui a dit ça. Elle avait cessé de hurler et elle lui disait ça presque gentiment. Tendrement…

Policier Sharkberry : Tendrement ? Tu crois pas que tu y vas un peu fort, mon ami ? Écoute, mon gars, on a été patients et compréhensifs et on a bien respecté tout ce que la Constitution de notre pays prévoit pour le genre de situation que toi, l'officier Gentle et moi on est en train de traverser, mais il ne faudrait pas que tu nous prennes non plus trop pour des billes. De un, tu es dans une affaire de meurtre particulièrement dégueulasse ; et de deux, tu as ouvert le feu en direction d'un officier de police venu sur mandat…

Policier Gentle : Bon, ce que cherche à te dire l'officier Sharkberry, fiston, c'est que l'affaire dans laquelle tu es trempé comme un ver sur son hameçon est du genre des affaires simples. Un crime a été commis et moins de trois jours plus tard, on a topé les deux personnes qu'on imagine être les seuls auteurs de tout le cirque. Pas besoin de gonfler l'enquête, de faire se déplacer les gars du bureau de l'attorney ni le Bureau d'investigations criminelles de l'État de Pennsylvanie. On devrait y arriver comme des grands. Mais pour ça, y faut que tu sois plus clair sur un peu tout.

Policier Sharkberry : Par exemple, est-ce que Carol a dit d'autres choses pour vous dissuader, Connie Stotter et toi, de la frapper ?

T. K. : Oui. Elle a dit qu'elle allait partir. Que si on la laissait tranquille, elle partirait du Job Corps, qu'elle ne passerait même pas reprendre ses affaires, et qu'on n'entendrait plus jamais parler d'elle.

Policier Sharkberry : Et Stotter lui a répondu ?

T. K. : Oui. Elle a pris sa voix satanique, celle qu'elle avait appris à faire lorsqu'on lisait des passages de ma bible, dans la grange Cornett. « Ah oui ? a répondu Connie, en rage. C'est exactement ça qui va se passer : plus personne n'entendra parler de toi. Dans quelques minutes, tu n'existeras plus. »

C'est à peu près à cet instant décrit par Kheler que Carol a fait son ultime tentative de fuite. Elle a réussi à parcourir quelques mètres et à se réfugier dans les bosquets du parc. Tarabont a refusé d'évoquer ce point, mais Connie Stotter l'a révélé, de manière irréfléchie puisqu'il semble qu'elle souhaite couvrir son petit ami. Tarabont lui a couru après et l'a débusquée. Il a appelé et Connie est aussitôt arrivée, plus en colère que jamais. Elle a empoigné Carol par les cheveux et l'a traînée sur plusieurs mètres, la ramenant là où elle avait commencé à la frapper. Exactement au même endroit. Parce que c'était là qu'elle avait laissé le bloc de ciment.

Tarabont a eu chaque fois beaucoup de mal à évoquer l'épisode du bloc de ciment. Certains expliquent cette réticence par le fait qu'il est d'une violence extrême, même pour quelqu'un qui a auparavant infligé des blessures graves, extrêmement graves avec une arme blanche et généré plusieurs hémorragies spectaculaires. D'autres experts estiment que c'est parce que c'est là le véritable épisode létal et que Tarabont le sait. Peut-être que la vérité se situe encore au-delà de ces éléments, au-delà de l'horreur et de la culpabilité, dans l'impossibilité qu'il y a pour Tarabont de revivre la scène telle qu'elle s'est effectivement déroulée et que Connie – sans qu'apparemment Kheler sache qu'elle l'a fait – a évoquée en détail dans une de ses dernières auditions. Une des auditions au cours de laquelle elle a demandé à révoquer ses appels contre la condamnation à la peine de mort, et où elle a réclamé « qu'on en finisse et qu'on lui fiche la paix ». Même si certains experts, encore une fois, ont jugé ces déclarations « fabriquées », et même, selon la juge Bethany Monroe, « fabriquées à dessein par l'accusée pour noircir un peu plus ses actes et lui donner, à elle, la dimension absolue d'un monstre, auquel on ne refusera pas l'ultime requête, sa propre demande de mise à mort ».

On se souvient d'une des dépositions de Tarabont Kheler, une de celles dans laquelle il accepte de revenir sur la dernière partie de la soirée de Presley Park, et que l'on a tout au long des audiences baptisée « l'épisode du bloc de ciment ». Il y est fait mention de cette scène, qui a fortement perturbé la cour, dans laquelle, selon Tarabont, Connie Stotter, après avoir déjà porté plusieurs coups avec le bloc contondant, se penche vers Carol Corman et lui dit, d'une voix gaie et presque amicale, selon Kheler :

— Hey, Carol ? Tu m'entends ? Est-ce que tu comprends bien qui est en train de te faire tout ça ? Tu sais qui je suis ? Est-ce que tu sais qui est en train de te TUER ?

Connie Stotter a elle-même complété cet « épisode » dans une déclaration écrite qui a été lue lors de l'audience complémentaire de septembre, soit quatre années tout juste après sa première condamnation à la peine de mort, et des allers-retours judiciaires sans nombre, tous encadrés par le moratoire sur les exécutions capitales dans l'État de Pennsylvanie.

Été 2018 – Déclaration écrite de Connie Stotter

On avait déjà bien mis le paquet, faut être clair. Moi-même, j'étais hyper à bout à cause de deux choses. Un : cette fille n'arrêtait pas de parler, elle continuait à parler alors qu'elle avait reçu des dizaines de coups de pied et qu'on lui avait dessiné à peu près la carte du comté à la lame sur le ventre et la poitrine. Routes et cours d'eau compris. Deux : elle refusait pas seulement de la fermer. Elle refusait aussi de mourir. J'ai entendu des spécialistes parler de ça lors des dernières audiences. Ils prétendent que certaines personnes renoncent et claquent quasiment tout de suite. Que la peur, la douleur, la nervosité, le choc, bref tout ce que vous voulez se cumule comme qui dirait et vous fait faire le grand saut. D'autres s'accrochent à tout. Un des types a dit que, parfois même, ils s'accrochent à votre voix pour ne pas partir. Ils résistent à la mort en parlant et en écoutant parler. Alors, nom d'un chien, c'est peut-être ce que j'ai fait sans m'en douter une seconde ce soir-là. Les années ont passé et je crois bien que rien ne ressemble à ce que j'imaginais, quand on grimpait dans la grange aux Cornett à South Fertility avec Tarabont. Mais passées ou pas, rien ne s'est brouillé dans ma tête. Rien ne s'est brouillé plus que c'était brouillé avant. Je revois tout et j'entends chaque fois que j'y repense chacun des mots qu'elle a dits quand elle bouffait de la feuille morte dans l'allée de Cliffside Drive. Je crois que je reverrai à l'instant de ma mort l'endroit exactement comme il était : le chemin avec sa végétation pourrie, les feuilles sur le sol, les éclairages de la bretelle d'accès d'Old Philadelphia Road qui nous donnaient un peu de jour, et au fond, la masse de la centrale thermique, avec ses gros murs tassés sur eux-mêmes, les doubles grillages pleins de trous et les deux cheminées blanches qui trouaient le ciel noir. Et elle. L'autre. Par terre. Assise. Debout. Couchée. Se relevant. Assise encore. La tête pleine de sang. Le ventre et les seins pleins de sang. Et ces traits noirs, partout sur elle, là où je lui avais labouré la chair. Le pentagramme, quelqu'un avait évoqué l'idée que c'était du Tarabont, rapport à ses maniaqueries avec sa bible satanique. Non. C'est moi qui lui ai fait. Je ne crois pas que ça la condamnait au diable, mais j'ai pris du plaisir à dessiner quelque chose de… Comment disait la prof de dessin technique au Job Corps ? De figuratif. Vous m'avez demandé cent fois si je reconnaissais avoir prononcé les mots : « Hé, Carol… Tu sais bien qui je suis ? Est-ce que tu sais qui est en train de te TUER ? » Évidemment. Peut-être pas exactement dans cet ordre ni exactement ces mots-là, mais oui.

On m'a demandé cent fois pourquoi j'avais obligé Corman à enlever son chemisier et son soutien-gorge. J'ai entendu des allusions sexuelles quand ce truc a été raconté devant la cour criminelle, et des journaux ont raconté des trucs aussi. N'importe quoi. Des trucs sexuels et puis quoi ? Pourquoi je lui ai demandé de se dépoiler est bien plus simple : pour lui foutre la carre, d'abord, et puis pour la dissuader de se tirer en courant, si jamais elle nous glissait entre les doigts. Carol Corman n'était pas le genre de fille à cavaler les seins à l'air en pleine nuit, croyez-moi. Bon, à la fin, je crois qu'elle aurait accepté de courir même sans sa petite culotte. Mais là, on n'en était qu'au début. Le truc dans sa bouche, c'était pas mon bandana. C'était le sien. La preuve que personne ne remarquait cette fille, c'est que personne parmi les témoins n'a reconnu son bandana. Elle l'avait dans les cheveux quasiment à tous les cours, pourtant. Le bandana, c'était pour l'empêcher de la ramener. Une des dernières tentatives pacifiques, je dirais, de lui demander de la boucler. Au début, c'était les coups de pied et elle n'a pas trop gueulé. Elle a été trop surprise pour parler. Puis après, elle cherchait surtout à se protéger et toute son attention était là-dessus. Elle a commencé à parler vraiment quand j'ai claqué son visage sur le sol. Pas du béton ni de l'asphalte, on était dans Cliffside Drive, un chemin forestier, les gars ! Rien de très méchant, même si elle a, comme je dis, pas mal bouffé de la feuille morte. Là, elle l'a ramené :

« Connie, pourquoi tu me fais ça ? Qu'est-ce que je t'ai fait, Connie, etc. » D'une voix de chialeuse insupportable.

Je lui ai posé la question. Je la lui avais posée deux douzaines de fois, les jours et la semaine d'avant, au Job Corps, mais elle avait refusé de répondre en m'envoyant paître. O.K. Là, il fallait voir. O.K. : « Est-ce que tu veux vraiment me piquer mon petit copain, espèce de pute ? » j'ai dit. Elle a répondu. J'ai dit à Tarabont : « Tu vois, là, elle veut bien répondre. » T'aurais peut-être dû commencer plus tôt, espèce de pute, et peut-être, je dis bien peut-être, qu'au lieu de se rouler dans la boue et les feuilles pourries près de la vieille centrale, on serait en train de se fumer un petit stick derrière Olie's Bargain, qui sait ? Ben non, là, on était dans Cliffside Drive et c'était ta fête, ma vieille.

Paraît que Tarabont a expliqué que j'avais été examiné de tout près le trou qu'elle avait dans son ventre. C'est exact, votre honneur, comme on dit là-bas devant la cour criminelle. Oui, m'dame, comme je disais à la juge Monroe quand j'avais envie qu'elle me trouve polie. Oui, dans le silence à peine troublé par le roulement monotone de la rivière Conestoga, un peu plus bas, je me suis accroupie et j'ai été mater son trou dans le ventre. Je lui avais balancé un sacré coup. Le cutter – ça aussi ça a été expliqué par les enquêteurs comme si ça faisait de moi une sorte de Dracula ou d'Hannibal Lecter de mes deux ! –, je me l'étais on peut dire fabriqué. Enfin, je me l'étais fini en le rabotant sur le bord de la fenêtre de la salle de cours au Job Corps. Épointé et affûté. Pas une lame de chasseur, mais de quoi faire le sacré trou auprès duquel je me suis accroupie pour regarder dans le bas de la paillasse de l'autre. Le trou faisait bien quatre ou cinq centimètres, la largeur d'une petite bouche en fait. Et on voyait, même dans l'éclairage merdique de la Old Philadelphia, toute l'épaisseur de l'entaille. La peau, la chair, tout ce truc blanc, de la graisse ou je ne sais pas quoi. L'épaisseur, c'est ça qui m'a scotchée. On voyait l'intérieur de l'autre. L'entaille battait, je suppose, au rythme de sa respiration ou des battements de cœur, et à chaque battement, ça découvrait l'épaisseur du trou que je lui avais fait. On voyait du sang qui bouillonnait, pareil, en rythme avec quelque chose de physique dans elle. Ses pulsations, j'imagine ?

J'imagine aussi que ça doit en caler plus d'un que j'ai pu écrire ça de mémoire : « dans le silence à peine troublé par le roulement monotone de la rivière Conestoga ». *Exact, je m'en souviens comme au premier soir. Le poème d'Anna Balmer Myers qu'on devait réciter en fin de semestre, du temps où j'étais au collège Franklin, juste parce qu'elle était née pas loin de Lancaster.*

Difficile à décrire correctement, même si j'ai parfaitement le truc dans la tête, là, en en parlant, après tout ce temps. On dit que le temps déforme les choses, mais pas tant. Surtout que déjà, au moment même où ça arrive, on ne voit pas tout à fait les choses réelles. Je m'explique : je voyais son sang couler, par saccades comme je viens de dire. Je le voyais rouge, mais en fait, dans l'éclairage merdique, il n'était pas vraiment rouge. Plutôt noir, ou entre le rouge et le noir. Épais et noir. Cette conne de Mme Lempeter aurait décrit ça mieux que moi, avec ses mots à elle – fluide résineux, aqueux, etc. On s'en fout. C'était noir et épais et ça sortait de cette entaille, comme poussé par des secousses. J'étais contre elle, et la voilà qui remet ça : « Connie, pourquoi tu me fais ça ? » Avec une voix chialeuse, je ne sais même pas si elle avait mal ou pas. Si elle ressentait des douleurs. Juste, elle chialait. Et quand elle parlait, « Connie, pourquoi etc. », sa blessure s'ouvrait et crachait son sang noir. Tarabont m'a secouée. Il m'a dit un truc du genre « Bon, tu vas pas rester pliée là toute la nuit. Bouge… » Lui aussi, qu'il parle, à ce moment-là, ça m'a mise en pétard encore un peu plus. Je me suis relevée et j'ai balancé un coup de pied en plein sur la blessure que je venais de quitter. Même dans le noir, j'ai vu que mes sneakers en avaient pris pour leur grade. Le lendemain, parenthèse, lorsque j'ai montré ça à Ginger McIntyre, une des filles de ma chambre au Job Corps, elle a regardé mon pied avec ses yeux ronds et je lui ai dit : « Crois pas que ce soit de la bouillasse ou quoi que ce soit à quoi tu penses, ma vieille. C'est du sang. » Elle est sortie en haussant les épaules. Bon. Cliffside Drive. L'autre a gémi et s'est tournée sur le côté. T'y crois ? Comme si elle était dans sa piaule au Job Corps, qu'elle allait éteindre sa lampe fluocompacte et se mettre à dormir.

J'y pense. Mme Lempeter. Pas impossible qu'un coup d'œil à « sa » classe aide les gens à comprendre pourquoi j'ai eu des soucis avec l'autre – je veux dire Carol Corman, puisqu'il paraît que désigner cette fille par « l'autre » est une manœuvre de ma part pour la transformer en chose, ou je ne sais pas quoi. Une tentative de ma part pour me persuader qu'elle n'était pas vraiment une personne et qu'en gros, je n'ai pas tué quelqu'un. C'est en tout cas ce qu'ont pas arrêté de répéter les psys ceci cela lors des audiences. La classe d'hygiène domestique de Mme Lempeter est complètement différente des salles de classe qu'on a toutes l'habitude d'avoir au collège. D'abord, on est par table de quatre. Des grandes tables carrées qui se baladent dans la salle un peu au hasard. Pas des rangées de tables comme dans les collèges normaux. Pas comme j'avais au collège Franklin, en tout cas. Des tables, n'importe où. Est-ce que c'est Mme Lempeter qui a placé les tables comme ça ? Mystère et boules de gomme. Mais ce que je sais, c'est que les tables sont placées n'importe comment, et qu'elles sont placées n'importe comment pareil tout le temps. J'espère que je suis bien claire : à chaque cours, elles sont toujours au même endroit, même si on a l'impression qu'elles viennent de tomber d'un camion de transport ou de la planète Mars. Bon, je crois que vous avez compris le problème. J'étais à une table de quatre avec Carol Corman. Dès le début du programme. Juste en face. Quand elle bayait aux corneilles, j'avais droit direct à son plombage dans sa dent de droite, un truc tout gris qui faisait presque genre j'ai perdu une dent. Et c'est à cette table qu'elle a commencé à me chercher avec Tarabont. Ça avait commencé par un « J't'ai vue, ma vieille, du côté du Olie's Bargain. Ouais. Hier au soir. J't'ai vue et t'étais pas complètement toute seule… » Puis elle a continué, le lendemain et encore le lendemain. Toujours le même genre de truc. Et puis des allusions au sac en papier brun. Comme s'il y en avait une seule au Job Corps qui n'était pas branchée picole. Même Ginger McIntyre était branchée picole. Picole faux-cul, mais picole quand même. Bref. Je l'écris ici pour que ça soit clair et explicite, comme demande toujours la juge Monroe : elle m'a cherchée.

Janvier 2012 - Lendemain de Presley Park

Connie s'était mise à danser, en dessinant un cercle au milieu du dortoir. Elle avait « sorti ses yeux de dingue », comme l'expliqua plus tard Ginger McIntyre. Et elle s'était mise à chanter, sans chercher les paroles ; elle faisait juste « la la la », tout en racontant ce qu'elle avait fait à Carol Corman. Puis, sans s'arrêter, elle a hurlé à tue-tête :

Cherokee, embrasse-moi
Enterre-moi…

Ginger McIntyre s'était mise à pleurer face aux policiers qui arpentaient le Job Corps dans tous les sens. Des larmes incontrôlables, qui rougirent en un instant ses joues rondes de jeune Américaine bien portante. Elle hurla presque pour lancer, en un seul flot déchaîné de paroles bousculées les unes par les autres :

— Mon Dieu, oui, elle avait annoncé la couleur. Elle l'avait menacée de toutes les manières possibles.

Qui pouvait croire que ce serait exactement ce qu'elle allait faire ? Qu'elle allait vraiment le faire ? Connie… Connie Stotter était imprévisible. Je veux dire… tout était possible, à n'importe quel moment. Ça pouvait vous tomber dessus comme une averse de grêle. Et là… mon Dieu. Il n'y avait qu'une chose à faire. Se mettre en boule et la fermer. Surtout, la fermer… Elle ne supportait pas qu'on lui réponde…

McIntyre renifla, chercha à reprendre une certaine contenance, mais les émotions la secouaient à la manière d'un linge au grand air.

Un des policiers demanda :

— Et elle… Je veux dire Connie Stotter, elle vous a semblé justement dans cet état l'après-midi d'hier ? Je veux dire, déterminée ?

Ginger McIntyre tremblait, mais parvint à reprendre :

— Déterminée ? Elle paraissait complètement déchaînée, vous voulez dire ! D'abord, les mots, puis après…

— Les mots ?

— Oui ! Ces putains de mots. Elle lui a dit les choses avec les mots qu'il fallait pour les dire. Elle avait plaqué Carol au mur, et lui avait lancé, au tout début de la pause déjeuner, dans le couloir qui mène au réfectoire du Job Corps : « Je vais faire exploser ta tête ! Je veux voir ta cervelle couler par tous tes trous, ma vieille… »

Grange Cornett, après le meurtre

— Descends, Tarabont. Je sais que tu es là. Tout Fertility sait que tu es là. Et tout le monde sait ce que tu as fait.

S'extrayant du chaume, sur la plate-forme, Tarabont Kheler apparut. Il portait sa veste noire et la poussière du fourrage faisait comme des paillettes sur son habit. Il chercha à s'épousseter, avant d'apparaître devant son père.

Vulf Kheler le regarda descendre l'échelle de meunier, prenant garde aux barreaux arrachés peu de temps auparavant par les Cornett. Il se figea devant lui, la tête basse. Vulf observa son fils, le corps couvert de morceaux de paille, les habits froissés. Il y avait une vilaine tache brune sur la chemise, au niveau des poignets et du ventre. Et Tarabont avait coupé ses cheveux, sans doute lui-même, comme lui aussi l'avait fait, vingt-cinq années plus tôt quand il avait filé dans ce car pour Pittsburgh.

De ce qu'il se rappelait, il s'était fait à peu près la même tête : des mèches taillées en sifflet, inégales, dont certaines rebiquaient, au-dessus des oreilles et sur le haut du crâne. *La coupe de cheveux du diable*, pensa Vulf Kheler.

Tarabont était arrivé au bas des marches et se demandait ce que son père voulait dire par « ce que tu as fait ». Parlait-il de cet épisode ici même, interrompu par la visite surprise des Cornett, ou bien... Combien de temps s'était-il passé depuis ce cauchemar éveillé, dans Presley Park ? Il vit le soleil, déjà haut, dont les rayons ne glissaient plus dans l'encadrement du portique de la grange Cornett. Au moins 11 heures. Mais était-ce hier soir, ou le jour d'avant ? Il chercha à remettre ses idées en ordre. Où était Connie ? Ils avaient quitté le parc, ensemble, il s'en souvenait. Elle avait parlé du Job Corps. Elle y retournait. Il avait pensé que leur fuite était remise à plus tard. Pourtant, il lui semblait qu'il fallait aller vite. Avec ce qu'ils venaient de faire, on ne les laisserait pas courir indéfiniment. Quitter le comté de Lancaster. Voilà ce qu'il fallait faire au plus vite. Quitter l'État, même. Gagner une de ces grandes villes dont il ignorait tout et dont les charmes supposés se valaient tous. Philadelphie ? New York ? La capitale fédérale ? Ou la Californie, dont il ignorait la distance réelle ?

S'ils attendaient trop, ils ne dépasseraient pas les limites de Sadsbury ou de Little Britain. Oui, la question était celle-là : où était Connie ? Il revit fugitivement des images de la nuit – mais de quelle nuit s'agissait-il exactement ? se demanda-t-il une nouvelle fois. Une vague de honte s'abattit sur lui. Ce qu'ils avaient fait… Même la bible de LaVey n'envisageait pas ça. Ils avaient… Tarabont ne voulait plus savoir ce qu'ils avaient fait. Il voulait juste s'enfuir avec Connie et effacer le passé, tous les passés, aussi sûrement qu'on efface des traces sur une vitre.

— P'pa… J'ai pas complètement les idées en ordre. J'suis pas complé…

Vulf Kheler lui allongea une claque retentissante. Tarabont ressentit une violente douleur remonter dans toute sa tête, partant de la mâchoire vers sa tempe gauche.

Le bloc. Le coup avec le bloc, Bon Dieu elle lui a défoncé le crâne, pensa-t-il. Son réflexe de se protéger le visage se suspendit. Il laissa retomber ses deux bras et attendit que son père recommence à le battre, à toute volée. Il sentit le sang couler de son nez et des deux côtés de ses lèvres fendues. Il gardait les bras le long de son corps. Il les garda encore, et peut-être même les écarta un peu quand Vulf Kheler se mit à frapper, de ses mains en battoir, tout au long de ses côtes.

Il se réveilla encore. Son père était assis, face à lui, sur la javeleuse rouillée des Cornett. La lumière n'avait pas varié au-delà du portique de la grange Cornett. Il avait un sale goût de sang dans la bouche. Il pensa à Connie et, aussitôt, revint sur son père.

— Viens t'asseoir, Tarabont, lança-t-il d'une voix neutre.

Tarabont le rejoignit et il se posa sur la barre de treuil de la javeleuse, un peu plus bas que son père qui en occupait le siège de fer perforé.

— Que va-t-il se passer, maintenant ? demanda Vulf Kheler.

— Je n'sais pas, P'pa.

Tarabont attendait toujours de savoir ce que son père savait exactement. Il flottait dans un état incertain, fait de malaise et de douleur. Il se rappela la fois où son père l'avait attendu près d'un transformateur électrique désaffecté, aux lisières de la zone industrielle, peut-être dix ou douze mois plus tôt. Il était déjà en faute ce jour-là et il avait dû dire quelque chose comme ce « j'sais pas, P'pa ». C'était juste avant que Vulf ne lui raconte ce qui lui était arrivé, presque vingt-cinq ans plus tôt.

— Ce qu'il va se passer, on n'y peut rien. Ni toi, ni moi. Tout appartient au conseil. Tu le sais et tu le savais.

Vulf Kheler n'avait pas parlé des autorités officielles. Ni de la police, ni de rien. Possible qu'il ne sache pas, pour hier soir. *Ou avant-hier soir ?*

Tarabont hocha la tête, laissant venir son père.

— Je vais aller te défendre, là-bas. Même si je crois bien que j'ai autant de chances de leur faire entendre raison que de faire basculer la Terre sur son axe avec une simple fourche. Mais je vais essayer. Parce que je suis ton père, Tarabont. Et parce que je veux que ta mère nous regarde, de là où elle est, en sachant que les Kheler sont toujours les Kheler.

— Oui, P'pa. Et je te remercie pour ça…

— Y'a pas à remercier. Y'a même pas à espérer. Y'a qu'à attendre.

Du haut de la javeleuse, Kheler frappa sur l'épaule de son fils. Pas comme la première fois, avec toute sa force de fermier habitué aux rudes tâches de la terre de Pennsylvanie. Non, une simple tape, sur l'arrière de l'épaule, indiquant qu'ils allaient se lever tous les deux et s'en retourner, d'un pas lent et pesant, vers South Fertility.

Enregistrement

L'adjoint de l'attorney de district se leva à moitié de son fauteuil de cuir brun et déplaça légèrement le haut-parleur. Un câble partait sous l'estrade et ressortait à environ deux mètres de lui, pendant de manière un peu désinvolte juste devant le grand drapeau des États-Unis. L'adjoint appuya sur une touche et un claquement se fit entendre, suivi du souffle d'un enregistrement réalisé dans des conditions de fortune.

Une voix nasillarde, métallique, sortit du haut-parleur. Malgré la tonalité bien trop haute et déformée, tout le monde reconnut la voix de Connie Stotter. L'adjoint de l'attorney appuya à nouveau sur la touche et la voix s'arrêta. Il fit un mouvement du menton et l'attorney Perry Lee lui-même prit la parole :

— Nous allons écouter un enregistrement réalisé dans mes locaux en février 2012, soit un mois à peine après le meurtre de Miss Corman. Je tiens à préciser que cet enregistrement n'a…

— Cet enregistrement a été réalisé dans des conditions que la défense conteste fermement ! beugla Duncan Glover, l'avocat de la défense commis d'office (le troisième puisque Connie Stotter en avait déjà récusé deux et refusait également de collaborer avec celui-ci). Aucun conseil de Miss Stotter n'a assisté à cet interrogatoire et personne n'avait été prévenu des intentions de monsieur l'attorney de district !

— Il ne s'agit en aucune façon d'un interrogatoire, mais d'un entretien, conduit par un expert en psychologie criminelle, le Dr Mulligan, coupa Perry Lee.

— Personne n'a…

— Monsieur l'attorney de district avait énoncé à l'accusée ses droits liés au 6e amendement, intervint la juge Monroe. Il semble que ce soit Miss Stotter qui a souhaité ne pas en faire usage.

— C'est exact, fit l'attorney Lee : l'accusée a eu la possibilité de se faire assister lors de cette séance comme lors de toutes les autres. Je préfère ne pas répéter ce qu'elle a répondu à notre proposition.

— Répétez-la tout de même, demanda Bethany Monroe.

— Eh bien… L'accusée a dit ceci, très exactement : « Je pisse sur votre 6e amendement, bande de cons ! »

— Très bien, répondit la juge Monroe, d'une voix placide. Est-ce exact, Miss Stotter ?

— Ouais, fit l'accusée. C'est ce que je pense. Et je dirais pareil sur les autres amendements…

— Écoutons cet enregistrement, éluda Bethany Monroe.

Lancaster

Elle m'a cherchée et elle m'a trouvée. J'avais rien pu répondre quand Squeaky m'a coincée dans les toilettes du Texas Roadhouse, à Harrisburg, et a voulu vérifier l'intérieur de ma petite culotte, devant-derrière. J'avais rien pu répondre quand cet enfoiré a fait pareil dans le salon, et qu'il m'a forcée à on sait quoi, tout en continuant à regarder les Défis de Crazy Diana *sur une chaîne du câble, volume à fond – on ne sait jamais à quel volume peut crier une gamine qu'on viole dans sa propre maison. Mais avec Carol Corman, j'ai pu répondre. Peut-être qu'elle a payé pour tous les autres salopards et peut-être que ce coup-là, l'injustice et la malchance sont tombés de son côté à elle. Peut-être qu'elle n'a rien à voir avec le type de Harrisburg ni avec Dick, et c'est bien probable. Peut-être que c'est assez débile – quelqu'un m'a soufflé ça pendant un des interrogatoires, une psy ceci cela – de m'en être pris à une fille alors que c'étaient des hommes qui avaient joué les matchs aller. Pas faux. Mais c'est comme ça. L'injustice et la malchance, ça tombe où ça peut : c'est comme les tables de quatre dans la salle de Mme Lempeter.*

South Fertility

Le lieutenant Dickinson de la police d'État de Pennsylvanie sortit lentement du lourd véhicule tout-terrain jaune et argent, luisant comme un avion, des *state troopers* de Harrisburg. Son adjoint, l'officier Mel DeKalb, lui tendit le *riot gun* qui était coincé entre les deux sièges avant.

— Pas besoin de la grosse Bertha, Mel. Ces gens-là sont des pacifiques. Des calmes de la plus belle eau.

— Rappelez-moi pourquoi on est là, lieutenant ? Une histoire de troupeau qui a dépassé sa zone de pâturage ou un chien qui a mordu la cheville d'un gamin ? Ah non, meurtre au premier degré accompagné d'actes de barbarie… Vous êtes sûr que vous ne voulez pas le Mossberg ?

— Sûr, Mel. je pense que le pire qui puisse m'arriver c'est de prendre un coup de l'un de ces grands chapeaux de feutre…

DeKalb laissa échapper un gloussement.

— Faites gaffe aux bactéries alors, ces trucs-là doivent dater de l'époque de Theodore Roosevelt.

Dickinson rit à son tour et répliqua :

— Alors pour ce genre de danger, je ne suis pas sûr que ce truc-là soit bien utile…

Il tapota à l'arrière de sa ceinture sur son Berreta *Storm*, dont il n'avait même pas relevé la sangle de sécurité. Il s'approcha du groupe d'hommes, dont l'un, un pas en avant des autres, semblait être le chef. Ils se tenaient raides et renfrognés, au centre de l'espèce de place centrale herbeuse qui s'étendait entre Hartmann Road et l'ensemble de bâtiments blanc et gris. À droite, on devinait le sillon d'une rivière, peu profonde, dessinant un méandre qui fuyait vers l'est. Une antique roue à aubes, démantibulées, avait été tirée de côté et reposait dans la pâture où coulait la rivière. Un grand chien, d'une race incertaine, dormait sous son ombre.

— Monsieur… On vient, sur requête du *district attorney* Perry Lee, chercher un jeune gars de chez vous… On a besoin de l'entendre pour un, une… affaire de meurtre. Ce truc dans Presley Park dont vous avez dû entendre parler à la télé.

— Nous ne possédons pas la télévision ici. Qui est ce jeune que vous recherchez ?

— J'ai pas tout à fait dit « rechercher », monsieur. Je crois bien qu'on vient juste le chercher dans votre… – Dickinson désigna d'un geste tournant l'ensemble des maisons de planches. – … village.

— Qui est-il ? Pourquoi pensez-vous le trouver à South Fertility, officier ?

— On nous a parlé d'un Kheler. Tarabont Kheler. Le nom vous parle ? À mon avis, il n'y a pas deux types qui portent ce nom dans tout l'État, ni je dirais sur toute la côte est des États-Unis d'Amérique…

— Tarabont Kheler a été élevé au sein de cette communauté. Je ne pense pas qu'il puisse être lié à un meurtre ou à une affaire qui concerne la police de l'État. Nous ne prêchons pas la haine et réprouvons tout recours à la violence, ici et partout dans le monde…

— On veut juste l'entendre, monsieur, dit d'une voix égale le lieutenant Mark Dickinson. Il s'agit d'un meurtre d'une gravité toute particulière.

— En quoi ce meurtre concerne-t-il le fils d'un des membres de notre communauté ?

Grant fit un geste vers les trois hommes qui se tenaient derrière lui et les enjoignit de regagner les maisons. Lentement, les types en pantalons larges et chemises blanches se mirent à marche vers l'arrière de la place. Dickinson reprit :

— Son nom a été cité par plusieurs personnes proches du dossier, monsieur. Comme je vous ai dit, on a cherché et des Tarabont, dans le comté de Lancaster, on n'en a trouvé qu'un. « Peut-être que j'en connais un, a dit un des employés de l'usine de fromage à qui vous vendez votre lait, un des gamins des types de South Fertility. Tarabont, je crois bien que c'est justement comme ça qu'il s'appelle… »

— Je ne suis pas sûr que vous ayez l'autorisation d'entrer, ni de faire entrer vos automobiles ici, monsieur. South Fertility est un district autonome… Nous ne sommes rattachés à aucune paroisse ni aucun canton. Pas même au comté de Lancaster, au cas où vous l'ignoriez. Vous pourrez vérifier ça dans les registres à Harrisburg, monsieur : ils appellent ça un « secteur non incorporé ».

— Incorporé ou pas, il n'y a pas un pouce carré de la terre de Pennsylvanie sur lequel la police d'État soit empêchée d'entrer, monsieur.

— Une jeune fille de chez nous a elle aussi été rappelée de manière violente, monsieur, a dit Moses Grant. Et nous nous sommes resserrés dans la prière et le deuil.

— C'est votre manière de voir les choses, monsieur… ?

— Grant.

— Monsieur Grant… Nous avons également notre manière de nous resserrer : c'est de chercher les coupables et de les traduire en justice. Secteur non incorporé ou pas.

— Voilà ce que nous disons le dimanche, monsieur. « Il faut obéir à Dieu et non aux hommes. »

— Ce qui s'est passé à Lancaster regarde la justice, monsieur Grant. Et je suis chargé de lui apporter mon aide.

— Nous ne reconnaissons que la justice de Dieu. Si celle-ci doit concerner Tarabont Kheler, elle le fera.

— J'en suis certain, monsieur. Mais dans un premier temps, j'aimerais que le jeune Kheler réponde à quelques questions que nous avons à lui poser. Et pour ça, il faut qu'on le ramène à Harrisburg.

— Je doute que l'on vous laisse approcher de notre maison commune. Surtout avec cette arme à votre ceinture et vos deux collaborateurs dans leur voiture à moteur.

— Je m'approcherai à pied, mais je garde mon pistolet.

Grant se tourna vers le corps de bâtiments qui couraient le long de Hartmann Road. Des maisons simples. Toutes identiques. Il y en avait deux bonnes douzaines, de taille ordinaire, mais curieusement basses sur pattes, de plain-pied, et dont le toit semblait trop près du sol. Elles étaient rangées en bon ordre, le long de la route, une cinquantaine de mètres en retrait. Et quelques autres bâtisses du même genre, qui s'éloignaient en diagonale vers l'est. Au centre, un peu isolée des voisines par un terrain herbeux sur lequel grattaient des poules, une beaucoup plus grande, aussi haute qu'un hangar et longue comme trois maisons normales. Toutes étaient cependant construites sur le même modèle. Des planches horizontales de bois, peintes en blanc, immaculées. Des toits de tuiles industrielles, grises et parfaitement calibrées, trop parfaites aurait dit le lieutenant Dickinson, qui ne connaissait des Amish que ce qu'il en avait vu sur YouTube ou lu dans des magazines en attendant son tour chez le dentiste. Il était persuadé que ces gars-là fabriquaient eux-mêmes leurs tuiles, et tout le reste. Leurs baraques, leurs vêtements, leur mobilier, leurs espèces de carrioles du temps de George Washington, et peut-être même leur verre à brosse à dents.

Moses Grant, tourné vers la grande habitation qui occupait le centre du village que l'on avait jadis appelé South Fertility, lança :

— Vulf ? Tu m'entends, Vulf ?

Personne, ni dans la Grande Maison, ni ailleurs, ne répondit.

— Peut-être qu'il n'est pas là, fit Moses Grant, d'une voix désagréable.

— Moi je crois bien que si, monsieur Grant. Et vous aussi. Vous pouvez appeler encore une fois ?

Grant s'avança d'un pas et cria, un peu plus fort que la première fois :

— Kheler ! Vulf Kheler, peut-être qu'il faudrait que tu sortes parler avec les policiers de Philadelphie. À propos de Tarabont.

Dickinson regardait les fenêtres des maisons qui lui faisaient face, en souriant. Il glissa :

— Je viens de Harrisburg, monsieur, pas de Philadelphie… mais c'est sans importance. Vous pouvez lui dire qu'il faudrait vraiment qu'ils sortent, lui et son fils ?

— Vulf !

Le silence retomba sur la place. On entendit la radio des policiers, dans la voiture, grésiller et émettre quelques mots métalliques inaudibles. Mel DeKalb, qui attendait dans le tout-terrain, sortit lentement et s'avança à quelques mètres au-delà de la clôture blanche de la communauté. Il tenait sur l'épaule le fusil court de gros calibre. Il lança, en direction de Dickinson :

— Lieutenant, le capitaine Roberts demande un point de situation.

— Dites au capitaine Roberts que la situation est en cours, et que je le…

Un coup de feu, suivi immédiatement d'un second, retentirent dans l'espace clos de la place. DeKalb porta la main à son ventre, là où sa chemise gris souris venait d'un seul coup de se teinter de rouge sombre. Il tomba à genoux, les mains serrées sur son abdomen, qui se mit à expulser le sang à lourdes salves. Son visage tourna au blanc sale, et il tomba en arrière. Dickinson avait, lui, senti une traînée brûlante le frôler, entre la joue et l'épaule. Il comprit qu'une balle ou une gerbe de gros plombs l'avait manqué de très peu. Il se laissa rouler au sol et en deux bonds qu'il espérait les plus rapides possibles, il gagna l'abri de la voiture. Le troisième policier, à bord, s'était recroquevillé dans l'habitacle, sous le tableau de bord. Il avait tiré son arme de service et la tenait pointée vers le haut, regardant son supérieur se glisser sur le siège arrière, par la portière qu'avait laissée ouverte DeKalb avant d'être abattu.

— Appel radio, fit Dickinson. Urgence et renfort. Centrale ! hurla-t-il dès que son assistant eut enclenché la liaison. Centrale ! Renfort sur South Fertility, Lancaster. J'ai un officier au sol… Ces dingos ont ouvert le feu. Renforts immédiats…

Moses Grant était resté planté au milieu de la place. Il écartait ses bras, à la manière d'un prédicateur de cinéma, la tête renversée en arrière, la barbe pointant vers l'avant.

Le grand chien du moulin à aubes courait en cercles concentriques, affolé, en poussant des gémissements aigus.

— Grant, arrêtez de jouer au con et de faire votre cirque ! hurla Dickinson. Vos gars viennent de tirer sur des officiers de police et ça va vous créer des putains d'ennuis. Pas impossible que votre petite maison dans la prairie soit dans peu de temps balayée au bulldozer. Bon sang, dites à vos ouailles de sortir, les mains bien en vue. Dites-le avant que ça se mette à merder vraiment !

Grant ne bougeait pas. Il ressemblait à un personnage figé d'un film qu'on aurait interrompu avec la touche pause. Dickinson lança :

— Arrêtez vos conneries, Grant. Vous n'allez pas faire reculer les eaux de la mer Rouge ou je ne sais quel truc de votre théâtre de marionnettes… – Il réenclencha la radio de bord et répéta : – Renfort sur South Fertility. Sur la 896, à huit kilomètres sud-ouest de Lancaster… Urgence !

Au même instant, de la Grande Maison, un homme surgit. Il portait un pantalon noir, retenu par des bretelles, et une large chemise blanche qui se gonflait comme une voile alors qu'il se mettait à courir vers la voiture de police. Il tenait à deux mains un fusil qui devait dater de la guerre d'indépendance, presque aussi haut que lui. Le policier à l'avant ouvrit sa portière, sortit de la voiture et s'accroupit derrière le haut capot du tout-terrain. Il pointa son arme vers l'homme, qui était désormais à une quarantaine de mètres des deux policiers.

— Lâchez votre arme ! Nous allons ouvrir le feu. Arrêtez-vous et laissez tomber votre arme !

— Putain, Johnston, ce type porte une espèce de vieux tromblon. Ma parole que c'est un fusil Sharps… Ce truc ne tire qu'un coup et met une plombe à se recharger… Ma main à couper qu'il est vide.

— Lieutenant, il y a eu deux coups. Il y a un second tireur à l'intérieur, hurla Johnston, alors que le lieutenant Dickinson allait sortir à découvert pour cueillir le coureur halluciné qui s'approchait d'eux.

Dickinson se replia dans l'habitacle et essaya de se mettre en position de tir, derrière l'appuie-tête du siège conducteur. Là-bas, le type courait toujours, le Sharps en avant, comme s'il chargeait à la baïonnette.

— Merde, ce type est complètement givré ! fit Dickinson.

— Lieutenant, ordre de tirer ? demanda nerveusement Johnston, alors que le type au fusil arrivait à dix mètres de la voiture.

Dickinson hésitait. Il avait le type en bout de mire et son index glissa dans le pontet, cherchant la détente. Le type était sur eux. De la pointe de son antique guimbarde, il frappa dans le pare-brise qui résista. L'impact repoussa l'agresseur vers l'arrière, qui glissa au sol. Le tableau aurait pu être comique, cette silhouette d'épouvantail, à la barbe en corolle, armée d'une antiquité, plongeant en arrière les quatre fers en l'air. Mais derrière lui, entre le gros tout-terrain et Moses Grant, qui levait les mains vers le ciel, toujours au même endroit, il y avait le corps de Mel DeKalb, dont tout le haut de l'uniforme était devenu rouge. Une auréole qui s'élargissait encore, de la ceinture à la poitrine.

— Bordel, fit Dickinson alors que le barbu se relevait et empoignait à nouveau son fusil Sharps par le canon. Il faut ramener DeKalb à la voiture…

Le lieutenant Dickinson bondit de l'habitacle en hurlant :

— Couvre-moi : arrose tout le bâtiment principal. Là où est l'autre type !

Et dans le même mouvement, il se laissa tomber à genoux et tira sur l'homme, à moins d'un mètre cinquante, qui cherchait à se relever, à l'autre bout du capot. Une gerbe de sang jaillit de l'épaule du barbu, qui fut projeté à nouveau en arrière et ne se releva plus. Johnston, de son côté, avait ouvert le feu, en tir rapide, sur la façade de la Grande Maison, cherchant à cadrer les ouvertures, dont les vitres volaient en éclat, mêlées à des esquilles de planches taillées en pièces. Johnston avait tiré dix ou douze cartouches. On entendit un cri venir du fond de la place :

— C'est bon ! C'est bon ! Vous avez tué mon père ? Est-ce que vous avez tué mon père ?

Une silhouette apparut, les mains levées, sur le porche de la maison commune. Tarabont Kheler marcha, à pas lents, vers les deux policiers qui le gardaient en joue.

L'avertissement Miranda

Tout le monde a entendu parler du célèbre avertissement dit « Miranda ». Connie Stotter l'avait tourné en dérision lors de son arrestation sur Horseshoe Road.

« Vous avez le droit de garder le silence. Si vous renoncez à ce droit, tout ce que vous dites, etc. »

Connie n'a pas gardé le silence. Elle a immédiatement avoué son implication dans le meurtre de Carol Corman. Elle a immédiatement donné des détails sur la manière dont elle l'avait fait venir dans Presley Park et sur le contenu des échanges qu'elles ont eus avant et pendant l'agression et le meurtre. La question a déjà été évoquée : elle a tout reconnu, y compris l'intégralité des coups portés, afin de limiter la responsabilité de Tarabont Kheler. Elle n'avait aucune difficulté à avouer. Tout. Même si elle esquivait, consciemment ou non, le fait qu'elle avait l'intention de tuer Carol en la faisant venir du côté de l'usine thermique désaffectée dans Cliffside

Drive. Lors des audiences, elle est restée sur le même registre. Reconnaissance absolue et totale des faits.

— Vous voulez encore que je vous parle de l'histoire ?

— Il s'agit d'un meurtre, mademoiselle Stotter. Pas d'une « histoire ». Et pour vous répondre, oui !

— O.K. ! O.K., O.K. ! Alors revenons à Cliffside Drive, et espérons que j'arrive à y rester suffisamment de temps pour en faire le tour sans me faire déloger par d'autres pensées. Genre Mme Lempeter ou cette enflure de Dick. O.K. Je vais vous la refaire, puisque ça vous plaît autant que ça. Elle s'est couchée sur le côté et a redoublé de pleurnicheries. Peut-être que là, il y avait enfin quelques sanglots de douleur. Elle commençait à avoir ce qu'elle méritait et elle commençait à comprendre que ce n'était pas juste une bonne engueulade. Vous voulez que je redise les mots ?

— S'il vous plaît, Miss Stotter.

— Alors, je dirais que c'est à ce moment-là que j'ai dit les mots qu'a répétés Tarabont, ce truc que tous les journaux ont répandu, comme si c'était juste génial, ou je ne sais pas, que c'était la formule pour fabriquer la machine à voyager dans le temps : « Hey Carol ? Est-ce que tu sais qui est en train de te TUER ? »

Tarabont Kheler a été interrogé sur cette obstination qu'avait Stotter à alourdir inutilement sa responsabilité, incompréhensible pour les enquêteurs sinon à admettre que Connie était tout simplement une fille bornée (elle prouva par la suite qu'elle ne l'était pas), immature (les experts ont tous confirmé cet aspect infantile de la personnalité de Connie Stotter) et irréfléchie (ce qu'elle était souvent dans les activités les plus ordinaires de sa vie passée). Voilà ce que Tarabont a répondu aux deux questions posées successivement par les policiers et les juges :

— Avait-elle préparé le piège pour assassiner Carol ?

— Elle avait tout organisé. Le lieu, l'heure, le petit paquet d'herbe qu'elle avait effectivement déposé dans un arbre creux. L'endroit où elle ferait chuter Carol, en lui cognant par surprise la tête contre son genou replié.

— Pourquoi ? ont insisté les enquêteurs. Par jalousie, simplement ?

— Parce que Connie, comme tout le monde, aime faire des choses qu'on lui interdit de faire. C'est écrit noir sur blanc dans la bible d'Anton LaVey, et c'est la vérité, monsieur.

Connie Stotter n'a rien fait pour tenter d'échapper à la peine à laquelle elle a été condamnée. Il est utile de revenir sur ce point qui a agité la plupart des experts invités à débattre du « cas Stotter » devant la cour criminelle. Bien qu'elle ait fait appel, renié cet appel, puis relancé celui-ci, dans une démarche qui a fait grincer tout le personnel judiciaire et criminel, puis poussé les médias à la qualifier de « psychopathe instable et tout à fait irrationnelle », elle n'a jamais cessé de reconnaître sa culpabilité totale dans le meurtre de Carol Corman. Certains psychiatres ont estimé que cette décision « d'étirer le temps judiciaire » sans volonté d'atténuer sa peine était le signe d'un désir de parler. D'elle et de ses terreurs, d'elle et de ses démons. Et que la cour était le seul endroit qu'elle ait connu de sa vie où elle pouvait le faire, sans recevoir immédiatement des coups en retour.

Les deux fois où la cour criminelle s'est réunie pour étudier la possibilité d'un recours et la substitution d'une peine de prison à vie à la peine capitale déjà prononcée, Stotter elle-même s'est insurgée contre cette idée et a clamé qu'elle méritait la mort « et rien d'autre ».

Plusieurs personnes au sein de la cour ont posé la question de savoir s'il y avait une ou plusieurs possibilités légales de substitution de peine. Le bureau du procureur général de Pennsylvanie a répondu que non. La Cour suprême des États-Unis a refusé de se saisir de cette affaire et a laissé la Pennsylvanie se débrouiller avec ses crimes et ses criminels.

Des arguments ont été avancés selon lesquels « la différence de peine entre un même crime commis par un mineur et une personne de plus de dix-huit ans est liée au développement cérébral des uns et des autres : les mineurs sont par définition immatures et leur sens des responsabilités est atténué. »

En retour, sans que Stotter ou ses avocats ne soient à l'origine de cette requête, il a été avancé qu'il n'y avait aucune preuve scientifique de différence entre un cerveau de dix-sept ans et un autre de dix-huit ans. Que le développement intellectuel était le fruit de nombreux facteurs, dont l'éducation, le milieu familial, ainsi que des tas d'autres influences qui n'ont rien à voir avec l'âge biologique et celui du cerveau. Il a été avancé également que Connie Stotter était, à plus d'un point de vue, moins mature et moins responsable que bien des adolescentes plus jeunes qu'elle.

Il a alors été question des examens radiologiques et des analyses par imagerie qui ont mis en lumière l'existence de lésions cérébrales importantes chez Stotter, lésions préalables à sa naissance et qui ont possiblement affecté son développement intellectuel et psycho-affectif.

Lors de la seconde session d'appel de la cour criminelle, des experts sont intervenus, mandatés par plusieurs associations contre la peine de mort. Ils ont affirmé ceci :

— Ces lésions prénatales, ainsi que d'autres traumatismes sévères qui ont été révélés au cours des audiences préalables de ce tribunal, et qui pourraient être l'effet des nombreuses violences qu'a subies Connie Stotter au sein même du foyer familial, que ce soit par sa propre mère ou par les différents compagnons de celle-ci, ont indéniablement nui au développement normal du cerveau de Stotter, et considérablement affecté ses capacités intellectuelles et affectives. Aussi, juger Connie Stotter à l'aune de son seul âge – l'âge effectif de son cerveau – et le comparer à une norme, en termes de morale ou de responsabilité pénale, serait comme vouloir confronter un chien échappé d'une meute errante, chassé depuis toujours à coups de pierre et de bâton, privé de nourriture et de confort, avec un chien de race pure, élevé avec soin et vigilance, abondamment pourvu en affection et nourriture.

Le représentant du procureur a alors lancé, d'une voix ferme et qui a semblé faire effet dans la salle d'audience de la cour d'appel criminelle de Pennsylvanie :

— Aucun chien, aucune bête sauvage, issue d'une de ces meutes errantes dont il vient d'être question n'aurait eu la malveillance, la cruauté, la perversité et l'acharnement que Mlle Stotter a eu pour réduire à néant son ancienne camarade Carol Corman. Ce n'est pas un cerveau que vous allez juger, mais cette malveillance, cette cruauté et cette perversité. Oui, c'est cela que je vous demande de juger.

Connie Stotter, de sa place légèrement sur la droite, se contentait de hocher la tête, comme si elle suivait le rythme silencieux d'un morceau de musique qui résonnait dans une autre dimension.

Tarabont

Policier Gentle : Fiston, on est dans une procédure compliquée. Maintenant je voudrais qu'on en vienne à ce matin, le 14, soit trois jours après le meurtre de Carol : qu'est-ce que tu fichais avec une arme à South Fertility ?

Tarabont Kheler : Mon père m'avait repris à la maison, malgré…

Policier Gentle : Malgré l'avis du conseil, c'est ça ?

T. K. : L'avis du conseil avait été partagé, si j'ai bien compris.

Policier Gentle : Et tu as pu reprendre ta place au village, malgré ce que tu avais fait ?

T. K. : Monsieur, il faut remettre les choses dans l'ordre : personne dans South Fertility à ce moment-là ne savait que… pour… que j'avais été… que j'étais impliqué dans l'histoire de Carol Corman.

Policier Gentle : Personne ne savait que tu avais tué quelqu'un, mais juste que tu fréquentais une fille en dehors de ta communauté, c'est bien ça ?

T. K. : Je n'ai pas tué Corman ! Arrêtez vos pièges à la con ! Vous essayez depuis des heures de me faire dire ça, mais je n'ai pas tué Corman. Connie Stotter a tué Corman.

Policier Gentle : Bon. Elle l'a fait, tu l'as laissée faire et tu as juste regardé.

Policier Sharkberry : On reviendra encore sur ce qui s'est passé à Presley Park, parce qu'un ou deux trucs méritent d'être éclaircis. Mais on parlait, avec l'agent Gentle, du matin du 14.

Policier Gentle : Donc ton père te donnait asile. Est-ce que c'était de manière clandestine ? Je veux dire, sans que les autres membres le sachent ?

T. K. : Bon, je sais ce que clandestin veut dire, ne me prenez pas trop pour un demeuré non plus… Ouais, à mon avis, à part mon père, seul Moses Grant savait que j'étais de retour.

Policier Gentle : Et lui, il n'a rien fait pour te pousser à quitter South Fertility ?

T. K. : Non. Je pense que Grant savait que de toute façon je ne pourrais pas rester longtemps avec eux, et que j'avais déjà, virtuellement, quitté la communauté.

Policier Sharkberry : Intellectuellement, c'est ce que tu avais fait, non ? Connie Stotter est claire sur ce point : c'étaient des gens et un mode de vie que tu ne pouvais plus voir en peinture, si j'ose dire…

T. K. : Oui.

Policier Sharkberry : Bon, voyons cette histoire de fusil. Il appartenait à ton père, Vulf Kheler, c'est ça ?

T. K. : Ouais.

Policier Sharkberry : Il y a combien d'armes chez vous ?

T. K. : Deux. Deux fusils. Je crois bien.

Policier Sharkberry : Donc tu l'as trouvée chez lui, et lorsque les *troopers* du lieutenant Dickinson sont arrivés, tu l'as prise et tu es allé rejoindre ton père dans votre grande salle commune ?

T. K. : Oui.

Policier Sharkberry : Tu avais l'intention de te défendre contre les policiers ?

T. K. : Non. C'est pas ce que je voulais… Les choses… On fait un peu n'importe quoi. J'ai vu la voiture arriver sur Hartmann Road… J'étais paniqué et j'ai pris le fusil. Je suppose que je me suis rassuré en empoignant une arme.

Policier Sharkberry : Mais tu en as fait usage…

T. K. : Mon père a tiré. J'ai tiré.

Policier Sharkberry : Fort Alamo, hein !

Kheler n'a rien répondu. L'agent Gentle s'est marré. Il a lancé à son collègue.

Policier Gentle : Fort Alamo, c'est bien trouvé, Lionel… Tu crois que les gars, à Fort Alamo, utilisaient des fusils Sharps, comme MM Kheler père et fils ?

Policier Sharkberry : Possible. Je crois bien que c'est à peu près dans l'époque…

Policier Gentle : Le flingue de Richard Widmark ?

Policier Sharkberry : Je crois bien, oui.

Kheler les regardait. Les deux flics faisaient mine d'avoir complètement oublié sa présence. Mais il supposa que c'était un genre de piège. Un truc d'interrogatoire. Il secoua la tête et replongea dans la nuit de Presley Park, quand Connie Stotter avait demandé à Carol, déjà agonisante, si elle savait qui était en train de lui « faire ça ».

Ouais, elle n'était plus belle à regarder. Tout son torse était gluant de sang et ça m'a fait penser à une de ces bâches que les fermiers font sécher, quand ils reviennent d'une partie de chasse et qu'ils ont transporté du gibier sur la plate-forme des pick-up. Un truc luisant et poisseux.

— Tu es toujours avec nous, fiston ? Est-ce qu'on peut revenir à cette soirée dans Presley Park ? Quand Carol Corman s'est mise à pleurer, par exemple ?

La voix du policier sembla sortir d'un rêve ancien. Il était toujours là, dans le même merdier. Son père avait tiré sur des officiers de la police de Pennsylvanie, et lui il avait été là quand Connie avait… Tarabont lança, d'une voix fatiguée :

T. K. : C'est ce que j'ai déjà expliqué aux autres policiers, quand ils sont venus me… chercher, enfin, m'arrêter, à South Fertility, juste après le…

Policier Sharkberry : Répète-le-nous. Une dernière fois, gars.

T. K. : Plus la fille pleurait, plus elle suppliait, plus Connie s'acharnait. Elle ne cessait de crier : mais tu vas fermer ta gueule ? Tu vas la fermer ? Plus Carol parlait, demandant ce qu'elle avait fait et pourquoi elle était si méchante avec elle, plus elle la battait. À un moment, Carol a réussi à finir une phrase. Elle a expliqué à Connie que si on la laissait partir, elle n'irait pas raconter ce qui s'était passé aux autorités, et qu'elle quitterait définitivement Lancaster et le Job Corps. Qu'on n'entendrait plus jamais parler d'elle.

Confronté aux détectives qui l'interrogeaient pour la première fois sur l'affaire Corman, Tarabont Kheler évoqua plusieurs fois les épisodes du Walmart Supercenter. Il ne chercha jamais spontanément à laisser entendre que le choc de civilisation entre son monde et le monde extérieur pouvait avoir une relation avec sa participation à un assassinat. Mais lorsque les officiers de la police d'État, à Harrisburg, en vinrent à parler de ces allusions que Connie Stotter faisait lorsqu'elle parlait de lui – allusion à une bible noire, à Satan, etc. –, Tarabont accepta de reconnaître qu'il y avait sans doute quelque chose qui avait à voir avec l'abnégation, le renoncement et la tentation. Que « ce n'était peut-être pas bon de vivre comme si le monde réel n'existait pas, alors qu'il suffisait de faire deux ou trois kilomètres pour s'apercevoir que non, il était bien là, et que ses couleurs étaient bien plus franches que celles qu'on avait l'habitude de faire avec… »

La bible de LaVey, justement, il l'avait trouvée dans les rayons de la librairie de Walmart. Curieusement, *La Bible satanique* d'Anton LaVey était présentée dans le rayon « Poésie et Tarot ». L'étoile rouge et le fond noir – « aussi noir qu'un ciel d'hiver, sans la moindre étoile », avait attiré son attention et il l'avait ouverte. Il était tombé sur cette phrase qui l'avait hanté plusieurs jours, bien après qu'il eut reposé le livre sur son rayonnage.

« Les principes religieux, artificiels et dangereux, n'ont été inventés que pour servir de barrage entre nous et notre bonheur : ta conversion se fera avant tout pour mettre un terme à ces principes de longue date, corrupteurs et malfaisants. »

Sharkberry et Gentle l'assaillirent de questions. Toujours les mêmes. L'un après l'autre, ou les deux ensemble. Les mêmes questions, tournées différemment. Il n'avait presque jamais de pause. Parfois, ils le laissaient dormir une heure ou deux, en laissant la lumière allumée. Alors, il se concentrait et revenait en arrière. Il repensait au livre noir et à ce qu'il disait. Il se souvenait des moments d'avant, quand il avait pris l'habitude d'en lire un passage à chaque fois qu'il se rendait seul au Supercenter. Avant de se décider à voler le livre. Il l'avait caché dans le transformateur et il n'avait plus besoin de se rendre aussi souvent au Walmart, ni d'abandonner son chapeau et ses bretelles. Il se couchait en chien de fusil dans l'herbe haute et lisait le livre de LaVey. Une fois, de temps en temps, il faisait le chemin entier et allait regarder marcher les filles, dans les allées lumineuses du centre commercial.

Et puis il avait croisé Connie Stotter.

Extrait d'audience, cour criminelle de Pennsylvanie

L'adjoint de l'attorney, qui s'était affalé sur son fauteuil, tendit la main et lança la lecture. La voix métallique de Connie Stotter vibra de nouveau dans le haut-parleur de la salle d'audience de la cour criminelle de Pennsylvanie.

Je sais pas pourquoi, j'ai repensé à ce qu'elle m'avait balancé, peut-être un quart d'heure avant, avec sa voix entrecoupée de sanglots :

« Je vais raconter ça, Connie… Je vais raconter tout ça et tu vas être virée du Job Corps… »

Pour dire vrai, ça m'a remise en rogne. Est-ce que quand tu te retrouves à moitié à poil, en pleine nuit dans Presley Park, avec du sang plein le ventre, tu penses encore à proférer des menaces ? Ma parole, elle avait envie de mourir. Je lui ai flanqué cinq ou six coups de pied, surtout dans la tête. Je crois pas que ça lui ait fait trop de mal, elle donnait l'impression de pas sentir grand-chose en fait, et ça aussi, ça me mettait en rogne.

Mais elle a essayé de se tailler. Possible qu'elle faisait semblant d'être sonnée, possible qu'elle ait eu un sursaut, un truc qui lui disait, genre, c'est maintenant ou jamais. Elle s'est remise debout, en deux temps, d'abord elle s'est mise à cavaler, à moitié à quatre pattes, et puis en deux ou trois foulées, elle était debout et cavalait vers la vieille centrale. Tarabont a réagi aussitôt. Il a foncé derrière elle, mais il a glissé et s'est étalé dans les feuilles mortes. Un instant, j'ai cru qu'elle allait réussir. Se calter d'ici, elle allait réussir à s'enfuir et on allait la perdre dans le noir. Et le lendemain, elle serait encore en classe, comme s'il ne s'était rien passé, et que moi, je serai dans les bureaux de Mme Hope-Copper, la directrice de Job Corps en train de me faire expliquer les raisons de mon renvoi définitif. J'ai pensé à ma mère et à Dick et aux ramonées que j'allais prendre. J'ai pensé à ce bout de laisse en cuir racorni que Dick avait toujours avec lui, et j'ai pensé que j'allais en tâter un peu plus que d'habitude. Mais Tarabont s'est relevé et il a chopé Carol Corman en deux minutes. Il l'a ramenée là où elle était : les herbes et les feuilles étaient toutes piétinées et ça faisait comme une sorte de cercle. J'ai pensé que c'était une sorte de cercle du sacrifice et j'ai compris que Carol allait mourir ici, en plein milieu de ce cercle, comme sur les dessins dans la bible que m'avait montrée Tarabont.

Janvier 2012 - Lancaster

Connie et Tarabont avalaient des *onion rings* dans un fast-food de Lancaster, tout juste vingt-quatre heures avant le meurtre de Carol Corman. La nuit était tombée sur Horseshoe Road et les entrepôts industriels. Tarabont regardait les éclairages orange iriser le ciel bleu foncé. Il faisait tourner les bracelets d'oignons autour de son majeur, comme un jongleur de cirque.

— Des alliances en *onion rings*, tu en penses quoi ? lança Tarabont.

Ils rirent aux éclats.

Ils avaient bu beaucoup de vodka et commençaient à être sérieusement éméchés.

— Tu crois… Tu crois qu'il est encore là-bas ? demanda Tarabont, soudain sérieux.

— Graber ? Où veux-tu qu'il soit ? En train de danser le twist sur le bureau du shérif ?

— J'sais pas.

— Ou bien les bêtes l'ont déjà emporté pour le bouffer tout cru ? Possible…

— Tu crois que personne ne le retrouvera ? Ça se pourrait ?

— Aucune idée. Le mieux ce serait d'arrêter d'en parler.

Quatre jours avant le meurtre de Carol Corman, Tarabont et Connie étaient arrivés à South Fertility-Ouest autour de 23 heures. Connie n'avait pas l'intention de retourner au Job Corps avant le matin. Elle serait sans doute convoquée pour cette fugue par la directrice, Mme Hope-Copper. Elle en faisait son affaire. Elle avait passé toutes ces dernières années à négocier avec l'administration des établissements scolaires qu'elle fréquentait. Ils avaient fait un très large détour depuis Horseshoe Road et avaient franchi la Lincoln Highway au niveau des terres des Mellinger. Ils étaient entrés dans South Fertility-Ouest directement sur la propriété de Graber, deux grandes maisons – parmi les plus récentes de tout Fertility – construites dans les années soixante-dix et disposant des aménagements les plus modernes de la communauté. Ils espéraient que Graber y serait seul. Graber était veuf depuis 1999, mais il y avait l'option d'une garde-malade ou d'une aide quelconque que les autorités avaient peut-être imposée pour la période de probation à laquelle l'ancien évêque avait été astreint. Il fallait tenter le coup. Ils entrèrent par la buanderie à l'arrière de la maison principale. Une lueur brillait à l'étage, derrière une seule fenêtre. Connie et Tarabont avançaient dans l'ombre, centimètre par centimètre. Tarabont se glissa jusqu'à la porte de la chambre.

Elle était entrouverte et la lumière de l'intérieur glissait sur le palier de chêne noir et lustré. Il jeta un œil à l'intérieur. Aussitôt, il fit signe à Connie. Celle-ci s'approcha et regarda à son tour. Le vieux Graber était sur son lit. Il s'était endormi, un livre à la main, et ronflait légèrement, la tête déportée vers l'avant, le nez enfoui dans sa barbe crasseuse. Ils avaient répété l'assaut. L'exécution fut parfaite. Tarabont se jeta sur le dormeur, ramenant son édredon sur la tête et le ceinturant dans son cocon de plumes. Connie avait tiré une corde de chanvre de son blouson et en entourait déjà le torse du vieil homme. Des grognements étouffés montaient de la momie que Tarabont ceinturait toujours. Puis Connie s'attaqua aux jambes, qu'elle ficela solidement. Tarabont repoussa le corps qui glissa du lit et tomba lourdement sur le sol, dans un cri assourdi de peur ou de souffrance. On devinait les épaules et la tête de Graber, emballées dans l'édredon, et dont les plaintes s'étouffaient dans l'épaisseur du rembourrage.

— Ferme ta gueule ou je te plante, murmura Connie en se penchant sur la forme arrondie qui devait être le crâne de Graber. Je te jure que je te plante sévère…

Les plaintes cessèrent. Tarabont, sur la pointe des pieds, regagna le palier avec précaution. Il fit quelques pas à l'étage, épiant le silence. Connie l'entendit ouvrir plusieurs portes, dans les profondeurs de la maison. Au bout de cinq ou six minutes, il réapparut. Il lança, à haute voix :

— C'est bon, la maison est vide. Il n'y a que ce vieux porc…

— J'étouffe... Laissez-moi respirer ! Pour l'amour de Dieu ! lança une voix, lointaine et sourde.

La forme sous la couette essaya de bouger. Les jambes, nues, blanches et couvertes de veinules noirâtres, battirent une ou deux fois, frappant sur le parquet épais. Connie décocha aussitôt un coup de pied dans la tête de Graber, qui se tut.

Ils descendirent la momie en la tirant par les pieds tout au long de l'étage. La tête de Graber résonnait presque à chaque marche, en heurtant le bois patiné de l'escalier. Possible qu'il se soit assommé pendant cet exercice. Peut-être que c'est ce qu'il fallait lui souhaiter.

Dehors, ils firent quelques pas sur la pelouse, à découvert, mais décidèrent de contourner la maison par l'arrière, du côté des Greenfield Moors. Sous l'avant-toit, ils chargèrent Graber sur un chariot de jardin à quatre roues et filèrent vers le nord. Tarabont connaissait les fosses du Graffa Pond. Une myriade d'anciens étangs, aujourd'hui des marais emplis d'eau saumâtre et de boue, en fonction des crues de la Mill Creek River. Ils choisirent une berge, partiellement éclairée par les reflets de la zone des bâtiments Mellinger. Connie et Tarabont ne prirent pas la peine de le descendre du chariot. Sans la moindre hésitation, elle se mit à frapper la tête toujours enturbannée avec une serpette qu'elle avait prise sous l'avant-toit de Graber. Elle fendait l'étoffe et la chair, à grands coups répétés. De la même manière brutale dont elle attaquerait une bûche. Le vieux n'avait émis qu'un seul gémissement. Mais Connie avait continué à frapper. Tarabont, qui pesait sur les cuisses du vieil homme pour empêcher toute tentative de mouvement, se redressa. Plus personne ne se relèverait de sous cet édredon entièrement couvert de sang et de plumes. Connie frappait toujours, sur le haut de ce spectre inerte, dans l'éclairage ténu des lointains halogènes des hangars agricoles des Mellinger. Puis ils poussèrent le chariot et Graber dans la fosse du Graffa. La boue et l'eau l'engloutirent en quelques secondes. Un bruit répugnant de vase faisant ventouse monta, deux ou trois fois, du fond du trou, quatre mètres en contrebas. Connie y lança la serpe et ils reprirent le chemin de la grange Cornett, aussi silencieusement qu'ils étaient venus, chassant de leurs vêtements les duvets blancs qui s'étaient échappés de l'édredon du mort.

« Les orignals ne portent pas de jeans »

Le surlendemain de la découverte du corps de Corman, le lieutenant Lipka de la police de Pennsylvanie interrogea Tyler Zuzze, employé de voirie et membre de l'équipe affectée sur Presley Park. C'était lui qui avait donné l'alerte lorsqu'il avait découvert le corps de Carol Corman. Zuzze répéta plusieurs fois son récit. Quasiment à l'identique, en utilisant les mêmes mots, dans le même ordre. Avec son casque jaune de protection et sa grille en moustiquaire galvanisée, à la résille si fine qu'on n'y voyait rien à plus de quatre ou cinq mètres, et que le corps, il avait tout simplement failli marcher dessus, voire, carrément le traiter à la débroussailleuse qu'il avait équipée ce matin-là avec une lame Samuraï de 250 mm en acier carbone.

— J'ose même pas imaginer, avait expliqué Zuzze, ce que ça aurait donné si j'avais passé ça sur… la jeune dame. J'ai carrément failli y marcher dessus, ou Dieu me garde, la traiter à la débroussailleuse, avec ma lame au carbone…

D'abord, il avait cru qu'il s'agissait d'un animal mort. Une carcasse de cervidé, un petit orignal peut-être, que des prédateurs avaient traîné là, sacrément amoché, pour finir de le bouffer. En meute, ou pépère tout seul. Puis il avait aperçu le jean, englué de boue et de sang, et peu visible parce que les jambes de Carol Corman avaient été tirées dans les hautes herbes, des orties pour lesquelles il avait été spécialement dépêché ce jour-là. « Les orignals ne portent pas ce genre de jeans, avait expliqué en bégayant Zuzze à l'officier de police à qui il rapportait sa découverte, pas vrai ? »

— C'est exactement ce que j'ai raconté à votre gars, lorsque je suis retourné sur place, le matin où que je l'ai trouvée. Il a voulu remonter jusqu'à la centrale désaffectée, pendant que ses collègues commençaient à baliser tout le secteur de Cliffside Drive. Il m'a demandé de marquer précisément les lieux. Tout en faisant attention à là où on posait les pieds. Il nous faisait marcher comme des gamins qui font mine d'arpenter un champ de mines. Il voulait savoir d'où je l'avais aperçu pour la première fois. Et puis là où était disposé le corps. Je l'ai amené là où il voulait. Et puis il a été vomir, parce qu'il s'était approché et avait vu l'état du crâne, et il n'a pas pu se retenir. C'est exactement ce que j'avais fait, un peu plus tôt dans la matinée, quand que j'avais trouvé « l'orignal ».

Photos médico-légales, cour criminelle de Pennsylvanie

Près de trente photographies du corps de Carol Corman et de la scène de crime ont été projetées devant la cour. Certaines sont des plans larges et ont déjà été évoquées en raison de leur étrange ressemblance avec la photo de Connie enfant dans un terrain vague. Certaines sont des gros plans (ce que les experts appellent des « photos de détails ») et elles sont particulièrement odieuses, comme la plupart des images de médecine légale. Il y a des gros plans du crâne de Carol, des gros plans du ventre et de la poitrine, avec les blessures et les marques qui y ont été tracées avec les deux armes qu'avaient avec eux les deux meurtriers.

Les journaux télévisés et certains quotidiens ont reproduit plusieurs de ces clichés. En particulier ceux dits « du pentagramme » où l'on distingue vaguement l'étoile du mal parmi un fouillis d'incisions sur la poitrine de Carol. Il n'est pas nécessaire de reprendre ici ces descriptions sanglantes – que les mots consolideraient encore dans leur horreur. Revenons seulement sur une image. Elle est parmi les plus abstraites de cette série morbide. On y distingue une forme allongée, dans les hautes herbes sur un terrain pentu. La tête est dirigée vers le bas de la pente, comme les bras, tendus au-dessus des épaules, tandis que les jambes, habillées d'un jean délavé, s'allongent sur un sol qui va s'éclaircissant, laissant apparaître une herbe plus rase et des zones terreuses. La forme est manifestement celle d'une jeune femme, torse nu. Sur les versions en noir et blanc de cette image, le torse semble recouvert de saleté, boue ou traces de végétaux divers. Mais la version couleur, légèrement mieux définie, expose nettement la nature de ces traces. Des blessures rouges et contrastées.

La journaliste Maria Josephson, de la chaîne de télévision PCN, a donné son ressenti à la sortie de la séance au cours de laquelle ces images ont été montrées à la cour.

« Il s'agit d'images terribles. Pas parce qu'elles sont particulièrement "gore" ou sanglantes – malheureusement, j'ai vu pire… Mais parce qu'elles témoignent d'une négation totale de ce que peut représenter la vie. La vie d'une jeune femme, mais aussi la vie tout court. On a dit qu'elle avait été abandonnée comme un animal. Mais aucun être vivant, et certainement pas une jeune et jolie jeune fille comme l'était Carol Corman, ne mérite d'être ainsi traité. Carol n'a pas été abandonnée. Mais littéralement éparpillée, dispersée, comme un déchet.

On distingue des tas de choses affreuses sur ce pauvre corps, des blessures ignobles que je ne commenterai pas sur cette antenne. Mais le pire, peut-être, pour moi, c'est ce que j'ai vu autour du corps de Carol, disséminé autour d'elle comme si elle en était un des éléments. Des ordures. Parfaitement identifiables. Des emballages de hamburgers en polystyrène, des boîtes de carton délavées par la pluie, des sachets de bonbons et une chaussure de sport à la semelle arrachée. Et Carol était au milieu de ça. Oui, ce que je trouve aussi indigne que le crime lui-même, c'est l'offense qui a été faite à ce corps. Le réduire à un détritus. Voilà ce qui reste du passage d'individus ayant perdu toute notion… d'humanité. »

Newsweek

L'affaire Connie Stotter a fait l'objet en janvier 2020 d'un documentaire, *Femmes dans le couloir de la mort, aux États-Unis*. Y figuraient également Cynthia Coffman et Brittany Holberg. Stotter allait alors entamer sa sixième année dans une cellule de condamnée à mort et le site internet de *Newsweek* avait obtenu l'autorisation d'interviewer Stotter au parloir de la prison de Muncy. La reporter Maree O'Hara l'avait rencontrée deux fois trente minutes. On y découvre une Connie Stotter un peu plus ronde que sur ses photos les plus connues, vêtue d'une blouse vert bouteille et d'un pantalon assorti, chaussée de sabots à semelles caoutchoutées. Sur son cœur, une étroite bande de tissu blanc était cousue, marqué STOTTER. Voici un extrait de cette interview.

On m'a posé tout un tas de questions poisseuses à la cour criminelle de l'État de Pennsylvanie, à chaque fois qu'on m'y a emmenée, que ce soit à ma demande pour renoncer à mon appel ou après quand j'ai finalement décidé de continuer. Toutes les questions poisseuses. Toutes. J'y ai eu droit. C'est sans doute dans le pack du prix à payer pour ce que j'ai fait. Cette expression « ce que j'avais fait », je l'ai entendu cent cinquante fois là-bas, et chaque fois j'étais assise exactement à la même place, à la même table, avec à ma gauche le flic imperturbable et droit devant madame la juge Bethany S. Monroe, installée comme la reine des pommes derrière son grand bureau, entre le drapeau des États-Unis et celui de la Pennsylvanie. Une des plus poisseuses, c'était celle-là :

— Pourquoi vous êtes-vous acharnée sur Carol Corman ? D'abord avec des armes blanches, puis avec ce morceau de béton ?

J'avais essayé d'expliquer qu'« acharner » n'était pas le mot approprié. Je ne me suis pas « acharnée », je lui ai simplement donné ce qu'elle méritait. Mais lors des premières auditions, je n'avais pas les mots pour décrire correctement mon état d'esprit. Peut-être que je me doutais aussi qu'ils n'avaient pas envie d'écouter mes explications. En tout cas, ils y sont allés avec les chiffres et les comptes. Genre :

— Nous avons relevé cent vingt-six lésions consécutives à des coups portés avec des armes blanches. Précisément soixante-dix-sept portés avec un outil type cutter à moquette, dont les bords ont été préalablement aiguisés de manière artisanale, mais excessivement tranchant sur un de ses côtés, et quarante-neuf coups portés avec un petit outil à débiter la viande, de type tranchoir.

Ils ont noté et noté et noté. Les coups, leur nombre et les endroits différents où ils avaient été portés. À un moment, la juge Monroe a demandé après l'énoncé de tous ces coups et de toutes les zones concernées, si je reconnaissais les faits. J'ai répondu (et ça a fait rire quelques personnes dans le public) :

— Madame, vous en savez plus que moi là-dessus. Personnellement, moi, je n'ai pas compté…

Elle m'a fusillée, et j'ai vu que je venais de prendre un petit supplément avec ma réponse. Ils ont fait le boulot scientifiquement. Ils ont pris des tas de photos et effectué des tas de mesures. Je suppose que tout ce boulot permet de coincer les criminels qui cherchent à échapper aux poursuites. Qui mentent et refusent de reconnaître leur implication dans les faits qui leur sont reprochés. Ce n'est pas ce que j'ai fait, sauf quand j'ai vaguement pensé demander l'annulation de ma condamnation à mort – et que, comme vous savez, j'y ai ensuite renoncé, même si le moratoire fait que ça rend les choses à peu près pareilles, et même si ce n'est pas ce que me répète à chaque fois Glover, mon dernier avocat. Jusqu'à preuve du contraire, je n'ai pas été exécutée et c'est bien moi qui suis en train de vous parler. Constance Abigail Stotter. Bon, je sais qu'ils ont aussi relevé les endroits, les distances, la quantité de sang supposée perdue à tel ou tel endroit, etc. Comme je dis, ils se sont embêtés pour pas grand-chose, parce que j'ai tout avoué. J'ai dit oui à tout ce qu'ils m'ont présenté, et je ne m'en porte pas plus mal. La seule chose sur laquelle je n'étais pas d'accord, c'est sur leur foutue préméditation. Ils imaginent encore que c'est une tentative de ma part de diminuer la peine et en tout cas, d'essayer d'échapper à la peine de mort. Quand ils ont vu que je retirais l'appel mais que je continuais à contester la préméditation, il y en a un paquet qui y ont perdu leur latin. Mais ce qui est vrai est vrai : je n'avais pas prémédité de la tuer. Qu'on se comprenne : ce n'est pas que je n'en avais pas envie – j'avais une putain d'envie de la réduire en bouillie (et d'après ce qu'ils disent, et ce que disent aussi les dizaines d'analyses qu'ils ont produites devant la cour criminelle, apparemment, c'est ce que j'ai fait). Mais je n'avais pas, comment dire, préparé l'exécution de Carol Corman. Disons que ça s'est goupillé au fur et à mesure, et qu'au fur et à mesure, j'ai compris que c'était exactement de ça que j'avais envie. C'est pour ça que j'ai renoncé à l'appel. Je n'avais pas vraiment prévu de la tuer, mais quand ça s'est présenté, j'ai compris que c'était pour ça, et seulement pour ça, que Tarabont et moi, on l'avait traînée ici, au-dessus de la rivière Conestoga, dans l'ombre de la vieille centrale à vapeur.

Donc sur cette question poisseuse de l'acharnement, c'est un peu pareil. Je ne me suis pas acharnée, je répète, j'ai mis le compte exact de ce qu'elle était venue chercher là. Tarabont m'a lu un passage des psaumes que sa communauté répète chaque dimanche, réunie dans leur salle commune, et ce passage dit exactement ce que j'ai ressenti là-bas :

« Sa fureur ne se relâchera point, jusqu'à ce qu'Elle frappe et qu'elle accomplisse toutes les pensées de son cœur. »

C'est ça. C'est exactement ça. Même si je ne suis pas (encore) assez dingo pour me comparer au Seigneur, c'est exactement ça. Et c'est pour libérer cette colère que j'ai donné ces coups de pied, que je l'ai frappée avec le cutter et que j'ai tracé toutes ces lignes de sang sur ses seins et sur son ventre.

C'est pour libérer cette colère que j'ai refusé de l'écouter quand elle m'a demandé de lui parler. « Parle-moi Connie, je t'en prie, parle-moi. Dis-moi pourquoi tu me fais tout ça, pourquoi Connie, je t'en prie… »

Et c'est parce qu'elle refusait que j'accomplisse les pensées les plus profondes de mon cœur que j'ai frappé, et frappé, et frappé encore.

Extrait d'audience, cour criminelle de Pennsylvanie

La cour et les bancs de la presse restaient plongés dans une sorte d'hébétude. Ce phénomène survient parfois lors des procès longs, souvent même au cours de moment de forte tension, sans doute parce que l'esprit humain n'a qu'une capacité limitée à enregistrer trop longtemps des événements brutaux ou monstrueux. Une sorte de brouillard invisible de cette espèce pesait sur l'assistance, lorsque intervint le témoignage de Rosalind Hope-Copper, l'ancienne directrice du Job Corps de Lancaster, PA.

— Qu'est-ce que vous voulez que je vous dise ? Je ne vais pas broder ou inventer des éléments pour faire plaisir à l'enquête ou aux journaux : Connie Stotter était jusqu'au soir qui vous intéresse une étudiante à peu près comme les autres. Après coup, c'est hyperfacile de dire qu'elle était vulgaire, qu'elle insultait tout le monde y compris ses professeurs ou les membres de l'administration. Elle m'a traitée de « mal baisée », parce que je lui demandais de quitter le réfectoire après qu'elle eut balancé de la compote à peu près partout, si vous voulez tout savoir, et ça n'a pas fait plaisir à mon mari, je veux dire l'expression, quand je lui ai rapporté l'affaire. Oui, elle disait des insanités sans nom, elle avait des gestes insolents et elle faisait le mur. Mais 80 % des gamines que nous recevons au Job Corps font ça. Je parle d'ici, à Lancaster. J'ai été adjointe au Job Corps de Baltimore pendant six ans avant de venir ici : eh bien, là-bas, c'est 95 %. Je vous laisse arrondir à 100 % si vous voulez. Pas moins. Le Job Corps, c'est un truc qui fausse les statistiques. Des gamins et des gamines cabossés de la pire espèce. Des enfants élevés dans les milieux de la drogue, de la violence, de l'inceste. Des gamins qui en ont bavé à peu près de toutes les manières. On a inventé le Job Corps pour remettre dans le circuit des gosses pour lesquels on hésitait entre les enfermer à vie ou les mettre dans une capsule pointée vers Alpha Centauri et appuyer sur le bouton de mise à feu. On dit « école de la seconde chance », mais pour certains, c'est la quatrième, cinquième ou vingtième chance. Ils ont tout laissé passer. Pas forcément de leur faute. Ils partent de très très loin. Et ils arrivent épuisés. Lessivés. Cassés en mille morceaux dont on nous demande de refaire une céramique qui ait l'air intacte. Quand on y arrive (et on y arrive, oui, dans plus de la moitié des cas, et excusez les statistiques, je travaille toute l'année sur des statistiques), on nous dit qu'on voit un peu les traits de colle. Connie n'était pas la pire des gamines du Job Corps de Lancaster, même si j'espère que ce qu'elle a fait ce soir-là avec Tarabont Kheler est la pire chose que fera jamais une étudiante d'un Job Corps, où qu'il soit sur le territoire des États-Unis. Et là, je dirais que ces foutues statistiques sont pour moi…

Bon… Elle était arrivée en sale état. Virée de son dernier établissement pour coups et blessures sur des camarades ; bagarre en classe avec une de ses enseignantes et dégradation de matériel pédagogique. Elle avait intentionnellement vidé le contenu de son mug de café sur les touches des claviers de deux ordinateurs de la classe. Un profil basique pour Job Corps. Mais après le renvoi de son collège – je crois que c'était Eden High School si ma mémoire est bonne, ou le Lebanon peut-être –, le pire pour elle a été son retour à la maison. D'après la psychologue qui l'a accueillie au Job Corps, elle a raconté qu'elle avait été « plus maltraitée que jamais, jamais, jamais » par sa mère et l'homme qui partageait sa vie. Un certain Dick Brown, un tocard de la pire espèce, qui vivait en revendant des billets de loterie trafiqués. Connie Stotter a dit à la psychologue des choses qu'elle n'avait jamais racontées à personne. Des horreurs. Je n'entrerai pas dans les détails, d'abord parce que cet entretien a été retiré du dossier et que j'ai cru comprendre que l'accusation a refusé qu'il soit utilisé devant la cour criminelle. Mais il y a eu des sévices terribles. Il y a eu des viols. On m'a informée du fait que Brown est décédé il y a un mois ou deux, et ça me permet de dire que ce type aurait mérité cent fois d'être à la place de Connie face à un jury devant décider d'une condamnation à la prison à vie. Bref, elle est arrivée chez nous en petits morceaux. J'avais demandé une surveillance spéciale pour elle, parce que je n'étais pas vraiment certaine qu'elle ne cherche pas à mettre fin à ses jours très rapidement après son admission. Mais elle s'est reconstruite. Disons que ça ressemblait à une reconstruction. Elle s'est refaite en redevenant méchante, mais aussi, même si on l'a compris plus tard, en rencontrant Tarabont Kheler. J'ai été mise au courant de ses fugues nocturnes deux ou trois jours avant la soirée… la soirée avec Carol Corman, et on m'a beaucoup reproché de n'avoir rien fait. Si j'avais sévi… Si j'avais empêché les filles de quitter l'enceinte de l'établissement, si je l'avais sermonnée… Si on avait empêché Mohammed Atta et toute sa clique de grimper à bord des avions le 11 Septembre ! Encore une fois, des gamines comme Stotter, le Job Corps en voit passer des régiments. On a dit aussi que j'aurais dû la refuser ou au pire, la renvoyer du centre, parce qu'elle faisait usage de drogues et que ce point est un de ceux qui entraînent l'irrecevabilité au programme Job Corps. O.K. Alors je réponds que Stotter n'était entrée chez nous que sept semaines avant de commettre ce meurtre sur Carol Corman, et que pendant ces sept semaines, elle a été violente, insolente, tout ce que vous voulez, mais elle n'a jamais fait l'objet d'un signalement pour usage ou détention de drogue. On a su que la drogue, l'herbe qu'elle fumait, avec Kheler ou parfois avec Corman, elle l'avait planquée en dehors de l'établissement, dans différentes cachettes. Dont une effectivement dans Presley Park.

Encore une chose… Une chose à laquelle ne pensent jamais, jamais, jamais, les filles que j'ai sous ma responsabilité au Job Corps, c'est que je ne suis pas seulement « Mme Hope-Copper », ou « la dirlo » : je suis aussi une maman. J'ai une fille et elle a à peu près l'âge de Connie Stotter. Alors oui, je pense à Mme Corman, et parfois, aussi, à Mme Stotter, même si j'ai lu des tas de choses qui me laissent entendre que Mme Stotter a été à peu près tout pour Connie, sauf une maman.

Et puis je pense à Carol. Elle, elle était dans le programme depuis le début. Elle suivait plutôt bien et on sentait qu'elle avait réellement envie de devenir aide-soignante, d'apprendre sérieusement le métier et de se mettre à travailler dès qu'elle aurait appris ce qu'elle devait apprendre. Son enseignante référente, Mme Lempeter, a dit qu'elle envisageait de partir travailler à Pittsburgh, où vivait une partie de sa famille. On lui avait dit que c'était une ville qui ne manquait pas de ressources et d'opportunités dans le secteur médical. Carol Corman était une fille que je qualifierais de discrète, et peut-être qu'elle était même un peu espiègle. Elle souriait beaucoup, mais il y avait eu des petites histoires avec des camarades. Aucune histoire de violence ou d'accrochages, rien à voir avec Stotter. Mais des échanges verbaux qu'on pourrait qualifier de perfides, des petits vols, un paquet de cigarettes, un magazine… La relation qu'elle avait avec Stotter au Job Corps a été qualifiée par l'ensemble des enseignants de « bizarre ». Parfois, elles ne se quittaient pas d'une journée et passaient leur temps du côté des toilettes à ricaner et à pouffer. D'autres, elles semblaient s'éviter complètement. Et puis il y a eu cette bagarre, quarante-huit heures avant le meurtre. C'est Richard Costa, l'appariteur, qui a dû intervenir pour les séparer. Il a été mordu au passage, sans qu'on sache vraiment laquelle des deux avait fait ça. Bon, je suis en train de me rendre compte que je dresse peut-être un tableau inversé des rôles. Je ne voudrais pas « blanchir » Connie Stotter, ni accabler Carol Corman. Disons que leurs personnalités n'allaient pas, et que le passé impitoyable de Stotter a été comme un carburant extrêmement combustible qui s'est enflammé et a tout embrasé, d'un seul coup ou presque.

Carol Corman

Carol Corman venait d'un milieu radicalement différent de celui de Connie Stotter. Même si toutes deux étaient issues de milieux défavorisés de la société américaine. Sa mère, France Webster Corman, travaillait dans un pressing industriel, à Fruitville, au nord de Lancaster. Elle faisait également des extras dans une laverie de la banlieue de Philadelphie, là d'ailleurs où elle se trouvait le jour et la nuit du meurtre de sa fille. Elle avait divorcé des années plus tôt, alors que Carol avait huit ans. Elle avait élevé sa fille comme elle avait pu, et d'après les rapports scolaires et ceux qui figurent dans le dossier d'entrée au Job Corps, son éducation avait été inégale mais globalement sérieuse. Les éléments que la presse et les détectives de la police de Pennsylvanie ont réunis sur Mme Corman vont tous dans le même sens : une personne modeste et travailleuse, qui avait fait de son mieux pour tenter de protéger son unique enfant des aléas de la vie dans un contexte social extrêmement modeste. Même si elle n'y a pas réussi, elle avait essayé. Mme Corman avait été très enthousiaste à la proposition des services de la scolarité du programme Job Corps à Carol, pour l'extraire d'un cursus classique dans lequel elle stagnait et paraissait au bord du décrochage. Le régime plus « strict » de Job Corps, avec son système de pension et de vie collective plus affirmée, pouvait convenir à Carol et lui permettre de « booster » son apprentissage. Et pour Mme Corman, Job Corps avait un atout considérable : il était non seulement efficace pour former des jeunes, mais il était entièrement gratuit si l'on satisfaisait aux critères d'éligibilité. Et Carol, tout comme le foyer de Mme Corman, satisfaisait à ces critères. Le fait que sa sœur soit mariée avec un officier de la police de Pennsylvanie avait aussi joué pour elle.

Bref, Carol avait entamé son semestre au Job Corps avec beaucoup d'exaltation, selon ses enseignants. Mme Lempeter, son professeur principal qui supervise le programme sanitaire du cursus, raconte : « Carol Corman était très excitée à l'idée de devenir aide-soignante. Elle se voyait déjà en milieu hospitalier. Elle imaginait que c'était la bonne voie pour elle. Un vrai métier et quelque chose qui la tirait vers le haut. Carol m'a plusieurs fois parlé de son désir de devenir à terme infirmière spécialisée. Elle voulait s'occuper d'enfants, évoluer en milieu hospitalier pédiatrique. Elle était très intéressée par les enfants victimes de maladies graves. Elle m'a beaucoup questionnée sur ces sujets. Bon, tout n'était pas rose. Carol manquait de bases dans plusieurs domaines.

Elle faisait beaucoup de fautes, par exemple. Et elle était distraite. Elle oubliait souvent du matériel, et elle devait remonter au dortoir pour prendre ceci ou cela... Mais en classe, elle faisait de son mieux. Parfois, il fallait la secouer un peu, parce qu'elle avait une certaine tendance à la rêverie. Mais en TP, elle donnait ce qu'elle avait de meilleur. Oui. Elle cherchait à faire de son mieux, elle essayait de bien présenter ses travaux, par exemple, pour compenser un peu les erreurs de fond qu'elle commettait. »

Carol avait eu une relation affective avec un garçon, avant son entrée au Job Corps. Un jeune de son ancien collège, du nom de Leroy Spiner, qui a témoigné devant la cour.

— C'était une chouette fille, même si ça n'a pas toujours collé entre nous deux. Maintenant qu'il s'est passé ce qu'il s'est passé, et que... Bon, tout n'était pas seulement de sa faute. Carol aimait bien, comment dire, rendre jaloux. Elle m'a poussé parfois un peu à bout, en faisant la belle avec des gars de *senior year*, des douzièmes, quoi... des types qu'avaient un ou deux ans de plus que moi. Rien de méchant, et on peut même pas qualifier qu'elle les allumait. Simplement, elle aimait qu'on s'intéresse à elle. Je l'ai plus revue après qu'elle a filé au Job Corps. On n'était plus ensemble depuis le début de l'été, de toute façon.

De ces différents témoignages, et on pourrait en citer bien d'autres, il ne ressort rien de très spectaculaire du profil de Carol Corman. Une personnalité moyenne, « *average* », ont dit les experts consultés. Plutôt gentille, même si peut-être un peu chafouine. Déterminée à réussir dans la voie étroite qu'elle avait cru discerner devant elle, et dont elle imaginait qu'elle pouvait faire sa vie. Ses camarades du programme se souviennent toutes de la phrase que répétait souvent Carol Corman : « Quand je serai à Pittsburgh… »

Elle se voyait parfaitement là-bas, à l'UPMC, dans une blouse bleue à soigner des enfants. Elle y aurait sans doute fait sa vie et on n'aurait jamais entendu parler d'elle.

Janvier 2012 - Interrogatoire de Tarabont Kheler

Tarabont commençait à croire qu'ils allaient une nouvelle fois le ramener en cellule et lui ficher la paix pour quelques heures, ou bien, comme l'autre fois, l'oublier un moment et se mettre à parler de vieux films. Mais le policier Sharkberry se pencha en avant, le buste presque collé à la table au plateau galvanisé, et demanda :

— Maintenant, mon gars, on aimerait que tu nous donnes ton avis…

— Mon avis ? Sur quoi ? Ça va faire des plombes que je vous donne ma vision des choses.

— Ouais ? Mais on aimerait aussi que tu nous parles de Graber.

— Graber ? répéta Tarabont, essayant de garder l'expression la plus neutre possible.

Il vit que Gentle et Sharkberry le fixaient intensément, épiant le moindre battement de paupière ou sursaut du coin des lèvres qui exprimerait de manière aussi solide que des aveux rédigés et signés ce qui s'était passé du côté des terres des Mellinger. Il avait la sensation que ses yeux étaient emplis de chariot de jardin et que l'image des Graffa Pond s'y découpait aussi nettement que la pleine lune dans un ciel dégagé.

— Quel Graber ? Le vieux schnock de South Fertility ?

— Tu en connais d'autres, fiston ? demanda Gentle.

Tarabont répéta presque mot pour mot ce qu'il avait dit à Connie quand elle lui avait posé la même question : « Graber ? Il y a toute une flopée de Graber par chez nous… »

— Alors parle-nous de celui-ci, le vieux schnock…

— Ben qu'est-ce que vous voulez que je raconte sur ce type ? Il est carrément en dehors de la communauté, depuis un bout de temps… Rapport à…

— Rapport à quoi, mon gars ?

— Rapport à ce que vous savez. Merde… Je sais rien de toutes ses magouilles de cul. Franchement, les gars. Ce type est une vieille ordure qui tripote des gamines. Tout le monde sait ça, et moi je ne sais rien de plus. Il a eu affaire à la justice et c'est tout ce que je sais. Allez pas me coller des trucs à Graber sur le dos…

Tarabont écoutait sa propre voix ; il avait l'impression d'être convaincant. Juste. Oui, ça sonnait juste. Il n'y avait pas eu de tremblement ni d'hésitation. Possible que les flics marchent dans la combine. Ou pas. Il croisa successivement leurs regards. Gentle restait immobile, un vague sourire aux lèvres. Sharkberry hochait la tête, indécis. Ils finirent par se regarder et Tarabont comprit qu'il était en train de gagner la partie. Ils se consultaient. Ils doutaient. Ils n'avaient rien sur Connie, Graber et lui.

Possible qu'ils aient au cours des dernières vingt-quatre heures ressoudé les morceaux. La disparition du vieux Graber, l'arrestation il y avait cinq années au moins du vieux salaud et la déposition de Connie, au cœur de l'histoire et principale victime. Mais qu'est-ce qui les rattachaient aujourd'hui à Graber ? Tarabont fonctionnait à deux cent à l'heure et il finit par conclure : rien. Il s'efforça de garder la même expression, vaguement indignée, et un peu paniquée à l'idée d'être impliqué dans quelque chose où il n'avait rien à voir.

— T'es sûr ? risqua néanmoins Sharkberry.

— Sûr de quoi ? Je vous dis que ce type… est (nom de Dieu, il avait failli dire « était », et là, il aurait été dans une sacrée mouise) un vieux pourri qui se tape des gamines. Vous lui avez mis le grappin dessus et ce qui lui arrive maintenant, la probation ou je ne sais pas quoi, c'est votre affaire, pas la mienne.

Toujours aussi convaincant, jugea-t-il. J'ai failli merder, mais failli seulement. Ne pas ciller. Ne pas détourner le regard.

— O.K., fit Gentle. Mais Connie ? Elle aurait des trucs à nous raconter sur Graber ?

— Pourquoi ? Pourquoi qu'elle aurait des trucs à dire ? Elle n'appartient pas à la communauté. Elle n'est pas amish… Elle en a rien à péter de Graber et de toutes les conneries de South Fertility.

— Elle ne t'a jamais parlé de Josef Graber ?

— Jamais ! répondit Tarabont, du tac au tac.

Il fallait prendre le risque. Ne pas hésiter. Si Connie de son côté avait balancé la sauce, ils étaient cuits et deux fois cuits. Mais quelque chose lui disait que Connie n'avait plus envie du tout de parler de Josef Graber, hier ou aujourd'hui, ni jamais.

— O.K., répéta Gentle. On va reprendre sur Fort Alamo et cette histoire de fusil Sharps. Tu sais que ton père a grièvement blessé un officier de police en service ? Tu sais dans quel fourbi il s'est collé, et tout ça à cause de toi ?

Extrait d'audience, cour criminelle de Pennsylvanie

Pour la seconde fois de la journée, le public et la cour s'apprêtaient à entendre la voix métallique de Connie Stotter, enregistrée sur les bandes du Dr Mulligan, résonner dans la salle d'audience. L'accusée écoutait sa propre voix, mais semblait tout à fait indifférente. Elle jouait avec ses cheveux comme elle le faisait souvent. Parfois, parce que ça l'aidait à se concentrer. D'autres, par simple provocation pour illustrer sa désinvolture. Cette fois, il s'agissait plutôt de la seconde option.

Et oui, comme pour l'entaille à son ventre, je me suis encore une fois couchée sur elle, j'ai approché mon oreille de son visage, et j'ai regardé fixement ces coupures que j'avais faites dans sa gorge, et par où le sang pulsait, comme lorsqu'on remet en marche un robinet longtemps coupé. Et de ce tourbillon sortait encore sa voix. Dans ce truc qui avait été le visage et le cou de Carol Corman, elle réussissait encore à parler. « Qu'est-ce que tu vas me faire, Connie ? » Alors je l'ai secouée encore et encore, et j'ai pris ce bloc et je l'ai frappée. J'ai pensé à ce connard aux vingt dollars, qui voulait me faire grimper dans sa voiture, au Taco Bell. La manière dont son pare-brise avait explosé quand je lui avais collé ce gros pavasse en pleine poire. Bref, j'ai cogné sur Carol Corman un peu de la même manière. Sauf que le pare-brise n'avait pas couiné.

« Mais tu vas fermer ta gueule, tu vas la fermer ta sale gueule de pute. Bon Dieu Tarabont, aide-moi à faire fermer sa gueule à cette pute ! »

C'est bien ce que j'ai dit. Et tant pis si ça aide tous ces toubibs à affirmer que je souffre de « troubles très graves de la personnalité », que je suis incapable de me conformer aux usages sociaux, incapable d'émotions et totalement indifférente aux autres et à leurs souffrances.

Mais ce qui est vrai est vrai.

C'est à cet instant, l'un de ces instants où j'étais courbée sur elle, que j'ai entendu Tarabont :

« Putain, Connie, il a lancé d'une drôle de voix, mate ça : elle respire du sang… Sans déconner qu'elle respire du sang, regarde-moi ce bordel ! »

Et je ne sais pas s'il se marrait, si ça le faisait marrer, ou s'il commençait à paniquer. Ce qui est sûr, c'est qu'il avait raison et que c'était dégueu. Corman faisait un bruit mouillé, mais pas avec sa bouche. C'était des entailles que je lui avais faites dans la gorge que ça venait. Les fentes s'ouvraient et se refermaient, comme lorsque les poissons cherchent l'air, ramenés sur l'herbe au bout du fil nylon. Les entailles dans le cou de Carol Corman pulsaient, et du sang, chassé par l'air qu'elle devait laisser filer par-là, bouillonnait et faisait ce bruit vraiment dégueu de « pfffhhuuu… pfffhhuuu ». Quand l'air sortait – je suis pas sûre qu'elle arrivait à en faire entrer beaucoup au retour –, ça écartait les entailles, et comme sur son ventre un peu plus tôt, on voyait bien toute l'épaisseur de la coupure, l'épaisseur de sa chair.

« Elle respire du sang ! » a répété Tarabont. Là, j'ai senti qu'il partait en panique. J'ai plaqué ma main sur la blessure pour essayer d'arrêter ce bruit d'enfer, mais ce que j'ai senti ne m'a pas plu du tout. Ça vibrait. Corman vibrait de tout son corps et la vibration se concentrait là, autour de sa gorge, sur ce trou par lequel son sang se faisait la malle.

Il y eut quelques murmures dans le public. La juge Monroe semblait très attentive et prenait des notes. L'attorney de district Perry Lee fit un signe vers son adjoint afin que celui-ci coupe la diffusion, dont on ne percevait plus qu'un souffle déplaisant, comme celui d'une bouilloire lâchant sa vapeur. Perry Lee lança, en direction de l'accusée :

— Miss Stotter, j'aimerais vous entendre me contredire : j'ai l'impression que vous n'éprouvez pas la moindre once de remords sur ce qui s'est passé cette nuit-là, dans Presley Park ? Est-ce que je me trompe ou la mort tragique de Carol Corman vous est totalement indifférente ? Est-ce bien vous qui étiez là-bas, ou bien… ?

Stotter fit encore deux ou trois boucles avec son index et laissa retomber sa mèche de cheveux. Tout le monde s'attendait à une nouvelle grossièreté de sa part ou une provocation. D'une voix douce – d'autant plus douce qu'elle venait juste après la diffusion de l'atroce récit métallique sur l'enregistrement –, elle fit :

— Monsieur… – elle se tourna vers la juge Monroe – ou madame, je ne sais pas trop à qui je dois répondre, à force, ce n'est jamais pareil ici… Bref, voilà juste ce que je veux dire : pourquoi j'aurais des remords ? Je savais ce que je faisais, point barre. Presley Park, là-bas ce soir-là : chaque seconde qui a passé, chaque truc que j'ai fait, je savais ce que je faisais. J'entends causer ces gars que l'État de Pennsylvanie paie pour me défendre au nom de ce 6e amendement et c'est vous qui voyez si ça vous amuse de les écouter… Ce que je veux dire, c'est que j'entends chacun de ces gars expliquer que j'étais dans un état second, que je ne savais plus discerner la réalité de je ne sais quoi. Non. Chaque truc que j'ai fait à Carol Corman, je l'ai fait en sachant exactement ce que j'étais en train de faire. Et je sais ce que je suis encore en train de faire. Madame… ou bien vous… – Elle se tourna vers les jurés qui semblaient tassés dans leurs fauteuils. – Je sais que je vais être condamnée à la peine de mort. Je sais ça depuis le début. Alors allons-y. Pas la peine de baratiner pendant des heures et de s'envoyer toutes ces histoires d'amendements. Pas vrai ?

France Corman, mère de Carol

Hazel Connoly travaille pour le *Lancaster Sentinel*, un journal local qui traite surtout les résultats sportifs et les faits divers. Le tiers de ses pages est préempté d'avance par les annonces publicitaires, et Lance Horkheimer, le directeur et principal actionnaire, n'a pas de problème avec ça :

— La pub, c'est ce qui me permet de payer mon équipe et, surtout, d'avoir la totalité de mon journal en quadrichromie. La couleur, personne n'en parle, mais c'est ça qui coûte cher aujourd'hui.

Connoly a rencontré deux fois la mère de Carol Corman, France Corman, en janvier et février 2019. Elles ont beaucoup parlé de Carol, et Hazel Connoly a demandé si France avait encore de la haine contre les assassins de sa fille.

— Après tellement de mois, après tellement d'années, je pourrais vous dire que non. Vous dire que tout s'est envolé, ou lentement évaporé. Mais ce n'est pas vrai. Je déteste Stotter et je déteste Kheler. Elle, surtout. Je sais qu'ils ont tous les deux organisé le piège dans lequel ils ont fait tomber ma fille, et que tous les deux étaient là et se sont acharnés sur son pauvre corps. Mais c'est cette fille que je hais le plus. Haïr est encore un mot trop faible. Je hais tout ce qu'elle est. Je hais l'air qu'elle respire, le linge qu'elle porte. Je ne pourrais même pas vous regarder dans les yeux et vous dire franchement ce que je souhaiterais pour elle… » – Mme Corman essuya un peu de salive qui fuyait à un coin de sa bouche. Elle reprit : – Il n'y a pas une semaine sans que je rêve d'elle, que je la tue de mes propres mains et que cette affaire soit enfin terminée.

— Quand sera-t-elle terminée, selon vous ? a demandé Connoly, visiblement gênée.

— Quand ce fichu État voudra bien mettre fin à cette connerie de moratoire. Quand elle aura été allongée sur son lit, qu'on aura croisé les courroies de cuir sur sa poitrine et que l'officier chargé de l'exécution lui aura flanqué les deux cathéters dans le bras et balancé la sauce.

— C'est ça que vous attendez ?

Hazel Connoly sembla un instant hébétée. La Pennsylvanie n'avait procédé à aucune exécution capitale depuis plus de dix ans, et les condamnés à mort moisissaient dans le couloir de la mort. Ils n'espéraient plus rien. Ils semblaient suspendus entre la vie et l'éternité, répétant chaque jour les mêmes gestes, enfilant le même uniforme et avalant la purée au jus de viande lyophilisé et les saucisses bouillies qu'on leur servait repas après repas. Les proches des victimes, eux aussi, n'attendaient plus grand-chose. Comme si les exécutions capitales, prises dans la tenaille juridique du moratoire, étaient devenues une sorte d'espèce menacée, qui allait lentement s'éteindre, sans qu'on sache trop bien à quel moment exactement cela arriverait. On se réveillerait un jour et l'on apprendrait que c'était fini, que plus personne ne serait sanglé sur un brancard à roulettes et que plus jamais deux agents de l'administration ne prépareraient la seringue de pentobarbital.

Ou que le moratoire s'arrête, tout aussi subitement, et que des bourreaux débordés essaient de rattraper tout ce temps perdu.

— Oui. Et surtout, ce que je voudrais pas, c'est qu'on lui fasse le coup de Broom.

— Le coup de Broom ?

— Oui. Romell Broom. Ce type qu'on a sanglé sur la table, le jour J, mais à qui on n'a pas réussi à trouver une veine valable pour lui envoyer la sauce… Ils l'ont ramené en cellule.

— Dieu ! a fait Connoly.

— Dieu que dalle ! a répondu Mme Corman.

— Et on l'a finalement exécuté, ce Broom ?

— Même pas. Ma parole, vous n'êtes au courant de pas grand-chose pour une journaliste. Il est mort au mois de décembre, d'une saloperie de virus africain qui traînait dans les cellules. Voilà ce que je ne veux pas pour Stotter. Je ne veux pas qu'on la laisse mourir de sa belle mort, et qu'elle continue à provoquer tout le monde à chaque fois qu'elle fait ce cirque pour demander une commutation de peine ou qu'elle dépose ses putains d'appel.

— Vous voulez quand même tourner la page ?

— Tourner la page ?

Elle désigna un cube en étain poli, à peu près de trente centimètres sur trente, sur lequel on voyait une rose en relief et des mots gravés dans un angle.

— Vous voyez cette boîte, à côté du terminal pour la télé à péage, comme je dis... C'est la boîte à Carol. C'est comme ça que je l'appelle.

— J'ignorais que vous l'aviez fait incinérer, a dit Connoly d'une voix fluette.

— J'ai fait incinérer ce qu'on m'a rendu de ma fille. Ils ont gardé son corps pour l'enquête, pendant des mois. Ensuite, ils ont prétendu qu'il fallait garder des preuves. L'État de Pennsylvanie m'envoie depuis des années des bouts de ma fille, sans prévenir. Mais il reste toujours ce morceau... C'est horrible... Ce morceau de crâne qu'elle a pris à ma fille. Ils disent qu'ils ne pourront me le rendre que quand le dossier sera définitivement classé. Qu'elle soit exécutée, ou Dieu me damne, innocentée...

— Je comprends votre souffrance, madame Corman. C'est épouvantable.

— Comprenez... Je ne peux rien faire. Rien. Dites à tout le monde que ce moratoire est une fichue saloperie.

Cour criminelle de Pennsylvanie

L'anthropologue William Murray, chef du service de médecine légale de l'université Robert Morris de Moon Township, à Pittsburgh, a déposé à trois reprises devant la cour criminelle. Les trois fois, il a exposé strictement les mêmes arguments. Tous les sévices subis par Carol Corman ont été infligés *ante mortem*. Sans revenir sur le nombre de coups exacts donnés avec le cutter à moquette ni sur ceux portés avec le couperet, il a confirmé point par point les conclusions des médecins du Forensic Services qui avaient, par deux fois – le surlendemain, puis quatre jours après les faits – examiné le corps de Carol Corman. Il a confirmé que la mort était survenue à l'issue de l'un des deux coups portés – il ne pouvait préciser exactement lequel – sur le côté gauche de l'os pariétal ou lors de celui asséné plus en avant, au niveau de la tempe gauche de la jeune femme. Il avait, lors de la dernière audition, ajouté un détail – atroce dans un contexte global particulièrement atroce – qui avait glacé tous ceux qui l'écoutaient, y compris la juge Bethany Monroe, d'ordinaire si distante pendant les audiences et dont le sang-froid fut mis à mal par les propos du Dr Murray.

— Les médecins ont déjà largement, je crois, expliqué la nature des coups portés et leurs conséquences respectives. Je n'y reviendrai pas. Laissez-moi toutefois évoquer un détail, sur lequel j'ai peut-être glissé trop rapidement les autres fois où je me suis exprimé devant cette cour. Il s'agit du fragment pariétal gauche, connu sous le matricule C2, manquant, vous vous en souvenez, lors du premier examen par les Dr Mitchell et Sugimori, de l'unité de médecine légale de Harrisburg. Ce fragment a été confronté à l'analyse dès que les officiers, l'ayant retrouvé dans les affaires personnelles de Mlle Stotter, l'ont transmis à leurs collègues des Forensics. Des photographies multiples ont été prises et j'ai pu comparer ces images avec mes propres relevés effectués sur le crâne reconstitué dès la semaine suivante. Mon examen ayant été toutefois tardif et pouvant avoir été affecté par l'évolution des tissus mous, j'ai souhaité le confronter avec les photographies. Mon avis définitif est celui-ci, et je ne sais s'il influencera quoi que ce soit dans les décisions de cette cour, puisque je crois comprendre que cette audience n'est finalement que de pure forme pour satisfaire aux…

— Docteur Murray, coupa Bethany Monroe, quel est ce détail sur lequel vous souhaitez attirer l'attention de la cour ?

— Eh bien voici : le fragment C2, sur lequel persistait une mèche des cheveux de la victime, a bien entendu été détaché du crâne pour se retrouver un peu plus tard dans la poche du blouson de Mlle Stotter. Malgré la puissance des coups qui ont conduit à ces fracturations multiples, le fragment pariétal en question n'a pas été totalement soustrait lors des percussions.

— Qu'entendez-vous par « totalement soustrait » ? demanda la juge Monroe.

— Qu'il a encore fallu l'extraire. Le mot exact serait « arracher ». Nous aurions pu croire que la mèche de cheveux aurait pu avoir cet usage, et permettre cette extraction à la manière d'un harnais ou d'un cordage servant à enlever un poids. Il n'en est rien…

Le Dr Murray se tourna vers Connie Stotter, qui regardait le plafond, dans une pose ouvertement dégagée et désinvolte. Il reprit :

— Mes observations, confortées par les images photographiques annexées au dossier, m'amènent à la conclusion suivante que je vais vous lire :

« L'os pariétal gauche de la victime a été fracturé sur environ quatre centimètres, provoquant un enfoncement (embarrure) avec déplacement osseux vers l'intérieur de la boîte crânienne. L'examen des deux fragments contigus révèle une rupture des berges et une pénétration intracrânienne profonde, postérieure au choc initial et liée à l'arrachement du fragment de la voûte signalé. Les relevés sont explicites ; l'arrachement a été favorisé par une action digitale, action ayant probablement servi de levier, dont on retrouve au moins deux traces distinctes sur la face interne du fragment demeuré en place, et deux traces en miroir, moins nette en raison des manipulations qu'il a pu subir ultérieurement, sur le fragment soustrait, juste au-dessus de ce que nous appelons le *sinus sagittalis.* »

La juge Monroe avait les yeux intensément fixés sur le Dr William Murray, qui semblait satisfait de son exposé, et se laissait mollement retomber sur son siège. Son sang-froid semblait définitivement vaincu, et Bethany Monroe demanda, d'une voix plus proche du bredouillement que de l'inquisition :

— Est-ce à dire… Docteur Murray… Vous voulez dire qu'on a introduit un doigt dans… dans le crâne de la victime pour en arracher ce bout d'os ?

— Oui. C'est bien ce que je dis.

— Et vous avez dit également…

La juge Monroe sembla terriblement embarrassée. Émue serait peut-être le mot exact.

— Que ces atteintes à l'intégrité physique de Mlle Corman avaient été possiblement accomplies *ante mortem* ? Y compris cette… histoire de doigt ?

— Eh bien… Exactement. On a fouillé là-dedans pour extraire ce morceau comme l'aurait fait un chiffonnier dans sa malle, si vous me permettez l'expression…

Connie avait regardé, fascinée, le Dr William Murray brandir le crâne fracassé de Carol Corman devant la cour. Il le tenait avec précaution, comme un commissaire-priseur présenterait une très ancienne poterie chinoise à une vente chez Sotheby's. Par en dessous, exposant bien l'os pariétal fracassé, le faisant tourner entre ses doigts, désignant les lignes de fractures sur le temporal. L'os jauni avait été allégé de la mâchoire inférieure, qui était restée posée sur le bureau devant le Dr Murray, à côté du sac en papier brun épais, marqué des annotations suivantes au gros feutre marqueur noir : 15-2- C1/C2.

« Une tête de mort ! Bon sang, Carol : tu te verrais... Tu es devenue une tête de mort, un putain de squelette... »

Connie Stotter resta un long moment penchée en avant, ne cessant de tortiller entre ses doigts une longue mèche auburn qui coulait contre sa joue.

D'après ce qu'a répété à l'avocat de Mme Corman une des codétenues de Connie Stotter, celle-ci lui aurait rapporté le lendemain les pensées qu'elle avait eues lorsque le crâne de Connie était sorti de son emballage de papier. Connie ignorait qu'on avait conservé les ossements de Corman. Elle s'était demandé, en voyant surgir ce « putain de squelette », comment ils avaient fait pour récupérer ses os. Est-ce qu'ils... l'avaient fait bouillir, ou quoi ? Est-ce qu'ils avaient des instruments ou des machines pour faire ça ? Elle expliqua aussi à Tina Josephson, sa codétenue, qu'elle avait eu aussi une autre pensée « très dérangeante », selon sa propre expression. En voyant Murray exhiber le crâne, elle n'avait rien écouté de son exposé, ni rien perçu du trouble manifeste qui s'était emparé de la salle, juge Monroe en tête. Connie fixait d'un regard béat le crâne ; elle avait murmuré : « Ils ont sorti ça de Carol ? Ce truc dégueu était dans Carol ? » Et puis, pour la première fois depuis des années, pour la première fois depuis la soirée de Presley Park, deux ans plus tôt, et bien avant, peut-être depuis la dernière fois que Dick Brown l'avait violée, puis coincée et rossée avec son bout de laisse en cuir durci, jusqu'à la laisser pantelante sur le lino ignoble de la maison de sa mère, elle avait pleuré. Elle s'était cachée de tous, avait rabattu sa capuche de jogging rouge sur sa tête et avait refermé ses deux mains devant les yeux, et pleuré. En essayant de ne pas sangloter et de ne pas avoir de mouvements trop brusques qui la trahiraient. Elle voulait pleurer seule, s'éloigner dans sa tête de cet endroit, de la cour, du Dr Murray et de ce crâne jaune qui riait des quelques dents qui lui restait. Elle pensait à la jeune femme qui avait été Carol, et elle se disait que c'était elle qui l'avait transformée en ce truc épouvantable, ce squelette de cinéma, grotesque et terrifiant. Ses paroles lui revinrent, intactes et portées par le vent maudit de Presley Park :

« Hey Carol ! Est-ce que tu sais bien qui est en train de te faire tout ça ? »

Connie Stotter fut emportée par une tempête de larmes.

Témoignage devant la cour de Mable Watson

Elle avait troqué son ensemble bleu électrique de femme de ménage de la société *Hanson Cleaners*, dans laquelle elle avait fait la tournée des éditions spéciales des télés, contre une veste longue couleur ardoise, avec le badge doré d'une cigogne sur le revers. Elle s'est mise à raconter. Presque minute par minute. La dernière fois qu'elle avait vu Connie, le matin du crime. Elle avait suivi chacun des gestes de la jeune femme. Son petit-déjeuner, ses plaisanteries avec ses camarades, son assurance mêlée de gaucherie et de malaise. En même temps qu'elle déposait, Mable réfléchissait. Elle pensait que Connie avait passé sa vie à se cuirasser. À tenter de se cuirasser. Mais peut-être qu'elle avait enfilé sa cuirasse trop tard, et que le diable avait déjà fait son chemin. Qu'il était déjà dedans… et que Connie ne répondait plus de rien. Plus elle déposait, plus les personnes présentes dans la salle de la cour criminelle comprenaient qu'elle avait été touchée par cette jeune fille, par sa difficulté à vivre qu'elle avait transformée en une incroyable facilité à tuer. Mable regarda Connie, et se mit à pleurer. Mais Connie ne pleura pas. Elle fixait intensément Mable et se pinça les lèvres. Tout le monde remarqua que ses lèvres tremblaient. Elle ressemblait à un oisillon à la becquée. C'était ça, peut-être. Mable était une maman de remplacement qui lui donnait – mais tellement trop tard – ce dont elle avait besoin. De l'amour plein le gosier.

Mable Watson avait discrètement séché ses larmes et se tenait les deux mains croisées sur son ventre, ne sachant où poser son regard. Celui-ci voletait de la juge Monroe au procureur Lee, à la manière d'une mésange sautillant de branche en branche. Elle semblait éviter de regarder en direction de Connie, comme si elle allait à nouveau s'y brûler les yeux. Il y eut un vide, un grand silence dans la salle d'audience de la cour criminelle. Même les murmures ininterrompus depuis l'ouverture des débats se suspendirent. Bethany Monroe accepta ce temps mort. Puis, sans avertissement, Mme Watson se tourna vers Connie Stotter et lui parla. D'une voix calme, tout juste un peu teintée de tristesse. Une voix légèrement en dessous du volume auquel s'étaient tenus les débats. Comme si Connie et elle étaient seules dans une grande pièce, et qu'il fallait juste hausser un peu la voix pour contrôler l'écho.

— Connie… Ma chère Connie… Ma chère petite Connie.

Les murmures dans la salle repartirent. Sans doute plusieurs membres du public voulaient manifester leur opposition à cette empathie manifeste vis-à-vis du monstre qu'ils souhaitaient maintenir face à eux.

— Il faut que nous comprenions. Tous. Tous ici, ces messieurs et ces dames, tous ces juges, ils veulent comprendre, et nous voulons tous savoir. Des tas d'experts et de savants des universités ont dit ce qu'ils pensaient de toi et de ton affaire. Je les ai écoutés avec ma petite tête de femme de ménage noire de rien du tout, qui n'a pas fréquenté longtemps l'école et qui n'y a pas fait grand-chose, je dois l'avouer. Et j'ai eu bien du mal à me faire aux mots qu'ils ont utilisés pour décrire ce qu'ils pensent que tu es. Ou que tu es devenue. Connie... Je t'ai vue avant tout ça. Je mentirais si je disais que tu as toujours été une jeune fille idéale : tu n'étais ni aimable ni polie. Ni particulièrement gentille avec personne. Je dirais plutôt que dans le rayon teigne, tu figurais en bonne place, juste à bonne hauteur, comme les marques qu'ils veulent nous faire acheter en priorité.

Dans la salle, quelques rires s'échappèrent du public. On vit la juge Monroe réprimer un sourire. Perry Lee resta parfaitement impassible, tenant à répudier toute complaisance avec l'image de Connie Stotter qui pourrait surgir de l'intervention de Mable Watson. Mable se tourna avec vivacité vers la juge Monroe, et s'adressa à elle comme elle venait de parler à Connie Stotter, de la voix claire et juste des honnêtes gens, et encore une fois, comme si elles n'étaient plus que toutes les deux dans la salle d'audience. C'est aussi cette manière qu'avait Mable de susciter de pareilles ruptures de style qui l'avait fait adorer des médias. Elle sonnait authentique. Elle avait quelque chose de fédérateur et de naturel qui faisait d'elle, d'une certaine manière, la voix de l'Amérique. De l'Amérique profonde, et au-delà, malgré ses approximations de langage, de l'Amérique tout court. Avec elle, sentaient les journalistes, c'était toujours spectacle assuré. Et belles audiences garanties.

— Comment qu'une jeune fille comme ça peut en venir à faire les horreurs que vous dites, madame, si j'ose dire ? Comment qu'une jeune fille peut en v'nir à pareille diablerie ?

Sans doute liés au dernier mot prononcé – la presse avait annoncé qu'un expert en questions démoniaques serait appelé à déposer devant la cour un peu plus tard dans la journée –, les murmures repartirent de plus belle.

— Madame Watson, fit avec gentillesse la juge Monroe, pouvons-nous vous demander de répondre à présent à quelques questions ?

— Sûr de sûr, c'est pour ça que j'suis venue jusqu'ici, madame.

— Très bien. Madame Watson… Quand avez-vous rencontré Connie Stotter pour la première fois ?

— Aussitôt qu'elle a rentré au Job Corps. Disons, son premier ou son deuxième matin. Peut-être bien quatre mois avant le… Quatre mois avant l'histoire. Je crois m'rappeler qu'elle n'était pas arrivée exactement en même temps que les autres premières années. Peut-être bien avec une ou deux semaines de retard. Et c'est comme ça que je l'ai remarquée. Elle ne connaissait pas les usages et les détails du règlement. Le rangement des chambres, les horaires de petit-déjeuner. Rapport à ce qu'on doit faire les chambres, j'veux dire, le ménage, quand que les jeunes filles sont en bas à déjeuner. Alors elle s'était rapprochée de moi. Elle m'avait posé une ou deux questions. Je vais vous dire : elle était farouche, mais entière. Si on m'avait demandé à ce moment-là… Enfin, je crois qu'elle avait envie d'avoir quelqu'un à qui faire confiance. Et elle m'a choisie pour cette raison-là.

Mable Watson se tourna une nouvelle fois vers Stotter. Celle-ci s'était remise à mâchouiller une mèche de cheveux, en regardant fixement la vieille femme, qui semblait minuscule dans son petit manteau gris. Leurs yeux se croisèrent et semblaient devoir ne plus se lâcher. Personne ne cédait. Bethany Monroe, qui scrutait avec toute son attention professionnelle cet échange de regards, sentit que Connie Stotter cherchait à s'encastrer dans cette communication muette. Elle s'y accrochait avec toute la force de son désespoir et de sa détresse. On aurait pu lui annoncer à cet instant qu'on allait l'exfiltrer du tribunal et la conduire directement à la salle d'exécution qu'elle n'aurait pas entendu, estima la juge Monroe. Elle était tout entière enfermée dans le regard de Mable Watson. Ses lèvres frémirent. On crut un instant qu'elle allait parler, et parler vraiment. Sortir des poses et des provocations dont elle usait jusque-là, presque à chaque fois qu'elle prenait la parole devant la cour criminelle. Mais non. Ses doigts firent une nouvelle boucle autour de la mèche de cheveux et elle se la cala dans la bouche, l'engluant de salive. Son regard s'échappa. Il glissa de Mable Watson au coin du mur, loin à gauche du procureur Lee, au-dessus de la grande horloge qui marquait les heures de l'audience.

— J'peux t'y rajouter un mot ? demanda Mme Watson.

— Bien entendu ! dit la juge Monroe.

— Eh bien, j'vais vous dire ce que je crois. Et vous, et moi, et ce monsieur à votre gauche, et la dame qui prend des notes devant votre estrade, et peut-être bien deux personnes sur trois dans cette salle : si on avait eu à vivre ce qu'on a fait vivre à Connie, j'crois bien qu'on serait tous là, derrière ce bureau où qu'on l'a installée, et qu'on aurait tous à répondre d'une horreur comme celle qu'elle a commise. Oui, on y serait tous, assis comme elle, à attendre Dieu sait quoi. Y compris vous, m'dame, qu'avez l'air si convenable.

Mable Watson acheva de se signer en regardant la juge Monroe, et referma ses bras sur sa poitrine.

Septembre 2018 - Interview de Mme Kay Stotter à l'Inquirer

— C'est à moi que les gens s'en prennent parce qu'ils peuvent plus s'en prendre à ma fille. C'est toujours comme ça dans la vie, tu prends à la place des autres et tout le monde a l'air de trouver ça normal. « La mère du monstre », la « Mère Stotter ». On a dit que j'avais laissé faire. On a dit que c'était moi qui lui avais mis ces histoires de Satan dans la tête. Je suis une chrétienne tout ce qu'il y a de plus chrétienne, et même si j'ai pu manquer de charité dans toute ma chienne de vie (et Dieu m'est témoin que j'ai eu une vie difficile), je le suis restée. Il y a eu cette émission de télé où j'ai été invitée et que je suis tombée dans un véritable guet-apens. Il y avait la maman de cette fille, Mme Corman, qui m'a menacée ouvertement. Il y a eu cet avocat, dont je ne sais même pas qui il représente exactement puisque ma fille lui a demandé de déguerpir, qui a dit que « ma seule présence était – c'est ce mot qu'il a dit – *indécente* ». Y'a de l'indécence à venir expliquer qu'on a essayé de faire du mieux qu'on a pu et qu'au final on récolte ça ? J'ai déménagé, bien sûr. Et j'ai pas peur de dire dans quel patelin je suis installée maintenant, parce que je sais que de toutes les façons, dans un mois ou deux, tout recommencera et qu'on me regardera dans la rue en disant « *c'est elle la mère du monstre de Presley Park, la mère de la fille qui* », etc.

J'habite maint'nant sur Arlington, Youngstown, Ohio. Lancaster, c'est fini pour moi. On m'a menacée de mort. On m'a détruit complètement tout l'avant de la maison où que j'habitais dans Rank Mill Road et on a brûlé la voiture du beau-père de Connie, quelques mois avant qu'il décède.

Voilà ce qu'on m'a reproché aussi : de pas l'avoir vue devenir ce qu'elle est ! Vous savez ce qui se passe dans la tête d'une gosse, vous ?

Si je vais la voir à Muncy ? J'ai été une fois la voir à la prison de Dauphin County, avant qu'ils ne la déplacent en haute sécurité dans le comté de Lycoming, parce que soi-disant elle mijotait une évasion. Elle a refusé de me rencontrer. Le département pénitentiaire m'a expliqué que c'était son droit. Et pareil à la cour criminelle, la première fois qu'elle y a passé : elle a fait un tel barouf quand elle m'a vue dans le public que l'officier m'a demandé de déguerpir avant que ça bouille trop fort.

Janvier 2012 - South Fertility

Les femmes ne faisaient plus le moindre bruit. Même celles qui avaient commencé à sortir des cookies aux graines de lin et au sirop de maïs pour calmer la faim des enfants avant qu'ils ne se mettent à piailler, en général après la première heure de prise de parole. Elles étaient tassées sur les travées, plus serrées qu'à l'ordinaire parce qu'on avait invité les membres de la communauté voisine de Mill Creek Pond, bien plus petite que celle de Fertility, mais ils avaient quand même dû apporter quelques bancs avec eux.

Il y avait des mois que la communauté ne s'était pas réunie aussi nombreuse. Peut-être des années. Mae Rose Zweibrück essaya de se rappeler quand Mill Creek Pond avait partagé les travées avec eux. Peut-être cette fois où ils avaient chanté tous ensemble le 17e chant de l'Ausbund, celui qui parle du martyr de Maria et Ursula van Beckum, brûlées vives par le bourreau de Deventer en 1544.

Les femmes de South Fertility regardaient les hommes de Mill Creek. Les nouveaux venus étaient rares dans la Grande Maison. Mais les visages étaient les mêmes que ceux qu'elles avaient l'habitude d'y voir.

Mae Rose Zweibrück observait Abe, son mari, et elle aussi le trouva étrangement identique à ceux des deux hommes qui se tenaient à sa gauche, deux fermiers de l'exploitation Rockvale à Mill Creek. Mae Rose se souvint d'une réflexion qu'elle avait entendue une fin d'après-midi, dans le centre de Lancaster, alors qu'elle était allée vendre ses sachets de semences sur le marché du samedi : quelques femmes qui attendaient dans une file regardaient deux hommes de South Fertility attacher un cheval devant le General Store. L'une d'elles avait dit : « Ces Amish… Ils se ressemblent tous ! » Et celle qui l'accompagnait avait répondu : « Exactement comme les nègres… Tous faits à la chaîne sur une machine détraquée ! » Et elles avaient éclaté de rire toutes ensemble, en la regardant.

Elle imagina une seconde devoir reconnaître son mari de ses deux voisins dans le noir, tâtant au jugé leur barbe ou leur cou. Elle rougit soudain de sa pensée. Abe Zweibrück se mit à parler, juste à ce moment, et Mae Rose se mit à croire que c'était parce qu'elle venait d'avoir ces idées malpropres.

— Aux derniers jours du monde, les hommes seront tournés seulement sur eux-mêmes ; ils chériront leur plaisir et l'aimeront plus que Dieu…

Abe Zweibrück regarda la salle, plongée dans sa perpétuelle obscurité. Les lampes à pétrole avaient été placées juste derrière lui et éclairaient mal au-delà du deuxième rang. L'odeur minérale de l'huile brûlée devenait un peu moins forte au fur et à mesure que la combustion s'amorçait.

— Qui sera encore avec nous à la fin des temps ? reprit Zweibrück.

Dans le rang des hommes, une psalmodie fut chuchotée en allemand. On comprenait que le mot « Seigneur » était répété plusieurs fois.

— Savons-nous pourquoi nous sommes réunis ? Savons-nous pourquoi nos amis de Creek Mill sont ici avec nous ? Merci à ceux de Creek Mill Pond d'avoir accepté l'invitation de Fertility.

Il y eut quelques murmures sur les bancs des femmes. Les bonnets aux formes sévères remuèrent comme une eau chahutée par les vagues.

— J'ai plongé au plus profond des Écritures. Moses Grant, ici, sait combien j'ai cherché et encore cherché. On a dit (je l'ai entendu dire et cela a frappé mes oreilles comme le tonnerre s'était abattu sur les Philistins) que ma fille Belinda avait fui notre maison. Qu'elle avait par perfidie ou folie quitté sa communauté. Des témoins disent à présent que Belinda a été vue montant de son plein gré dans la voiture d'un Anglais du nom de Justo Baker. D'autres disent l'avoir vue plus tard, dans Bakerville, assise dans la même voiture. Seule. Et qu'elle semblait confiante et sans inquiétude, et ne cherchait pas à s'enfuir. Ils mentent, ou ils se sont trompés. Bien sûr qu'ils se sont trompés. Belinda Zweibrück, ma fille, est morte et vous le savez tous. Elle a été tuée par ce

Justo Baker que le diable a envoyé sur sa route et la nôtre.

Ma fille est morte et son corps a été jeté aux chiens. Et voilà la raison pour laquelle j'évoque tout cela, que vous savez déjà et qui nous plonge tous dans la peine et le chagrin. Moses Grant a posé la question du *Bann*[2]. Devons-nous exclure de notre communauté Belinda ? Devons-nous l'exclure même après sa mort, au prétexte qu'elle aurait rompu les vœux du baptême en acceptant de monter dans cette voiture ? Devons-nous empêcher sa famille de célébrer comme il se doit ses funérailles ? Allez-vous m'empêcher d'accompagner ma fille Belinda dans sa dernière demeure ? Allez-vous, et je sais que c'est un souhait qu'ont exprimé certains au sein même de ma propre communauté, demander que je déclare, moi, son propre père, qu'elle n'est plus ma fille, et que tout soutien me soit désormais refusé si je n'accepte pas le *Bann* de Belinda ?

Des murmures, de plus en plus marqués, roulèrent dans les travées, là où les hommes de Fertility et de Creek Mill Pond se tassaient. Une odeur de transpiration et d'humidité s'était mêlée à celle des lampes à huile. Zweibrück continua, par-dessus le ronflement des chuchotis qui venaient de gagner le quartier des femmes :

— Le conseil des Anciens de South Fertlity a souhaité élargir le cercle de la décision. Vous tous allez décider ce soir. Vous allez demander l'*Einige Rot*[3] et il dira quel sort

[2] Bannissement. Le mot peut signifier aussi « envoûtement ».

[3] Consensus des membres de la communauté, vote unanime.

vous avez choisi pour Belinda. Souvenez-vous : « *Tout royaume dont les habitants luttent les uns contre les autres finit par être détruit, ses maisons s'écrouleront les unes sur les autres, et...* »

— Suffit, lança Moses Grant. Tu n'as pas autorité à dire les Écritures ici pour tenter d'infléchir le choix du conseil. Tais-toi, Abe Zweibrück, et attends la décision.

Sans regarder Grant, Zweibrück reprit :

— Josef Graber a disparu. Est-ce aussi un des signes que nous envoie Dieu ?

On entendit monter des protestations et quelques grondements d'indignation. Abe Zweibrück ne s'y arrêta pas et, en fixant Grant qu'il défia presque du regard, il poursuivit :

— Notre évêque ne participe plus aux décisions de notre communauté depuis plusieurs années, et pas plus aujourd'hui qu'hier il ne viendra nous éreinter de sa sévérité... Maintenant, comme j'en ai le droit, avant l'*Einige Rot*, je demande le témoignage de trois hommes simples, choisis parmi vous, pour dire à la communauté si ce que j'ai dit est vrai ou non. S'ils le veulent, que trois se lèvent et parlent...

Mae Rose avait regardé son mari argumenter, devant un parterre immobile. Oui. ils se ressemblaient tous. Pas un n'avait tremblé ni paru ému à l'évocation de leur fille. Tous identiques, muets et lâches. Elle devinait ce qu'allait dédider l'*Einige Rot.* Elle chercha dans l'ombre des regards, y compris dans ceux des hommes, se demandant si elle avait le droit de croiser ainsi leurs yeux et de les enfermer dans les siens. Les yeux se dérobèrent. *Tous faits à la chaîne sur une mauvaise machine…*

Mae Rose restait figée, au centre d'un ministère de silence et de pénitence. Elle vit Abe faire quelque chose qu'elle n'imaginait pas possible. Il s'était levé et traversait la Grande Maison, sans un mot, sans un regard vers Moses ou les anciens. Il força une brèche dans le mur des hommes de Creek Mill Pond tassés dans la contre-allée, et d'un mouvement brusque, ouvrit la porte qui donnait sur la place. Il la laissa battre doucement derrière lui. Une bourrasque entra et chahuta les flammes, derrière Moses et les hommes de South Fertility. Alors Mae Rose se leva et le suivit, dans le vent froid de janvier qui secouait la flèche de l'éolienne comme un mât de navire.

Devant la cour criminelle

Mark Gentle, le détective des *state troopers* de la police de Pennsylvanie, fut également désigné pour interroger les camarades de chambre de Carol Corman, en compagnie de son supérieur, le lieutenant Lipka.

Il découvrit une chambre en tout point identique à celle qu'avait occupée Stotter. Quatre lits, disposés de la même manière. De la même couleur et dans le même état – fatigué – que ceux des autres chambres.

Il avait rassemblé les occupantes et fut étonné de n'en découvrir que deux.

— Il n'y a que vous deux dans cette chambre ? avait-il demandé, comme préoccupé. Je veux dire – il avait noté le regard anxieux et surpris des deux jeunes filles –, en dehors de Carol ?

Les deux filles se regardèrent, incertaines. Aucune des deux ne semblait vouloir commencer à parler la première. Enfin, l'une se décida. Il s'agissait d'une grande fille, qui avait ramassé ses cheveux châtain très clair dans une queue-de-cheval tenue par un large élastique bleu.

— Il y avait Antonia, mais elle est partie.

— Antonia qui ? demanda Gentle.

La fille hésita, consulta sa copine du regard, et fit :

— Guttierez. Antonia Guttierez. Je crois... Elle n'est restée que les deux premières semaines du trimestre, et puis elle a filé.

— Filé ?

— Ouais, coupa l'autre fille, une brune, avec la même queue-de-cheval. Elle est retournée chez sa mère, dans le Maryland. Et on nous a collé personne pour la remplacer.

— O.K., fit le détective Gentle. Juste une précision : qui est qui ici ?

Il se mit à fixer successivement les deux filles, placide.

— Moi, c'est Tamara McCormick, dit la brune.

— Heather Polito, enchaîna l'autre.

— O.K., répéta Gentle. Parlez-moi de la dernière fois où vous avez vu Carol Corman ?

— La dernière fois ? demanda Polito, d'une voix à peine audible.

— Ouais.

— Eh ben, toute la journée avant que...

— Avant le meurtre ? acheva l'officier Gentle.

— Oui, souffla Polito.

L'autre, Tamara McCormick, confirma en hochant presque frénétiquement la tête. Elle ajouta :

— On peut dire qu'on l'a même vue toute la journée, et jusqu'au soir. Avant qu'elle se fasse la malle. Enfin... Je ne devrais pas dire ça maintenant...

— Hum… O.K., fit Gentle. Son lit, c'est lequel ?

Les deux filles désignèrent en même temps le lit le plus éloigné de la porte, celui qui se trouvait juste sous la fenêtre.

— O.K., répéta Gentle. Et son placard ?

Heather Polito fit quelques pas vers l'entrée et ouvrit une des quatre portes de bois lasuré, d'un bleu délavé couleur vieux blue-jean.

Gentle s'approcha. Il glissa un pied à l'intérieur et il en occupa aussitôt tout l'espace. Devant lui, il y avait trois rayonnages, larges de quatre-vingts centimètres. Seul celui du bas était vraiment utilisé. On y avait plié un pantalon de toile beige, quelques maillots de sport, des tee-shirts et des culottes de coton. Deux soutiens-gorge bon marché, bleu ciel et blanc. L'un était raccommodé maladroitement à l'attache de la bretelle avec un fil trop sombre pour passer inaperçu. Deux ou trois paires de chaussettes de couleurs vives. Il y avait un cochon de toile cousue en patchwork, sans doute une sorte de doudou. Le groin en était tout mâchouillé, et une des pattes presque arrachée laissait échapper de la bourre blanche. Gentle en fouilla rapidement l'intérieur, cherchant à y discerner quelque chose qu'on aurait pu y dissimuler. Mais non. Le cochon ne cachait rien de suspect. Il en flaira l'étoffe et regarda les deux filles, qui s'étaient instinctivement rapprochées l'une de l'autre.

— Est-ce que Corman avait l'habitude de se défoncer ?

— Se… défoncer ? répéta d'une voix éteinte Polito.

Gentle ne répondit rien. Il les fixa l'une et l'autre, d'un œil sévère. C'est à cet instant que le lieutenant Lipka intervint :

— Bon, les filles… On est arrivés à la gare centrale, là. On n'est plus sur des petites stations de province, où on peut se la jouer cool et répondre à côté. Meurtre. Précédé d'actes de barbarie. Perso, j'aimerais pas que ma fille soit liée de près ou de loin à une histoire de ce genre, et croyez-moi, je ferai toujours gaffe à ce que ça n'arrive pas. Alors dites-moi juste ce qu'il y avait dans ce putain de cochon à la con !

Les deux filles baissèrent les yeux. L'aveu était patent. Mais elles restaient muettes.

— Vous voulez qu'on finisse cette histoire doucement ici, ou on prend tous les trois la voiture pour Harrisburg et le quartier général, pour un interrogatoire en bonne et due forme ? Dites-moi ce que vous avez sorti de ce foutu cochon !

Polito fut la première à réagir. McCormick la regarda mais ne chercha pas à la retenir. Elle se dirigea vers sa table de nuit et ouvrit un tiroir. Elle revint vers Lipka et tendit sa main. Dedans, il y avait quelques billets ; on distinguait deux coupures de vingt dollars et un objet emballé dans du papier d'argent. Sans y toucher, Gentle, qui s'était rapproché à son tour, désigna de l'index l'emballage.

— Il y a quoi, là-dedans ? De l'herbe ou de la coke ?

Polito hésita. McCormick lança :

— De la poudre. De la… coke, je crois. Mais on n'y a pas touché. Promis de chez promis.

— Ah ouais ? fit Gentle. Supposons que je fasse analyser ce bout d'alu, et que sur la surface intérieure, il y ait les empreintes de Mlle Polito (C'est bien ça ?) ou celles de Mlle McCormick... Je devrais croire quoi ? Que vous m'avez menti sur le petit paquet emballé dans de l'aluminium, ou que vous m'avez menti sur tout ?

Les filles se regardèrent une nouvelle fois. McCormick sentit son regard attiré par le lit sous la fenêtre. Sans doute la pensée du dérisoire de leur délit la traversa. Elle pensa à « la biche » dont avait parlé Rustica Lucero. La biche saignée à mort, rouge et striée de taches noires, que lui avait décrite Connie Stotter. « Du bon sang de vierge américaine, ma vieille... » Et soudain, la mort terrible de Carol Corman, qui avait dormi des mois avec elles, dans ce petit endroit sans charme ni personnalité, dont elle avait parfois entendu la respiration régulière au plus profond de leurs nuits pitoyables, la saisit, froide et raide comme une main d'acier. Elle était morte dans la nuit de Presley Park, abandonnée et à demi nue. Elle avait eu froid et elle avait eu terriblement peur. Seule face à ses meurtriers qui riaient et se moquaient d'elle tandis qu'elle sombrait dans la nuit sans fond. Tamara McCormick sentit une larme, puis d'autres dévaler sa joue. Elle leva les yeux vers sa camarade et la défia de ses larmes. Mais Heather Polito avait dû aussi apercevoir la biche, et les mêmes larmes envahissaient ses yeux. McCormick lança :

— On y a touché. On lui a volé ce truc. Et du blé aussi. Tout est là. Il y a cinquante-six dollars.

Sans un mot, Gentle sortit un sac transparent de plastique bleuté et le tendit devant la main d'Heather Polito, qui y laissa tomber l'argent et le petit paquet recouvert d'aluminium. Gentle scella machinalement le sachet et l'enfouit dans une de ses poches. Il lança :

— Vous avez vu votre camarade… je veux dire, Corman… se prendre la tête avec Connie Stotter ?

— Se prendre la tête comment ? demanda Polito.

— Se prendre la tête… Se crêper le chignon. Est-ce qu'elles se sont déjà battues, par exemple ?

— Stotter se prend la tête avec tout le monde ! C'est ça, la réalité. Trouvez-moi une seule fille dans tout Job Corps avec laquelle elle ne s'est pas accrochée…

— Mais pas particulièrement avec Carol Corman ?

— Pas particulièrement.

— On m'a raconté que Stotter lui avait sauté dessus à la cantine, le midi même. Qu'il y a eu des menaces.

— Paraît. Moi je ne l'ai pas vu.

Gentle consulta Polito du regard. Celle-ci confirma :

— Moi non plus. Il y a deux services, et possible qu'on n'ait pas mangé à la même heure que Stotter.

— O.K., fit Gentle. Sinon… autre chose à signaler qui pourrait aider à comprendre ce qu'il s'est passé ?

Les deux filles regardèrent du côté du lieutenant Lipka et secouèrent la tête. Gentle se mit à opiner au même rythme qu'elles. Il refit des yeux un lent examen de la chambre. Il repensa à la penderie minable, au trou recousu au niveau de l'attache du soutien-gorge. Il voyait en surimpression le placard de Connie Stotter, qu'il avait visité un peu plus tôt dans l'après-midi. Un imper à trois sous, un jean de marque inconnue, un sac de voyage usé jusqu'à la corde et des bottes de pluie en plastique rouge. Loin des portraits d'une génération de l'abondance que dressaient les magazines, de la consommation en roue libre, de la frénésie du shopping et de la surenchère des marques. Deux filles de rien. Deux descendantes de ce que son père appelait « la digne lignée du rebut américain ». Des filles qui avaient leur place dans la plupart des chansons de Bruce Springsteen ou dans n'importe quelle série sur les chaînes de streaming, dans laquelle des adolescentes provocantes finissent sous les coups d'un tueur en série psychopathe ou sous les crocs d'un vampire, qui s'avère le plus souvent être leur prof d'histoire ou le père de leur voisine... Il repensa longtemps à ce qui l'avait envahi, alors, devant les deux jeunes filles qui attendaient patiemment la fin de sa rêverie immobile, se demandant à quelle sauce il allait les manger dès qu'il reviendrait à elles. Gentle se disait que Corman et Stotter étaient toutes deux bien réelles. Carol Corman était en ce moment même dans un sac en polymères Dyneema, dans sa case mortuaire maintenue à – 8° C, attendant la fin de l'enquête et le sommeil éternel. Et Stotter était enfermée dans une cellule de six mètres carrés, au strict mobilier de béton, attendant sa présentation à un juge et la lecture des chefs d'accusation retenus. Puis sa comparution devant le grand jury.

Le détective Gentle avait douze années de service dans la police de Pennsylvanie, et il savait qu'il n'y avait rien de bon, ni rien de juste dans les faits divers que les autorités avaient à affronter. Mais en y réfléchissant un peu et en considérant ses douze années dans les couloirs du *rebut américain*, il se dit que cette affaire-ci était la moins bonne et la moins juste de toutes celles qu'il avait eu à traiter.

Rapport du Dr Forrest Drummond, un « expert en satanisme »

Le Dr Drummond a témoigné lors du second procès Stotter juste après l'officier Mark Gentle. Malgré une difficulté prononcée à exprimer en termes simples ses conclusions, il lui a été demandé à plusieurs reprises de donner ses analyses sur la dimension maléfique, diabolique ou démoniaque (la juge Monroe a eu du mal elle-même à trouver le terme approprié) du meurtre de Carol Corman.

Forrest Drummond a affirmé que selon lui, s'il y avait bien des éléments « sataniques » dans le crime de Presley Park, il lui apparaissait de manière formelle qu'il s'agissait plutôt d'un acte forgé par une excitation collective, extrêmement contagieuse, qu'une véritable cérémonie occulte dédiée au diable ou à toute autre divinité du mal.

Pour ce qui concerne Miss Stotter, il a estimé qu'il s'agissait plus d'une « gamine s'amusant à jouer avec ses peurs et ses hantises » qu'un individu s'adonnant en pleine conscience « au satanisme et familier des lieux communs qui y sont attachés ». Cette agression n'était en rien selon le Dr Drummond, un « sacrifice à Satan » et encore moins, ni d'un point de vue intellectuel ni d'un point de vue pénal, un véritable crime satanique.

Tous les éléments extérieurs qu'un expert qualifie volontiers de « pacotille sataniste » étaient selon lui rassemblés dans les actes et propos de Stotter et Kheler, du moins, pour ce qui concerne ce dernier, du peu qu'il avait pu en entendre.

— Disons, a expliqué le spécialiste, que Tarabont et Connie Stotter, je dirais plus Tarabont que Connie, d'ailleurs, ont effeuillé un par un tous les clichés usés du genre. Je ne suis pas sûr que Tarabont ne s'attendait pas à une apparition, disons... réelle, du diable, avec sa queue de serpent, ses cornes et sa fourche. Même si, à tête reposée, il aurait ricané d'une telle éventualité.

— Est-ce à dire, commença l'attorney de district Perry Lee, que la poss...

— Néanmoins, continua Drummond sans laisser Lee achever sa question, il restait un élément à décrire et à interpréter au-delà des simples recours à une imagerie ou à des passages obligés du diabolique : ce pseudo-pentagramme sur la poitrine de Miss Corman. Pour moi, c'est du vent. Je dirais une fantaisie grotesque sans dimension spirituelle.

La cour l'interrogea ensuite sur les blessures multiples occasionnées sur le crâne de Miss Corman à l'aide de pièces de bitume ou de ciment. Drummond expliqua qu'elles pouvaient être lues comme une apothéose, la fin de la cérémonie – l'instant où, dans le langage commun, on souffle, entre amertume et soulagement, « la messe est dite » – et qui dans leur mise en scène pouvaient ressembler à une sorte d'épiphanie.

— Vous pourriez préciser, docteur Drummond, comment vous décririez cet « instant » ? demanda la juge Monroe.

— Bien entendu… C'est l'instant où les choses prennent leur place et tout leur sens. Une sorte, pardonnez-moi encore l'expression, « d'orgasme intellectuel », en tout cas vécu comme tel par Miss Stotter, et qui libère les dernières salves de sa parole.

Des murmures amusés semblèrent s'élever du public et peut-être même du côté des membres du jury.

— Un mot sur le rôle de M. Kheler, puisque c'est lui qui a introduit la dimension disons… diabolique dans la relation qu'il a eue avec Miss Stotter en parlant, récitant et lui faisant lire tout ou partie de ce qu'il appelait la « bible noire », ou « bible de LaVey » ; le titre réel de l'ouvrage est *La Bible satanique* par Anton Szandor LaVey.

L'avocat de Kheler se leva et agita la main, d'un geste nerveux. Il semblait soudain empli de colère. Bethany Monroe lui fit un geste définitif, l'incitant à se rasseoir. Drummond, imperturbable, poursuivit :

— Permettez-moi de préciser que l'ouvrage lui-même est, pour les satanistes sérieux – nouveaux murmures dans le public – une galéjade. Une pitrerie sans ordre, sans plan, ni la moindre rigueur. Des banalités y sont proposées de manière ampoulée, toutes enrobées d'une terminologie grotesque. LaVey lui-même, c'est mon avis mais il est partagé par la plupart des spécialistes sérieux de démonologie et de satanisme – murmures à nouveau dans le public, ponctués de quelques rires –, est un bouffon de la pire espèce. Un clown hargneux et besogneux, cireur de rue, groom de cirque, musicien médiocre et, pour tout dire, un looser multicarte de la plus belle espèce.

— Le livre nous intéresse peu, docteur. Restons sur le jeune Kheler, fit l'attorney Lee.

— Il est probable que la lecture assidue par M. Kheler de la bible noire de LaVey participe d'une volonté de s'exonérer des pressions morales de sa communauté, et qu'il a vu dans le recours aux « forces du mal » un exutoire et un contre-pied idéal aux injonctions permanentes qu'il subissait à South Fertility, dans sa communauté religieuse. Cet exil dans les fantasmagories de Satan, partagées avec Miss Stotter, peut sans doute être rapproché d'une volonté de rompre avec le séparatisme social de son groupe et de recréer à l'extérieur une relation forte, excessive même, garante de la même solidité qu'il avait connue chez lui.

Murmures cette fois du côté des sièges où restaient les experts, psychiatres et psychologues, qui attendaient leur tour de parole.

— Je précise encore que je n'ai examiné qu'une seule fois M. Kheler et que mes analyses ne sont à prendre qu'avec la plus grande modestie.

Plusieurs membres du jury se consultèrent, alors que le silence, pesant, tombait sur la salle d'audience. Malgré la gravité des faits évoqués, malgré toutes les horreurs entendues dans cette enceinte, un ou deux esquissèrent un vague sourire, qui sous-entendait clairement que le jargon de l'expert sataniste ne les avait pas complètement convaincus.

Abe et Mae Rose

— Entre, Abe Zweibrück. Tu as demandé à comparaître devant les anciens et le conseil réunis. Nous avons décidé.

Zweibrück les regarda. Statues noires tapies dans l'ombre. Il imagina un instant la vermine qui grouillait dans ces barbes grossières, et la sienne se mit à le démanger. Il approcha. Les regarda encore. Il s'appuya sur la tringle de vérité en bois patiné par des générations de mains, qui contrefaisait de manière grotesque la barre d'un tribunal. Non pour y prêter serment, mais simplement pour s'y appuyer parce qu'il sentait ses jambes céder sous lui. Il leva les yeux et croisa ceux, glacés, de Moses Grant.

— Le conseil a décidé le *Bann* de ta fille Belinda Zweibrück. Elle a rompu le cercle de confiance en suivant cet Anglais et en se hissant dans sa voiture. Il te faudra…

Zweibrück le coupa aussitôt, d'une voix puissante, toujours agrippé de ses deux mains à la tringle de vérité.

— Vous avez donc condamné ma fille à Satan. Ce n'est pas ce Justo Baker qui me l'a enlevée ! C'est vous ! Vous l'avez jetée nue dans les flammes, sans écouter sa pauvre voix. Vous avez lu dans vos bibles allemandes dont vous ne comprenez pas le quart des mots, vous avez récité vos psaumes et bu votre vin dans la tasse commune et jugé ! Jugé ! Dieu veut réunir et soigner ; vous ne savez que juger.

— Silence ! tonna Grant. Il ne t'appartient pas de…

Abe Zweibrück ne l'écouta pas. Il poursuivit :

— Il y a presque trois siècles, vous êtes venus dans ce pays pour fonder une communauté libre. Vous disiez fuir les persécutions… Vous avez affrété des bateaux pour quitter l'Europe là où d'autres, au nom de Dieu, vous avaient condamnés à l'exil ou au bûcher. Vous avez prétendu que vous veniez chercher la liberté, vous avez établi un royaume de bêtise, de lâcheté et de mensonge.

Zweibrück lâcha enfin la barre. Il fit du regard le tour de la salle. Les yeux sévères avaient perdu de leur éclat. Même ceux de Moses Grant semblaient éteints, pareils à ceux d'animaux naturalisés. Abe Zweibrück fit quelques pas dans les ténèbres. Les statues s'écartaient pour le laisser passer. Mae Rose Zweibrück se colla à lui et ils sortirent par le grand porche, entre les murmures des femmes et les souffles lourds des poitrinaires malmenés par l'hiver.

Ceux qui étaient dehors, aux abords de la Grande Maison, les virent s'éloigner, Mae Rose et lui, vers leur minuscule maison au bout du village, presque aux lisières des prairies.

Abe s'est rasé la barbe. Il s'est regardé une dernière fois dans le minuscule miroir, large comme une soucoupe à thé, dans lequel on ne peut se voir entier, parce que dans le monde qu'ils allaient quitter, c'était un signe de vanité.

Mae Rose a posé son tablier croisé sur le petit guéridon, à l'entrée de la chambre où, autrefois, dormait Belinda. Et elle a enfilé son lourd manteau de pluie.

Ils ont marché, d'un pas ni trop lent ni trop vif, et bientôt, ils ont disparu au bout de Hartmann Road. Comme si le néant les avait avalés.

Témoignage de Ginger, la camarade de chambre de Connie Stotter

Même plusieurs années après les faits, Ginger McIntyre restait la parfaite incarnation du rêve américain, version post-ado. Grande, mince, blonde, elle aurait pu être le porte-drapeau d'une délégation de sportifs *made in USA*, ou la déléguée des Jeunes Américains pour la Planète. Un peu trop maquillée pour une cour judiciaire, elle se leva à l'appel de son nom et les bras bien droits le long du corps, elle attendit les questions.

Public et officiels la dévisageaient un peu trop ouvertement. Elle semblait tellement différente de l'image que tout le monde s'était faite du Job Corps qu'il fallait essayer de comprendre. Qu'avait-elle de commun avec ses camarades de chambrée, qui semblaient toutes issues du plus strict sous-prolétariat suburbain du Midwest ? Ginger serait passée inaperçue dans une fraternité étudiante de Californie, entre des filles d'avocats et d'activistes de start-up, nourries aux laitages bio et aux vitamines végétales. Mais dès qu'elle ouvrit la bouche pour décliner son identité et sa situation, à la demande de la juge Monroe, plusieurs laissèrent échapper un soupir de soulagement. Qui s'amplifia au bout de quelques répliques. McIntyre parlait comme une fille du Job Corps. L'allure générale n'était qu'un leurre et tout rentrait dans l'ordre. Ginger était une prolo comme les autres et l'honneur du Job Corps était sauf.

— McIntyre, Ginger. J'suis née à Roseville, Lancaster, Pennsylvanie, le 27 mars 1993. J'travaille maint'nant au Mister Car Wash, près du Plazza Azteca. Je m'occupe des fiches de lavage et des commandes.

— Vous étiez la camarade de chambre de Connie Stotter…

— Exact, m'dame. Pendant quatre ou cinq mois. D'puis qu'elle était arrivée au Job Corps. On partageait une chambre avec deux aut' filles.

— Oui, coupa Bethany Monroe. Comment jugeriez-vous vos relations avec Stotter ? Je vous demande d'essayer de faire abstraction de… ce qui s'est passé au mois de janvier 2012 et de vous focaliser sur l'avant…

— Focaliser ?

— De vous concentrer sur la période avant le drame…

— Connie était une garce. Voilà c'que j'peux dire. J'crois qu'c'est clair.

— Je vais pourtant vous demander de préciser : vous étiez en mauvais termes ?

— Connie était une fout-la-merde, point barre. Elle n'était pas là-bas pour essayer de s'en sortir. Elle se fichait de tout.

— Vous voulez dire qu'elle ne s'impliquait pas dans ses études au Job Corps ?

Ginger McIntyre tenta de réprimer un rire qui s'épancha dans une sorte de gloussement bizarre.

— Ouais, j'crois qu'on peut dire ça. Elle passait le temps, si vous voyez ce qu'j'veux dire ?

— Vous n'avez jamais été amies ? Même aux tout premiers jours ?

— Y'a pas eu de premiers jours avec Stotter. Connie Stotter s'était pointée en retard au semestre. Je m'en souviens bien. Parce que la chambre était déjà organisée quand elle est arrivée. Et du coup, elle a fait… j'veux dire en arrivant en retard, un peu… tache.

— Vous voulez dire qu'elle faisait figure de bizuth, en quelque sorte ?

— Ouais, si on veut. Elle n'était pas intégrée, si vous voulez. Et elle n'a pas cherché du tout à l'faire. Elle avait des airs… Des grands airs, j'dirais.

— Donc jamais de relations amicales ?

— Disons que les premiers jours, on a un peu causé. Elle m'a raconté d'où elle venait et j'ai fait pareil. Elle aurait pu avoir envie de se confier, j'dirais. Mais sans doute son naturel a r'pris le dessus et elle s'est renfermée, genre méprisante. Elle…

— De quoi exactement avez-vous causé, ces premiers jours ? Est-il trop tard pour que vous vous le rappeliez ?

— Eh bien… J'crois qu'on a surtout parlé des bahuts d'où qu'on venait. Et des histoires de garçons qu'on avait dans les archives…

— Quelle impression vous a-t-elle faite, ces premiers jours ?

— J'ai d'jà raconté tout ça devant l'autre tribunal, si j'peux me permettre…

— Ceci est une autre audience, complémentaire. La cour vous demande donc de lui dire l'impression que vous a faite Connie Stotter, au tout début de votre relation.

— On n'avait pas de relation. Juste qu'on cohabitait dans la même chambre…

— Quelle impression vous fit-elle alors ? s'agaça la juge Monroe.

— Celle que j'viens de dire. Une nana bêcheuse, mais super mal dans sa peau. J'dirais qu'elle m'a donné l'impression qu'elle était dans les trucs, disons…

Ginger McIntyre regarda la salle, comme si elle jaugeait l'effet qu'elle se préparait à mettre dans sa voix. La juge Monroe coupa court à son petit jeu et demanda, brutalement :

— Les trucs ?

— Ouais, les trucs sales : dope, tapin, vols… Les trucs que font les filles qui glissent. J'suppose que c'est à ça que sert le Job Corps. Cette histoire de deuxième chance… En même temps…

Pour la première fois depuis qu'elle s'était levée, McIntyre jeta un coup d'œil du côté de Connie Stotter, qui semblait l'écouter avec attention. Pour une fois, elle ne jouait pas avec ses cheveux et n'en suçait pas une mèche. Elle avait la tête rentrée dans les épaules et regardait son ancienne camarade de chambre.

— Oui ? relança Bethany Monroe, qui avait l'oreille fine et savait deviner les moments où des révélations pointaient le bout de leur nez.

— J'ai eu un soir une conversation avec elle… Une conversation un peu… comment dire ça ? Pas pareille que les autres.

— Quand a eu lieu cette conversation… différente ?

— J'dirais, quelques jours avant… qu'il y ait toute cette histoire. Avant qu'elle tue Carol Corman. Deux ou trois jours avant, j'dirais ça.

— Et qu'a-t-elle raconté ce soir-là ? Vous êtes certaine de vous rappeler cette époque avec suffisamment de précision ?

— Oui, m'dame. Sur ce que j'vais dire, en tout cas. Disons qu'elle a parlé d'elle. Qu'elle avait d'un seul coup décidé d'arrêter de jouer la fière et qu'elle a décidé… comment on dit ça ?… de se livrer. De dire qui elle était en vrai. Elle m'a parlé de sa poupée. Je m'souviens de son nom, j'veux dire du nom de sa poupée : Oki.

— *Oki* ?

— Ouais. J'y crois pas que je me souvienne de ça. Sans doute que ça m'a marquée, pas vrai ?

La juge Monroe la regardait, la laissant venir. Elle attendit patiemment que Ginger McIntyre reprenne son témoignage. Celle-ci semblait soudain confuse, comme si des images revenaient et la troublaient. McIntyre dit enfin, d'une voix beaucoup plus basse :

— Connie est peut-être pas qu'une garce, au fond. Peut-être que c'était une pauvre gamine perdue. Peut-être que moi et les aut' filles, on n'a pas été à la hauteur et qu'on aurait dû… J'sais pas.

Bethany Monroe attendit encore. Mais la source était tarie. Ginger McIntyre ne dirait rien de plus sur cette conversation nocturne avec Connie Stotter. Elle hochait la tête, comme pour confirmer ses dernières paroles. Elle se tourna une dernière fois vers Connie et chercha son regard, essayant peut-être d'y discerner s'il restait une trace de la garce ou de la pauvre gamine. Elle revint à la tribune, face aux officiels, et lança :

— C'est tout, m'dame. C'est tout c'que j'peux dire.

Enregistrement de Connie Stotter (suite)

Un autre truc poisseux avec Corman, le voilà : après l'histoire « Putain-Connie-mate-ça-elle-respire-du-sang ! » de Tarabont, après que je me suis assise pour regarder ce truc qui pulsait et constater que oui, Bon Dieu, elle respirait du sang, Carol Corman a essayé de s'asseoir. Comme qui dirait, normale. Elle avait cette fente dégueu dans le bide, avec l'entaille et tout, et ces ouvertures dans le cou qui respiraient du sang, elle était sur le côté, presque morte en fait, et là voilà qui se remet en place, sur ses deux fesses comme un ours en peluche qu'on rétablit après une culbute. Elle m'a fait penser à la gamine dans ce film – L'Exorciste *– couchée dans son lit plein de vomi vert et qui d'un seul coup, comme si on lui avait fichu un ressort dans le cul, se retrouve assise pile-poil dans son lit, et se met à balancer des* fuck-fuck-fuck ! *Corman a fait pareil. Elle s'est rétablie et s'est remise à parler. Elle m'a tuée. Enfin, c'est pas ce que je veux dire,* *et c'est vrai que c'est mal placé, ou totalement déplacé comme dit Mme Lempeter, et que devant la cour criminelle, c'est le genre de remarque qui me fera encore perdre 100 points d'un coup. Je l'ai regardée. Sa gorge était tellement ouverte que je me disais nom d'un chien sa tête va basculer d'un instant à l'autre. Elle va retomber en arrière et pendre le long de son dos, comme une natte… Mais non. Sa tête tenait le coup. Je crois que Tarabont a été dégueuler un bon coup à peu près à ce moment-là. J'ai eu envie de lui dire un truc genre : « Alors, tu la ramènes avec ta bible noire de satan-bidule-truc et tu te mets à gerber dès qu'on passe aux travaux pratiques ? » Je n'ai rien dit et je l'ai laissé finir son affaire. Mais j'ai quand même pensé à sa bible et à toutes ces choses qu'il m'avait dites, sur l'excommunication, la malédiction, la damnation et les autres mots dont il m'a rabâché les oreilles parce que les types de sa communauté lui en ont servi toute sa vie depuis sa naissance, avec son lait et son tapioca. J'ai repris le cutter et je lui ai dessiné dessus cette étoile, je ne sais jamais comment on doit l'appeler : étoile de Salomon ou étoile inversée, ou ce que vous voulez ! O.K. J'ai vu à la cour criminelle que tout le monde s'est emballé là-dessus. N'allez pas chercher midi à quatorze heures ni la main de Dick Brown dans la doublure de ma petite culotte. Tout ça n'a rien à voir avec les trauma-machins dont parlent les psys et ces histoires de déséquilibre affectif : je l'ai fait pour épater Tarabont. Voilà. Me prenez pas non plus pour une idiote de la dernière giboulée qui s'imagine que dès qu'elle aura fini de tracer l'étoile machin chose sur la poitrine de Carol Corman, le ciel va s'ouvrir et le diable et son chauffeur de limousine vont arriver en demandant ce qu'ils peuvent faire pour m'être utiles. Épater Tarabont. Et puis ça collait bien avec le message que je voulais lui faire passer ce soir-là, ce truc qu'avait dit Tarabont lorsqu'il m'avait parlé de sa – mettez des guillemets autour ! – « bible » : « Empêchez-les de vous persécuter ! »*

C'est ce que j'étais en train de te faire, Carol Corman, t'empêcher de me persécuter.

L'attorney Perry Lee fit un signe discret à son adjoint. Celui-ci appuya sur une touche, puis une autre. La voix de Connie Stotter, métallique et déformée, répéta :

...ce que j'étais en train de te faire, Carol Corman, t'empêcher de me persécuter.

Une question d'amour et de neurones

Duncan Glover, l'avocat commis d'office (le troisième, qui succédait à Walter Donovan) acheva d'essuyer ses lunettes couvertes de buée d'un geste nonchalant. Il s'agissait d'un artifice d'audience éculé, mais auquel il n'avait pas renoncé. Ce temps de sursis avant de se lancer lui permettait de pratiquer quelques discrets exercices de respiration grâce auxquels il arrivait, pensait-il, à mieux asseoir son timbre. Il tapota le micro et fit la déclaration suivante :

— Vous pouvez me dire ce qui différencie vraiment le cerveau d'une personne de dix-sept ans et le cerveau d'une personne de dix-huit ans ? Quelle différence *scientifique* faites-vous entre l'un et l'autre ? Attention, je ne vous demande pas un argument juridique ou légal, ou axé sur le fait que la majorité dans certains des États de ce pays a été fixée, d'une manière que certains trouveront tout à fait arbitraire, à dix-huit ans. Ce que je vous demande, c'est ceci : est-ce que d'un seul coup, toute une génération sait faire soudain la différence entre le bien et le mal ? Est-ce que cette différence apparaît subitement en soufflant dix-huit bougies sur un gâteau ? Je parle d'un argument strictement physiologique. Mlle Stotter avait dix-huit ans et deux mois lorsqu'elle s'est retrouvée dans la situation qui l'a conduite à commettre un crime dont personne ici ne cherche à nier la gravité. Mais est-ce que quelqu'un dans ce tribunal a entendu ce qu'ont dit et répété les experts chargés de dresser le profil psychiatrique de Stotter ? Qu'elle avait subi plusieurs traumatismes cérébraux, liés à des coups reçus enfant, et souffrait de lésions cérébrales *in utero* dues à l'alcoolisme extrême de sa mère pendant sa grossesse ; elle était sujette à de graves crises nerveuses, ponctuées de tentatives d'autodestruction et de violence contre autrui. Mlle Stotter souffre d'importants désordres mentaux et a été diagnostiquée bipolaire depuis l'âge de seize ans. Est-ce que je dois ajouter qu'elle a été victime de deux viols et sans doute, de multiples autres tentatives ?

M. Richard Brown, le compagnon de sa mère, aujourd'hui décédé, a été interrogé à six reprises par la police de Pennsylvanie, et ces interrogatoires ont conduit à son inculpation et à son incarcération pour agressions sexuelles sur plusieurs jeunes filles mineures, dont sa « belle-fille », Connie Stotter.

M. Pernell Campanella, un autre compagnon de Mme Kay Stotter, est actuellement incarcéré à la prison de Jessup, Maryland, pour meurtre. M. Campanella a été victime il y a plusieurs semaines d'un grave accident dans l'étuve à vapeur de la prison ; il est brûlé au troisième degré et n'a pas pu être réentendu par l'accusation. Il est apparu que M. Campanella avait, de manière délibérée et répétée, prostitué la fille de sa compagne, Mlle Stotter, et en avait tiré des revenus. Il est apparu qu'il avait lui-même et à plusieurs reprises agressé sexuellement Connie Stotter, alors que celle-ci était encore mineure.

Aussi, nous revenons devant un jury, après que la Cour suprême des États-Unis a refusé il y a un tout petit peu plus d'une année de se saisir de cette affaire, estimant qu'il appartenait à un tribunal de l'État de Pennsylvanie d'assumer la logique de ses décisions antérieures ou de les réfuter lui-même. Il ne restera plus à Mlle Stotter, après la décision que vous allez rendre aujourd'hui, qu'un éventuel recours devant la Commission interaméricaine des droits de l'homme.

Duncan Glover s'éloigna une seconde du micro. Il fit mine d'examiner la salle, d'un lent mouvement tournant de la tête. Il plissait légèrement les yeux, à la manière d'un homme très concentré à sa tâche. Il reprit :

— Une question à la cour : voyez-vous Mme Stotter dans ce tribunal ? L'avez-vous vue aux audiences précédentes, dans une enceinte où des juges allaient décider d'une sentence terrible pour sa fille ? Je vous le demande : y a-t-il beaucoup de mères dans ce monde qui auraient déserté ce moment ? C'est cette absence permanente et horrible que Connie a eu à affronter pendant toutes ses années d'enfance. Une absence totale d'aide quand elle connaissait les pires détresses.

Une absence perpétuelle d'amour. Voilà pour tout dire la vraie peine à laquelle a déjà été condamnée Connie Stotter : la peine de privation d'amour à perpétuité.

Nous ne demandons pas la clémence : nous demandons simplement un peu de lucidité dans un monde qui en manque chaque jour un peu plus. Allez-vous condamner cette jeune fille à la peine de mort, dans cet État qui n'a pas exécuté une femme depuis plus de deux siècles ? Allez-vous envoyer à la mort une femme qui était, pour l'état civil, à peine entrée dans l'âge adulte, mais dans les faits, d'un point de vue psychiatrique et tous les experts qui se sont succédé ici l'ont clairement exprimé, qu'une enfant immature et perdue ? Je le répète, nous ne demandons pas la clémence ; nous demandons à votre cour d'accorder à Connie Stotter une autre sentence que la mort : la prison à vie, sans remise de peine.

— Conneries ! Putain d'accumulation de conneries ! lança d'une voix éraillée Connie Stotter.

Cour criminelle de Pennsylvanie

Lors de la dernière audience devant la cour criminelle de Pennsylvanie, juste après l'échange houleux entre Duncan Glover et sa cliente Connie Stotter, un document a été lu en intégralité et a achevé de jeter un froid considérable dans la salle.

L'assistance était déjà très marquée par l'ambiance macabre qui régnait, après la nouvelle présentation au jury des ossements de Mlle Corman, dont son crâne très abîmé et les fameux fragments C1 et C2, puis la plaidoirie de Glover.

Il s'agissait d'une lettre récente, écrite par Connie Stotter à Tarabont Kheler, au cours de l'été 2018, et que ce dernier a souhaité, après lecture, remettre aux autorités.

— Je ne veux pas garder ça, ni le détruire sans qu'on sache ce qu'il y a écrit dedans. Je ne sais pas si ça aidera ma cause et me fera sortir plus vite d'ici, mais j'aime autant que ce soient les autorités qui décident ce qu'il faut penser de ce truc.

La lettre, rédigée sur l'envers d'une page de magazine – une publicité pour du maquillage Esthée Lauder ironiquement sous-titrée *« #STAY-POSITIVE »* – est écrite avec un stylo bleu. Les lettres ont été le plus souvent dédoublées, en raison du glaçage du papier qui rend l'adhérence de l'encre aléatoire et a obligé Connie Stotter à repasser sur sa propre écriture.

Tarabont, écris-moi. S'il te plaît. Je ne sais pas où tu es, ni même si tu es encore dans un état où tu peux lire mes lettres. Est-ce qu'ils te laissent lire mes lettres ? Tu me manques. Tu me manques tellement ! Ils m'ont coincée ici comme un insecte entre deux pages d'un livre, et j'ai à peine de quoi bouger les épaules sans toucher le mur. Tu vois ce que j'ai gagné simplement pour avoir essayé d'être gentille avec l'autre pute ? Dire qu'on aurait pu la laisser avec la gorge ouverte ou même l'accrocher par les pieds à une branche pour qu'elle se vide comme un goret et que ça dure toute la nuit. Et c'est ça qu'ils me reprochent maintenant. Ce putain de bloc de ciment, on dirait que toute l'histoire se résume à ça. Ce putain de bloc de ciment ! Non : tu sais comment c'est vrai et que j'ai voulu finir l'affaire. Si je lui ai fracassé la cervelle, c'est bien pour qu'elle meure rapidement, non ?

Et c'est pour ça qu'ils veulent me coller à une table d'hôpital et m'envoyer la dose ? Mais qu'ils le fassent ! Allez, voilà mon bras. Piquez ! Envoyez votre potion du diable. Je mets deux doigts à leur moratoire de merde.

Promets-moi une chose, Tarabont. Juste une et c'est celle-là : quand ils auront envoyé la dose, je veux dire, sur la table, et que Connie Stotter ne sera plus rien d'autre qu'une chose inerte avec plus rien dedans, que les années auront passé et que tu seras en mesure de le faire, va jeter un œil sur les hauteurs, après Horseshoe Road. Et dis-moi ce que tu y vois. Dis-moi, c'est une façon de parler, je crois bien qu'il n'y aura plus personne pour t'écouter, mais dis-moi quand même si tu vois toutes les fenêtres de Pennsylvanie s'allumer, les unes derrière les autres, comme des bougies dans une chapelle. Les gens ne sauront rien, mais ce sera ma veillée funèbre, comme ils disent. Regarde s'allumer les fenêtres, Tarabont.

Je t'aime pour tout ce qui reste de ma vie !

Petit Diable

Un dernier repas à la Clayton Lockett

Connie Stotter a expliqué pendant la dernière audience publique qu'elle voulait effectivement mettre un terme à l'affaire. Elle s'excusa des mots « grossiers » qu'elle avait employés vis-à-vis de son avocat, mais persévéra dans ses intentions. Ses anciens errements quant à son désir réel de revenir sur la décision de justice semblaient avoir définitivement cessé. Elle voulait en finir. Exactement, précisa-t-elle en prenant la parole sans qu'on ne la lui ait explicitement donnée, « en finir comme Clayton Lockett ». Elle voulait parler de ce condamné à mort exécuté en Oklahoma quelques années plus tôt et dont les derniers instants avaient suscité une immense émotion dans le pays.

— O.K., a dit Connie. Ce type était une belle saloperie et de ce que j'en sais, il a cent fois mérité la peine de mort. J'ai entendu dire qu'il avait passé un sacré mauvais moment avant de mourir. Paraît que le produit anesthésiant était en rupture de stock ou quelque chose… Que les Européens voulaient plus nous en fournir rapport à ce qu'ils étaient opposés à la peine de mort. Bon, si les États-Unis d'Amérique sont pas fichus de fabriquer un truc pour t'envoyer dormir, qu'on vienne plus me raconter que ce pays prépare un vol vers Mars ou je ne sais quelle étoile… Lockett a enterré une fille vivante à ce que j'en sais. Il a violé sa copine et fait enterrer cette gonzesse après lui avoir mis une balle dans le ventre, un truc comme ça. Mais elle respirait quand ses complices l'ont recouverte de terre, ça c'est ce qu'on m'a raconté. D'après l'autopsie, elle avait de la terre dans la gorge et dans l'estomac. La vache. Là où je veux en venir, c'est que je suis partante pour la dose. Envoyez la purée ! Envoyez-moi la dose, même de ce truc qu'on a refilé à Clayton Lockett. Le même truc. Je suis prête. Envoyez le bromure de machin-chouette. Envoyez-moi toutes les saloperies qui marchent pas et vous font crever en plusieurs fois, comme si on vous sciait en tranches. Paraît que Lockett faisait des bonds sur son lit, tout sanglé qu'il était, comme un poisson jeté vivant sur une plaque chauffée au rouge… Qu'il a gerbé tout ce qu'il pouvait. Son dernier repas ? Paraît justement qu'on lui a refusé, ce à quoi tout condamné à mort a toujours eu dans ce pays : le choix de son dernier menu. Un steak, des pommes au four et une tarte aux noix de pécan, à ce qu'on raconte. Trop cher pour l'administration pénitentiaire. Vous emmerdez pas pour moi : je suis habituée aux déjeuners à la mords-moi-le-nœud. Depuis toute gamine. Va pour un cheeseburger premier prix et une barquette de patates tièdes. Et envoyez le bromure.

Nancy Seitz

Le lundi 17 septembre 2018, au second matin de l'audience complémentaire de la cour criminelle de Pennsylvanie, une odeur de mouillé et de cheveux humides emplissait la salle. Il avait plu depuis la veille et toute la nuit. Les vêtements de la plupart de ceux qui étaient là et n'avaient pu profiter du parking souterrain étaient encore luisants de pluie. Une femme brune, aux cheveux courts, aux joues rondes, s'avança à la barre des témoins. Elle regarda furtivement du côté de Connie Stotter, avec beaucoup d'hésitation. Puis se décidant, elle s'est tournée vers elle et s'est mise à examiner l'accusée. Pendant presque une minute. Au moins trente secondes, sans bouger, ni frémir, ni rien. Elle avait plissé les yeux et la fixait. Puis elle s'est détournée et a regardé en direction de la juge Monroe et a hoché la tête, sans qu'on sache ce qu'elle signifiait exactement par là. Peut-être venait-elle simplement de confirmer son choix intime de déposer. Elle semblait déterminée et se mit à parler, du ton sûr de quelqu'un qui a l'habitude de parler en public à haute voix.

— Je m'appelle Nancy Seitz. Je suis âgée de vingt-sept ans et j'habite Lanham, dans le Maryland. Je suis éducatrice en puériculture. J'ai connu Connie Stotter au collège Franklin, à Lancaster. On était amies. Les meilleures amies du monde. On ne fréquentait personne d'autre. On appellerait ça une « amitié exclusive ». On n'était pas toujours assises l'une à côté de l'autre en classe, mais dès la cloche, c'était bon : il aurait fallu une disqueuse pour nous séparer ! Je crois que c'est la tristesse ou la mélancolie, appelez ça comme vous voulez, qu'on partageait l'une et l'autre qui nous a rapprochées. Moi, je venais de perdre mon père dans des conditions pénibles et elle… je dirais qu'elle en bavait à peu près sept jours sur sept dès qu'elle rentrait chez elle. Je me souviens de son beau-père : j'ai oublié son nom, mais pas son allure. Un type avec une mèche démodée, comme du temps des blousons noirs, sur laquelle il devait passer des heures à étaler de la gomme pour la tenir relevée. Un type tout en tendons, pas costaud, mais solide, dont le corps semblait vibrer en permanence. Ce type puait la violence. Il traînait presque tout le temps avec lui une canette de bière ou une bouteille de bourbon entamée. Lors de l'audition, les policiers m'ont demandé si j'avais vu ce type avec Connie…

Nancy Seitz sembla chercher une nouvelle fois le nom de celui dont elle parlait.

— Dick Brown, a précisé l'attorney, d'une voix aimable, sans chercher à interrompre trop brutalement le témoignage de Miss Seitz.

— Oui. En effet. C'est bien ce que les policiers m'avaient dit. Je ne me rappelle pas du nom de Brown, mais Dick, c'est le nom qui faisait en permanence trembler Connie. Elle était terrorisée par ce type, et je crois qu'elle avait des raisons de l'être… Franchement, je ne sais pas comment un type comme lui ne soit pas présent devant ce genre de cour, pas seulement aujourd'hui, mais bien avant que des drames arrivent.

— M. Brown est mort… glissa la juge Monroe.

— Je… Je l'ignorais.

— M. Brown est mort il y a six semaines.

— Ce… Dick Brown était un véritable monstre, reprit Nancy Seitz. Je l'ai vu donner des gifles à Connie, parce que nous rentrions un peu tard, juste avant le crépuscule, ou la nuit à peine posée, lorsque l'automne arrivait trop vite. Des gifles… Je devrais dire des coups, des coups que même un homme aurait eu du mal à supporter. Il frappait de préférence à la tête. Sur les joues, comme un boxeur, ou sur les tempes, ou dans la nuque. Connie se courbait et esquivait comme elle pouvait et lui, il cherchait toujours à écarter ses bras d'une main pour l'empêcher de se protéger. Il la traitait de… Il la traitait de tous les noms. Aucun homme ne devrait jamais utiliser ces mots-là à l'égard d'une femme.

— Quels étaient ces mots, mademoiselle Seitz ? Vous vous en rappelez ?

— Oui. Ils étaient affreux, et tellement… méprisants. Plus que méprisants. Obscènes !

— Vous pourriez rapporter ces mots à la cour, mademoiselle Seitz ? insista la juge Monroe.

— Oui. Même si, encore aujourd'hui, j'ai honte de les exprimer à haute voix. Mais voilà : « Sale petite putain. Espèce de sale petite pisseuse… Petite salope à pipes. » Voilà le genre de mots que ce Dick employait à l'égard de Connie. Une fois, alors qu'il frappait comme de coutume sur Connie, et que j'avais essayé de le dissuader, il s'était tourné vers moi. Je me souviens qu'il lui manquait une dent, presque sur le devant, et que ça faisait un trou noir dans sa bouche, il m'a jeté… – Nancy Seitz hésita une seconde, balaya la cour du regard et lança : – « Toi, tu boucles ta gueule… Avant que je t'explose le cul devant ta copine… » Vous voulez que je continue ?

Nancy Seitz avait très légèrement rougi et sa voix était un peu moins sûre qu'elle ne l'avait été un instant plus tôt.

— Merci, mademoiselle Seitz. Je crois que la cour a parfaitement compris de quoi vous souhaitiez parler, fit la juge Monroe, d'une voix très professionnelle. Pouvez-vous continuer sur votre relation avec Connie Stotter ?

— Oui, c'est pour cela que je suis ici, je pense… Nous étions très proches et en même temps, nous partagions très peu. Je veux dire… C'était extrêmement difficile pour nous de communiquer. Nous nous confiions très peu. J'avoue que je parlais sans doute encore bien moins que Connie. J'étais… enfermée dans… Ce qui venait d'arriver à mon père m'avait littéralement brisée.

Un silence s'abattit sur la cour criminelle. Tout le monde ou presque s'attendait à ce que Nancy Seitz éclate en sanglots ou s'effondre sur son siège tant elle paraissait émue et troublée. Bethany Monroe, comme elle l'avait fait lors de la déposition de Mable Watson, respecta ce silence. Elle se redressa, droite, le visage impassible, attendant que la témoin revienne à elle. On entendit un bruit de gorge du côté de Nancy Seitz, et celle-ci reprit :

— Nous marchions en silence. Des heures, parfois. Nous empruntions la boucle de la rivière Conestoga et coupions par le parc. Je me souviens d'un détail…

Nancy Seitz s'interrompit à nouveau, et ni l'attorney, ni la juge Monroe ne cherchèrent à précipiter ses propos.

— Nous étions assises, le long d'un talus qui descendait en pente douce vers l'eau. Je m'étais mise à jouer avec de la terre fine, entre les touffes d'herbe. J'en faisais de petits monticules, que je tassais, machinalement. Connie était juste à côté. Je pense qu'elle regardait l'eau, perdue dans ses pensées. Tout à coup, une minuscule souris (une musaraigne ou quelque chose de ce genre) a surgi d'un trou, là où je grattais. Je suppose qu'elle était affolée, ou bien, elle souhaitait défendre son abri ? Sans réfléchir, par peur, sans doute, je l'ai frappée du plat de la main, l'écrasant au sol. Je n'osais pas soulever ma paume. Petit à petit, j'ai entrouvert les doigts. J'ai vu le long nez couvert de poils gris, au bout duquel une longue goutte de sang épais s'était formée. J'ai regardé mieux l'animal : il était mort. Sa poitrine était totalement écrasée par le coup que je lui avais porté, et ses yeux, aussi petits que les têtes d'une épingle, étaient grands ouverts.

J'ai regardé Connie et j'ai vu qu'elle était terrifiée par ce que je venais de faire. Elle a murmuré quelque chose comme « Mais pourquoi, Nancy ? Pourquoi ? Elle était si jolie... » Et j'ai vu qu'elle allait se mettre à pleurer en regardant le petit cadavre encore tout chaud. J'ai bafouillé une bêtise quelconque, répétant les stupidités que j'avais entendues quelque part : « Ces souris-là sont dangereuses. Si elles te mordent, tu peux... je ne sais pas, perdre un membre, elles sont remplies de poison... » Connie ne m'écoutait plus. Elle fixait la musaraigne et elle me jeta, d'une voix brisée par l'émotion : « Refais-la vivre ! Reviens en arrière. Essaie de revenir avant de... » Et tout en comprenant qu'elle déraillait, elle fondit en larmes.

Sa douleur me terrifia. Je me sentais terriblement honteuse d'avoir tué sans raison ce minuscule animal sans aucune défense et totalement inoffensif. J'ai senti la colère monter, une colère qui cherchait à masquer ma honte et ma culpabilité. Je me suis mise à frapper de mon poing refermé sur la pauvre carcasse, à la pulvériser. Une bouillie sanglante se formait sous ma main, que je mélangeai aussitôt aux petits tas de terre que j'avais formés juste avant. Une sorte de purée sanguinolente, que je continuais à malaxer, comme une pâte de fourrure, de terre et de sang. Je me suis mise à penser à ces mots que me criaient les gamins, à West Lancaster, après la mort de mon père : « *Ton père ! Ton père ! Un vrai pain de viande !* »

Nancy Seitz releva la tête. Finalement, elle avait retenu ses larmes. Sa voix avait même repris de l'assurance. Elle regarda vers l'estrade la juge Monroe et fit :

— Je raconte tout ça maintenant parce que je me suis dit que ça avait peut-être à voir avec ce qui... s'est passé après. Peut-être que c'est ma méchanceté, ma folie meurtrière vis-à-vis de cette pauvre bête qui a enclenché un sale truc dans la tête de Connie. Elle était tellement triste et tellement désolée de ce que j'avais fait à cette souris… Je suis venue de Lanham essentiellement pour vous raconter ça. Je ne sais pas si ça changera quelque chose à ce que vous déciderez pour Connie, mais voilà.

Nancy Seitz s'était redressée, comme pour marquer qu'elle en avait fini. Elle regarda attentivement l'estrade et la juge Monroe, puis l'attorney de district Lee, attendant une éventuelle question. Il n'y en eut pas. Mais un incident, dont rendirent compte les journaux télévisés, arriva. La sirène d'alerte d'incendie se déclencha, subitement. Un hululement suraigu, intenable. Toutes les femmes portèrent leurs mains aux oreilles, tentant de colmater l'arrivée de ce son insupportable. Les policiers en faction aux issues s'agitèrent. L'un d'eux hurla quelque chose d'inaudible en direction du procureur ou de quelqu'un qui se trouvait vers l'estrade. La juge Monroe s'était levée et agitait les bras. Les policiers commencèrent à extraire Connie Stotter de la salle, quand les extincteurs automatiques des plafonds se déclenchèrent à leur tour, pulvérisant leur eau dans toutes les directions. La juge Monroe, dans un réflexe très professionnel, abandonna ses oreilles et se mit à rassembler ses dossiers et les papiers épars devant elle, avant qu'ils ne soient gorgés d'eau. La moitié du public était déjà sortie. Perry Lee, galamment, attendait pour laisser passer Bethany Monroe. Ils allaient à leur tour quitter la salle d'audience quand les sirènes cessèrent et que les extincteurs se coupèrent. La sirène d'un seul coup et les extincteurs, en laissant encore passer un mince filet d'eau. Dans le hall, où tout le monde s'était rassemblé, y compris Connie Stotter et Nancy Seitz, qu'un hasard sans nom avait presque collées l'une à l'autre, un greffier annonça, dans un micro HF, que la séance était ajournée et reprendrait dès que possible. Les policiers décidèrent d'exfiltrer Stotter par une porte à l'arrière du bâtiment. Mais avant de quitter le hall, Connie Stotter se tourna brusquement vers son ancienne camarade, et lança :

— Nancy ! Reviens en arrière ! S'il te plaît ! Essaie de tout faire revenir en arrière…

Les deux policiers la tirèrent hors du tribunal.

Septembre 2018 - Cour criminelle de Pennsylvanie, au soir du verdict de l'audience complémentaire

Duncan Glover, le dernier avocat de Connie Stotter, regardait la nuit tomber sur South Philadelphia. La lumière jaune des éclairages imbibait les façades de l'autre côté de sa rue. Il avait avalé deux verres de bourbon Blanton's Gold Edition, une bouteille qu'il payait près de cent dollars à la vinothèque qu'il fréquentait, tout près de l'université. Il regardait la rue devenir de plus en plus jaune, au fur et à mesure que le bleu du ciel s'estompait pour faire place à l'obscurité. Un arrière-goût sucré tapissait les muqueuses de l'intérieur de sa bouche et lui poissait la langue. Il s'assit, face aux fenêtres de Verona Drive, et enfonça la touche de lecture. Il savait qu'aux premiers mots, la chair de ses avant-bras allait se contracter et qu'il éprouverait cette sensation étrange, située entre peur et excitation, qu'on nomme « chair de poule ». Il tendit les jambes, se laissa aller en arrière, et attendit que le souffle de la bande magnétique laisse place à la voix de Connie Stotter. Elle avait décidé de lire son texte, qu'elle avait au préalable rédigé, la veille, le matin et l'après-midi même, et que l'assistante de son cabinet avait enregistré moins d'une heure avant l'audience.

La diffusion eut lieu en sa présence, juste après le défilé des psychologues qui avaient été convoqués pour estimer une dernière fois d'éventuelles circonstances atténuantes. Connie Stotter a écouté sa propre voix résonner dans l'enceinte judiciaire, sans manifester aucune émotion.

Ce sont ses derniers mots diffusés en public, juste avant que le jury ne la reconnaisse coupable de meurtre au premier degré, et la condamne à la peine de mort en raison du caractère « particulièrement odieux » de son acte.

Vous voulez qu'on parle de violence ? Allons-y. J'ai toujours connu la violence. Toujours. J'ai subi la violence avant même de venir au monde, si vous voulez savoir. Mon père a tabassé ma mère presque en salle d'accouchement. D'après ce que j'ai compris à l'entendre glapir toutes ces nuits quand j'étais gamine, il m'aurait même tapé dessus quelques heures avant que je fasse le grand saut dans ce satané bordel. Des coups de poing dans le ventre, en gueulant que j'étais une pute « comme sa mère ». Quelqu'un a dit au premier procès que j'étais « une miraculée », et c'est peut-être vrai. Je ne suis pas sûre que ma venue au monde ait été bien nécessaire à grand monde et je crois que j'y ai fait plus de mal que de bien. Mais ce que je veux dire, c'est que tout ça n'a tenu qu'à un fil.

Ma mère a un talent rare pour dénicher des pauvres types violents. Comme si elle reniflait à cent mètres tous les Carl du pays et se débrouillait pour les emmener jusque dans son lit. Carl, c'est paraît-il le prénom de mon père biologique, celui que je viens de parler. Tous les autres après avaient à peu près le même profil. Au mieux, ils m'insultaient et se désintéressaient de moi, s'arrangeant avec ma mère pour me laisser seule et sans nourriture plusieurs heures de suite, alors que je n'avais pas cinq ans. Au pire, ils alternaient les coups et les agressions sexuelles. Parfois en présence de ma mère. J'ai passé toutes ces années dans les cris et les coups. J'ai entendu vos copains les psys ceci cela raconter un peu tout ça aux séances devant la cour. Mes avocats m'ont tous demandé de répondre et de profiter de ces histoires pour expliquer à la cour que tout ça n'était pas entièrement de ma faute. Si je me souviens bien, mon premier avocat m'avait dit que 27 % des femmes de ce pays ont été victimes de violences sexuelles avant l'âge de dix-huit ans. Bon, j'ai dit, ça ne me fait ni chaud ni froid. J'ai refusé et je me la suis fermée. Mettez-vous ça bien dans la tête : je ne suis pas une dingo, comme ma mère. Et tout ce que j'ai morflé, ça ne fait pas de moi quelqu'un qui n'est pas responsable de ce qu'elle fait. Peut-être que la violence appelle la violence comme on l'a dit l'autre jour, mais c'est moi, et pas Carl ni ma foutue mère, qui a cogné à mort sur Carol Corman. C'est moi.

Point barre. O.K. : j'ai longtemps cru – j'en ai parlé avec tous les psys ceci cela quand ils sont venus me voir et je crois bien l'avoir répété aussi quand on m'a fait regarder ces soi-disant tests à la sauce poilade – que j'étais d'une manière ou d'une autre responsable de ce que j'avais vécu. Que je n'étais pas comme il faut et que c'était pour ça que ma mère, que Dick, Pernell Campanella ou tous les successeurs de Carl me traitaient de cette façon. Ils me punissaient. C'était bien parce que j'avais fait quelque chose de mal. Les psys ont dit que c'était fréquent que les victimes se sentent coupables. Sauf que, j'ai dit, moi, je ne suis pas restée seulement une victime. Je suis passée de l'autre côté : Carol Corman, c'est moi qui l'aie arrangée comme ça, pas vrai ?

Une psy ceci cela dont je me souviens bien est venue me voir à Muncy, et m'a longtemps interrogée sur les souvenirs que j'avais de mon enfance. Elle n'arrêtait pas de prononcer une formule, et chaque fois je lui demandais ce que ça voulait dire. Est-ce qu'elle s'adressait à moi ou bien, elle se parlait à elle-même ? Elle m'écoutait en souriant et répétait ce truc deux minutes plus tard : « stratégies d'adaptation post-traumatiques ». Stratégie ou pas, j'ai rien voulu répondre, ou j'ai répondu à côté à la plupart de ses questions. Mais voilà la vérité : j'ai des centaines de souvenirs. Des milliers. Et ils se cachent partout, pas seulement dans ma mémoire, comme on pourrait croire. Partout. Dans les sons, dans les odeurs… Il y a des émissions de télé que j'entends, même sans voir les images, qui me rappellent les moments que j'ai vécus sur le canapé, avec ce fond sonore, pendant que Dick Brown, le dernier enfoiré des successeurs du roi Carl, m'enfonçait des doigts dedans en sifflant ses bières. L'odeur de la bière, tiens : pareil. Les odeurs de friture. Les odeurs un peu dégueu qui montent d'un évier plein de vaisselle sale, cette eau croupie qui reste dans les assiettes et les casseroles. Tout ça pue le viol et les coups, alors arrêtez de me parler de mémoire et de souvenirs. Toute ma tête est emplie d'odeurs de graillon, d'eau pourrie, des rires des émissions de variété et de trouille. De cette trouille blanche du cœur de la nuit, quand ma mère braillait en se faisant mettre par tous ces pauvres minables qu'elle ramenait à la maison, et qu'elle hurlait, ivre, quand ces types la faisaient jouir ou lui tapaient sur la gueule. Parfois les deux en même temps, j'imagine. Pour des millions d'Américains, le Tonight Show *de Jay Leno évoque une bonne dernière partie de soirée pleine de rires et d'actualité à la sauce piquante. Pour moi, la voix de Jay Leno se mélange à celle de Dick Brown me balançant des obscénités, aux alentours de minuit ou 1 heure du matin.*

La première semaine quand je suis entrée au Job Corps, il s'est passé un truc que je n'ai pas parlé à personne. J'avais fait le mur. J'avais vite compris qu'on pouvait se faufiler dehors en passant par l'arrière des cuisines et sortir du Job Corps par le terrain de sport. Plusieurs soirs par semaine, je me tirais par-là et je marchais au hasard, mais toujours vers Lancaster et le sud. Une fois, j'étais dans cette grande route qu'on appelle Horseshoe Road et qui descend vers la Lincoln Highway et le centre commercial, j'ai vu un type qui marchait dans ma direction. Il remontait vers moi, d'un pas rapide. Il devait être à cinquante mètres, ou un peu moins quand je l'ai vu émerger de l'obscurité. Je ne sais pas pourquoi, j'ai pensé que c'était Carl. Mon père. Mon enfoiré de père. Et qu'il venait à ma rencontre pour me punir définitivement. J'étais sûre qu'il prendrait mon évasion de Job Corps comme prétexte et qu'il allait me battre et sans aucun doute me tuer, ici, dans l'ombre, sur Horseshoe Road. Je ne me suis pas posé la question essentielle : pourquoi est-ce que je croyais que c'était mon père, que c'était ce foutu Carl qui marchait, là, dans ma direction ? Parce que le Carl, je ne l'avais jamais vu, en tout cas pas dans une manière que je pourrais me rappeler puisqu'il a quitté ma mère quelques semaines après ma naissance et qu'il a jamais reparu. Je n'ai jamais vu son visage sur une photographie ni rien. J'ignore tout, à savoir s'il est grand, gros, moustachu ou ce que vous voulez. Et là, d'un coup, j'étais certaine que c'était lui qui marchait vers moi. Le type a ralenti un peu son pas en arrivant sur moi. Il m'a à peine regardée. Il avait l'air gêné. Il m'a croisée sans lever la tête. J'ai compris que c'était un de ces Amish de Lancaster, un type qui devait rentrer à pied chez lui, dans une des fermes de l'autre côté de Lincoln. J'ai pensé au vieux Graber et à ce qu'il m'avait fait des années plus tôt. Ce n'était pas Carl, mais c'était pareil. J'avais cru qu'il revenait. Lui, ou Graber, ou Dick Brown, ou n'importe quel type qui m'avait fait du mal. Il était encore là. Dans l'ombre. Il pouvait surgir et marcher vers moi. N'importe quand.

Oui, un jour, ce ne serait plus un de ces types à barbe et à costume noir, mais bel et bien cet enfoiré de Carl. Les ombres nous entourent, et vous ne savez jamais qui va en sortir pour vous taper dessus.

Alors pourquoi je l'ouvre maintenant ? Vous avez compris, et même si le verdict, comme ils disent est encore à venir, il n'y a plus de doute : ce sera soit la prison à vie, soit la mort. D'une manière ou d'une autre, je finirai la course dans une enceinte pénitentiaire, soit attachée sur un lit d'exécution, soit autrement. Saignée à blanc par une codétenue dans le réfectoire. Battue à mort par un groupe de filles en sortant des douches. La gorge broyée dans la charnière d'un placard en inox comme ils ont fait à cette nana, Abby Wallace, quand je venais d'entrer à Muncy, parce qu'elle se plaignait aux gardiennes du racket qu'elle subissait. Oui : je dis tout ça maintenant parce que ça n'a plus aucune importance ni dans un sens ni dans l'autre. Juste pour laisser une image un peu plus nette de Connie Stotter. Née et morte dans la violence. Née et morte dans la douleur et dans la peur. Maintenant, il me reste juste à espérer croiser Carl, dans un couloir désert, une pièce vide, ou bien une cour plongée dans l'obscurité. Et ce serait comme un de ces soirs à la maison, dans Rank Mill Road, ou comme sur ce parking, dans Chestnut Street. Mais ce serait la bonne, il faudrait juste que je règle son compte à ce foutu clair de lune, et il n'y aurait plus de lendemain.

Mai 2023

Tarabont Kheler purge une peine de vingt-cinq années de prison. Il a été reconnu coupable de meurtre au premier degré mais sa collaboration avec la justice et son jeune âge – argument qui avait déjà prévalu pour son père des années plus tôt – lui ont permis d'échapper à la prison à vie.

Vulf Kheler a été condamné en mars 2017 à la perpétuité pour la tentative de meurtre sur l'officier de police Melvin DeKalb, avec possibilité de libération après trente ans de réclusion. Vulf a été incarcéré à la prison de Fayette, Pennsylvanie. Pris dans une bagarre lors de la promenade, en octobre de la même année, il a été gravement blessé à la gorge et est décédé des suites de ses blessures.

L'enquête sur la « mystérieuse disparition d'un prêcheur Amish au sein même de la communauté de

South Fertility » a été classée en janvier 2016, quatre ans presque jour pour jour après l'expédition du côté des fosses du Graffa Pond. Le FBI et les bureaux de l'attorney de district ont conjointement expliqué que toute publicité supplémentaire sur le dossier Graber pourrait sérieusement embarrasser la poursuite d'une enquête bien plus vaste sur des crimes fédéraux liés à la prostitution de mineurs à travers le pays.

Connie Abigail Stotter est toujours détenue à la prison de haute sécurité de Muncy, dans le comté de Lycoming, Pennsylvanie. C'est la seule prison de l'État recevant des femmes qui possède un « couloir de la mort » et une salle d'exécution équipée d'une machine pour injection létale.

Selon certains témoignages, Connie a tenté sans succès de rejoindre la communauté anabaptiste, mais semble néanmoins avoir trouvé un certain réconfort dans la foi.

À l'exception d'une courte promenade d'une demi-heure chaque jour sur la terrasse de la prison, coiffée d'un étrange bonnet de coton amidonné, promenade qu'elle effectue toujours seule, sous la surveillance de deux gardiennes, Stotter passe l'essentiel de son temps dans sa cellule où elle confectionne des broderies amish aux motifs géométriques. Son seul écart à cette occupation aura été la tentative de meurtre sur une autre détenue, Trinity Chaplin, celle qui hurlait tous les jours « Connie-connasse ! Ils vont te faire frire ! », en décembre 2019. Le jour de Noël, Connie Stotter a essayé de l'étrangler à l'aide d'un cordon de nylon.

Elle avait expliqué son geste par ces mots : « Maintenant, vous allez peut-être piger que je suis dangereuse, et vous torcher avec ce fichu moratoire ? Vous allez faire ce qu'a demandé la cour criminelle et m'envoyer planer sous chlorure de potassium ? »

Malgré ses récentes déclarations demandant à subir la peine à laquelle elle a été condamnée, Connie Stotter n'a jamais essayé d'attenter à sa propre intégrité physique. D'après les psychiatres qui ont eu à juger de son état, elle n'aurait pas l'intention de tenter de mettre fin à ses jours ni de s'automutiler.

En renonçant à un dernier appel devant la Commission américaine des droits de l'homme, et en ayant plusieurs fois, par médias interposés, réclamé que sa peine soit appliquée, Connie Stotter ouvre la porte à une prochaine exécution.

La Pennsylvanie n'a plus exécuté de condamnés à mort depuis Gary Heidnik en 1999.

Toutefois, le moratoire sur la peine de mort décidé en 2015 par le gouverneur de Pennsylvanie Thomas Westerman Wolf rend incertain le sort de Connie Stotter. Le décret pris par le gouverneur Wolf précise que « le moratoire ne commue pas les condamnations à mort en réclusion à perpétuité ; les prisonniers se verront simplement accorder un sursis et restent susceptibles d'être exécutés ultérieurement ».

Fin 2021, deux élus de Pennsylvanie, un démocrate et un républicain, ont déposé un projet de loi demandant l'abrogation définitive de la peine de mort dans leur État. Sans suites.

En avril 2022, une décision du bureau du procureur du comté de Dauphin en Pennsylvanie a annulé les charges pesant contre un des 140 condamnés à morts de l'État, Samuel Randolph IV. Le bureau du procureur du comté de Lancaster, immédiatement sollicité par la presse au sujet du dossier Stotter, a estimé que cela « ne changeait rien » et que Connie Stotter restait « plus que jamais locataire du couloir de la mort ».

Fin 2022, en pleines élections de mi-mandat, très disputées, deux mouvements d'opinion se sont affrontés dans l'État de Pennsylvanie, l'un défendant le moratoire de Wolf, et rappelant le très jeune âge de Stotter au moment de son crime ; l'autre, porté par l'Association des procureurs de Pennsylvanie, estime que la décision du gouverneur Wolf « insulte les victimes réduites au silence par des tueurs de sang-froid ». Depuis, des manifestants défilent tous les samedis devant la prison de Muncy, avec des panneaux sur lesquels on peut lire :

« Coucou Connie. C'est l'heure ! »

« Faites chauffer le pentobarbital »

Une vidéo circule massivement sur TikTok, sur laquelle on voit l'activiste pro-peine de mort Casey Williams s'agiter dans un tee-shirt orange représentant Mickey. Il évoque des travaux « importants » de remise en état de la salle d'injection létale de la prison de Muncy, et la commande d'un stock neuf de thiopental, de pentobarbital et de chlorure de potassium, les trois composants de l'injection létale en usage aux États-Unis.

L'attorney Perry Lee, interviewé par la télévision sur le dossier Connie Stotter, a regardé les deux journalistes du plateau bien en face, dessiné un vague sourire contrit sur ses lèvres et a jeté, d'une voix très assurée :

— Je crois que le moment est venu pour elle d'affronter l'aiguille.

Je n'ai jamais aimé comme ça
Je n'ai jamais souffert comme ça
Tout meurt
Et meurt encore
Cherokee, embrasse-moi.

NOTE

Les événements évoqués dans *Lancaster* sont librement inspirés de plusieurs affaires réelles survenues aux États-Unis.

Parmi elles, l'affaire Christa Pike, dont l'épilogue reste incertain, et celle concernant les violences sexuelles commises au sein de la communauté amish de Pequea Township, dans le comté de Lancaster.

Les paroles de Cherokee sont de Cat Power.

Dépôt légal 2e trimestre 2023
ISBN 9782357207363

Directrice éditoriale : Isabelle Chopin
Conception de couverture : Louise de Sagazan
Maquette : Point Libre

Imprimé en France

32, rue Lafaurie-de-Monbadon – 33000 Bordeaux
www.hc-editions.com